성공에 관심이 있다면
클레멘트 스톤의 절대 실패하지 않는 성공시스템이 좋습니다.

잠재의식과 현재의식의 관계가 궁금하다면
네빌링을 함께 읽으면 좋습니다.

서른세개의계단 출판사의 책에 관심이 많다면
http://blog.naver.com/pathtolight
http://cafe.naver.com/beyondthesecret
http://cafe.naver.com/submind
에 방문해보시기 바랍니다.

서른세개의계단은 온라인서점도 운영하고 있습니다.
http://pathtolight.cafe24.com 입니다.
중고책들을 싼 가격에 구입할 수 있습니다.

펴낸곳 서른세개의 계단

사색에만 빠진 철학은 삶과의 괴리를 만들고, 현실의 이익에만 눈을 돌린 자기계발은 삶의 의미를 잃고 방황하게 만듭니다. 그래서 실천적인 형이상학, 즉 현실에 도움이 되면서 삶의 의미를 명확하게 할 수 있는 책을 발간하고자 하는 것이 서른세개의 계단 출판사의 목표입니다. 계속 좋은 책을 발간하도록 노력하겠습니다.

모든 문제의 해답이 놓여 있는 곳, 모든 신비가 시작되는 곳
마음의 과학 첫번째 이야기

2013년 2월 28일 초판 발행
2022년 7월 17일 3쇄 발행

지은이　어니스트 홈즈

옮긴이　이상민

펴낸곳　서른세개의 계단 070.7538.0929

블로그　http://blog.naver.com/pathtolight

ISBN　978-89-97228-07-2 (04110)

ISBN　978-89-97228-12-6 (세트)

잘못된 책은 바꿔 드립니다.

ORIENTAL FANTASY STORY & ADVENTURE

마검왕 4

魔劍王

dream books
드림북스

마검왕(魔劍王) 4
교주가 되면

초판 1쇄 인쇄 / 2009년 3월 17일
초판 1쇄 발행 / 2009년 3월 27일

지은이 / 나민채

발행인 / 오영배
편집장 / 김경인
펴낸 곳 / (주)삼양출판사 · 드림북스

주소 / 서울특별시 강북구 미아8동 322-10호
대표 전화 / 02-980-2112~4 팩스 / 02-983-0660
편집부 전화 / 02-980-2116 팩스 / 02-983-8201
홈페이지 / www.sydreambooks.com

등록번호 / 제9-00046호
등록일자 / 1999년 3월 11일

ⓒ 나민채, 2009

값 8,000원

(주)삼양출판사 · 드림북스의 서면 허락 없이는 어떠한
형태나 수단으로도 이 책의 내용을 이용하지 못합니다.

ISBN 978-89-542-3134-3   04810
ISBN 978-89-542-3036-0   (세트)

* 지은이와 협의하에 인지는 생략합니다.
* 잘못된 책은 구입한 곳에서 바꾸어 드립니다.

魔劍王

마검왕

4
교주가 되면

나민채 퓨전무협 장편소설
ORIENTAL FANTASY STORY & ADVENTURE

dream books
드림북스

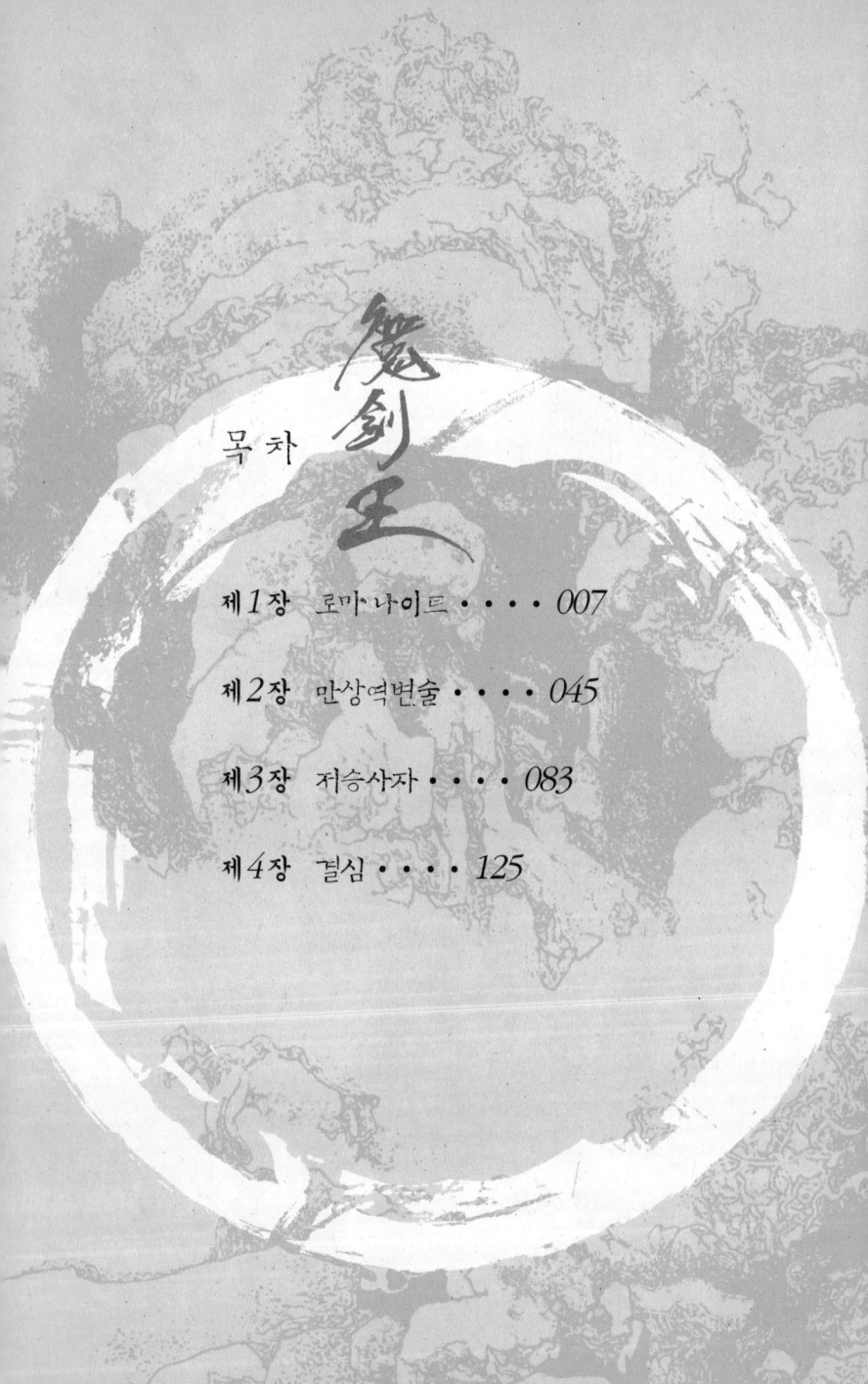

목차

제1장 로마나이트 · · · · 007

제2장 만상역변술 · · · · 045

제3장 저승사자 · · · · 083

제4장 결심 · · · · 125

제5장 천년금박으로 · · · · 165

제6장 벽력혈장의 잔재 · · · · 205

제7장 밤 그리고 밤 · · · · 243

제8장 모의고사 · · · · 281

제 *1*장
로마 나이트

※ 『마검왕』은 순수 창작물로써, 이 작품 속에 등장하는 인명·지명·단체명 등은 실제 사실과 관계가 없음을 밝힙니다.

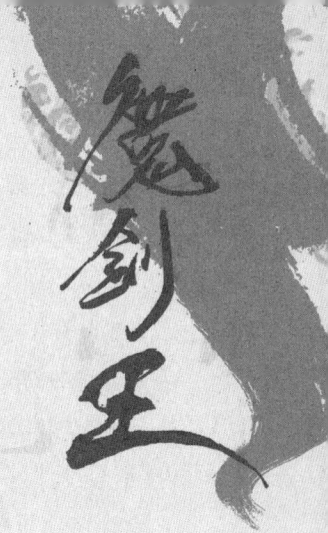

 천변을 따라 길게 이어진 도로 위였다.
 주말 저녁이어서인지 도로는 교통체증으로 엉망이었다. 앞차들의 붉은색 후미등과 반대편 차선에서 느린 속도로 운행하는 차들의 헤드라이트 불빛이 시야에 가득했다.
 "학생이 이런 시간에 거긴 왜 가려는 거냐?"
 택시기사가 백미러로 나를 힐끔 쳐다보며 말했다. 찌푸린 눈살과 훈계하려는 듯한 어투에서 기사 아저씨가 나를 불량학생으로 생각하고 있다는 느낌을 지울 수가 없었다.
 나는 다소 퉁명스럽게 대답했다.
 "일이 있어요. 얼마나 걸리죠?"

"이십 분쯤. 팔복동 도로가 아직 복구되지 않아서."

팔복동 도로라면 흑천마검과 한바탕 싸움을 벌였던 그곳이다.

입을 다물고 창밖으로 시선을 돌렸다. 택시기사가 몇 마디 더 말을 붙여왔지만 내가 대답을 하지 않자, 입을 다물고 느릿한 운전을 계속했다.

응급실에 계신 아버지가 계속해서 떠올랐다.

'만에 하나 아버지에게 무슨 일이라도 생긴다면……'

불안함 때문에 안절부절못했다.

창밖에서 이따금씩 들려오는 경적소리 외에는 모든 것이 조용했다.

그래서 격렬하게 박동치는 내 심장소리가 다 들리는 듯했다.

쿵쾅, 쿵쾅.

조바심에 입안이 타들어갔다.

'용서 못해.'

그렇게 분노를 곱씹고 있을 때, 미터기는 어느덧 사천 원을 넘어가고 있었다.

평상시라면 삼천 원이면 족했을 테지만 망가진 도로 때문에 요금이 두 배는 더 드는 것 같다.

호주머니 속에는 오천 원짜리 지폐 한 장밖에 없었다. 미터기가 더 올라가기 전에 택시에서 내리자, 남은 것은 오백 원짜리 동전 하나와 미친 듯이 뛰는 심장뿐이었다.

저 멀리 휘황찬란한 네온사인과 조명으로 감싸인 큰 건물이 보였다. 그 뒤로는 수많은 모텔들이 도미노처럼 이어져 있었다. 나는 묵묵히 그쪽으로 걸었다.

이른 저녁부터 술에 취해 비틀거리는 연인, 미니스커트를 입고서 나이트로 향하는 여자들, 나이트나 모텔과는 어울리지 않는 정장차림의 회사원들.

가지각색의 사람들을 빠른 걸음으로 스쳐 지나가며 로마 나이트라고 적힌 큰 네온사인 앞에 도착했다. 건물 한편에 이 층으로 올라가는 계단이 보였고, 바로 이 층부터가 로마 나이트인 것 같았다.

계단 앞에 서 있는 삐끼가 나를 유심히 쳐다보았다. 그는 왁스칠한 머리스타일에 말쑥한 정장차림을 하고 있었고 가슴에는 유명 연예인 이름이 쓰인 명찰을 차고 있었다.

탁.

나는 그의 눈길을 무시하고 계단을 밟았다. 그러자 삐끼가 약간은 자신이 없는 어투로 물었다.

"고딩이지?"

"아닙니다."

삐끼는 나보다 늦게 온 여자들에게 눈인사를 했다.

"신분증."

그는 그녀들이 계단으로 올라가는 것을 바라보다, 대충 말을 뱉으며 내 앞으로 손을 내밀었다.

"놀려고 온 것 아닙니다."

그렇게 말하며 삐끼를 지나치려 했다. 그가 등 뒤에서 내 어깨를 붙잡으려는 것을 뿌리쳤다.

"당신하고 노닥거리려고 온 게 아니라고."

생각보다 말이 먼저 튀어나왔다.

삐끼는 얼굴을 일그러트리면서 아주 작은 목소리로 욕을 중얼거렸다. 나는 그를 무시하고 계단을 올랐다.

"야, 인마!"

등 뒤에서 삐끼의 화난 목소리가 들려왔다.

굳이 고개를 돌려 그를 확인해 보지 않아도, 그가 내 바로 뒤로 뛰어왔고 또다시 나를 저지하려고 하는 것쯤은 알 수 있었다.

순간적으로 대화로는 해결을 할 수가 없을 것 같다는 생각이 들었다.

뒤로 오른팔을 휘둘렀다.

"악!"

삐끼의 짧은 비명이 들려왔다.

나는 그대로 계단을 밟아 이 층 입구로 향했다. 크게 뚫린 입구에서 들려오는 댄스음악이 점점 커졌다.

그리 낯설지 않은 광경이 펼쳐졌다.

텔레비전에서 흔히 볼 수 있는 것처럼 장내는 어둑어둑했고, 오색 조명이 텅 빈 스테이지 위를 비추고 있었다. 이른 저녁이라서 그런지 몇 테이블밖에 손님이 차지 않았고, 스테이지 위의 디제이도 딴청을 피우고 있었다.

'어디서부터 시작을 해야 하지?'

고민을 하며 입구에 서서 주위를 두리번거리고 있을 때였다.

정장차림의 남자 두 명이 내 쪽으로 걸어오는 것이 보였다. 정확히 나를 향해 걸어오고 있었다. 때마침 일 층 계단에서도 삐끼가 뛰어왔다.

그는 잔뜩 찌푸린 얼굴을 한 채 오른손으로 왼 어깨를 문지르며 다가왔다.

"사람을 밀쳐?"

삐끼는 그렇게 말한 다음, 내 앞으로 다가온 남자 두 명에게 나를 손가락질하며 말했다.

"형. 이놈이에요."

남자 둘은 이십 대 후반으로 보였다. 둘 다 덩치가 크고 인상이 험상궂은 것이 딱 로마파 건달들인 것 같았다. 응급실에 계신 아버지 생각이 또다시 들었다.

더 기다리고 할 것도 없었다. 나는 왼발을 앞으로 내딛으며 오른발로 한 놈의 무릎을 밀어 찼다.

퍽!

타격소리가 시끄러운 소리를 뚫고 들려왔다.

다른 놈이 동그래진 눈으로 나를 노려보았을 때, 놈에게도 똑같이 한 방 먹여주었다.

독비혈(犢鼻穴)을 가격당하면 다리 전체를 쓸 수 없게 되기 때문에 둘은 일어나지 못했다.

"으...... 으......."

마치 밟힌 지렁이처럼 꿈틀거리며 가격당한 부위만 감쌌다.

"너...... 너!"

삐끼의 놀란 목소리가 들렸다. 내가 삐끼 쪽으로 고개를 돌리자, 그 녀석은 뒤로 허겁지겁 물러났다.

나는 삐끼를 똑바로 바라봤다. 그리고는 부글부글 끓어오르는 감정을 입 밖으로 토해 냈다.

"로마파 놈들 다 불러와."

삐끼는 쓰러진 두 놈과 나를 번갈아 바라보며 입을 쩍 벌릴 뿐이었다.

"당장 다 불러!"

내가 언성을 높여도 마찬가지였다. 삐끼는 어쩔 줄을 몰라 하며 얼어붙어 있었다.

나는 다시 등을 돌려 쓰러진 한 놈의 멱살을 잡아 일으켰다. 놈의 몸이 손에 무겁게 실렸다. 약간의 내력을 일으켜서 놈을 들어올렸다.

놈의 발끝이 바닥에서 몇 센티 정도 떴다.

"당신. 조폭이지?"

"뭐, 뭐하는 자식이야."

그가 켁켁 거리며 말했다.

"여기가 어딘지 알아?"

삐끼의 뒤늦은 목소리가 들려왔다. 삐끼가 여기서 기다리라는 말을 남기고는 나이트클럽 안으로 달려 나갔다.

'기다릴 것도 없지.'

나는 멱살 잡고 있던 놈을 내동댕이친 후, 삐끼 뒤를 따라 달려갔다.

이제야 사태를 알아차린 장내의 웨이터들이 내 쪽으로 달려왔다. 그들은 모두 일곱이었고, 하나같이 말쑥한 정장차림에 한껏 멋을 부린 헤어스타일을 하고 있었다.

그들은 테이블을 건너뛰며 정신없이 내게로 뛰어왔다. 많은 이들의 이목이 쏠렸다. 스테이지 위의 디제이와도 눈이 마주쳤다. 장내의 몇 안 되는 손님들도 모두 나를 바라보고 있었다.

"꺄!"

여자 손님 몇 명이 비명을 질렀다.

"싸움 났다!"

어떤 남자 손님은 줄곧 이때만을 기다려왔다는 듯한 어투로 크게 외쳤다.

나를 바라보는 그들의 시선만큼이나 거슬리는 음악소리가 귀에 들려왔다.

나는 삐끼를 쫓았고 웨이터들은 내 뒤를 쫓았다. 일부로 거리를 두고 쫓아갔다.

삐끼는 스테이지 오른편에 난 복도의 제일 끝에 있는 룸 안으로 들어갔다.

나도 뒤따라 들어갔다. 제일 먼저 보이는 건 책상 앞에 앉아 있는 한 남자였다. 그는 삐끼와 나, 그리고 뒤쫓아 달려온 웨이터들을 보며 인상을 구겼다.

"무슨 소란이야?"

남자가 말했다.

나는 헥헥 대는 삐끼의 뒷목을 움켜잡아 내 쪽으로 끌어당겨 넘어트렸다.

"야!"

룸 안의 남자가 고함을 터트리며 일어섰다.

동시에 웨이터들이 나를 덮쳤다. 한 놈이 휘두르는 주먹을 가볍게 피해, 놈의 옆구리에 주먹을 꽂아 넣었다. 그리고는 눈에 들어오는 놈들 순으로 주먹을 먹였다.

퍽! 퍽! 퍽!

거골혈(巨骨穴).

어깨와 팔이 만나는 움푹한 지점을 쳤다. 겉으로 보면 멀쩡해 보여도 정작 당한 이들은 어깨가 떨어져 나가는 통증을 느낄 것이다.

누가 먼저라 할 것 없이 어깨를 감싸며 바닥을 굴렀다. 고통으로 가득한 신음소리가 실내에 가득 찼다.

나는 보란 듯이 남자 쪽으로 고개를 돌렸다. 남자가 당황스러운 얼굴로 쓰러진 웨이터들에게 외쳤다.

"안 일어나? 왜 혼자 나가 자빠져?"

고작해야 이쪽 세계의 사람. 기껏해야 뒷골목 깡패. 이자의 눈에는 내 주먹이 보이지도 않은 것이다.

'겨우 이런 것들이 우리 아버지를?'

이를 갈면서 남자에게로 걸어갔다. 의자를 뒤로 밀치며 나오려던 그의 멱살을 잡아 올려, 그대로 벽으로 밀어 던졌다.

남자는 벽에 부딪치고는 바닥으로 쓰러졌다. 그는 콜록콜록 하고 기침을 토하며 나를 올려다보았다. 던져진 충격이 만만치 않은지 얼굴이 온통 일그러져 있었다.

남자가 바닥을 짚고 일어서려 했다. 나는 그자의 팔을 걷어차 다시 넘어트렸다.

그러자 남자가 침까지 튀기며 고함을 터트렸다.

"이, 이 새끼가! 뭐야? 대체 너 뭐야!"

"나?"

나는 그를 내려다보며 말을 계속했다.

"우리 아버지 아들."

　　　　　　＊　　　＊　　　＊

　나이트클럽에서 근무하는 직원이란 사람들은 모조리 몰려온 듯싶었다. 내게 멱살이 잡혀 있는 남자와 바닥에 쓰러진 웨이터들을 본 그들의 첫 반응은 한결같았다.
　제법 건장한 이들이 욕을 뱉으며 달려들었지만, 내 손짓 몇 번에 너무나도 쉽게 바닥을 나뒹굴었다.
　남은 사람이라고는 차마 덤비지 못하고 어디론가 전화하는 젊은 사내와 "어떻게 해. 어떻게 해."라고 말하며 안절부절못하는 정장차림의 여성 두 명뿐이었다.
　복도 너머로 기웃거리며 구경하고 있는 손님들의 모습도 보였다.
　실내는 그다지 좁지 않았지만 쓰러진 사람들로 발 디딜 틈이 없었다. 나는 신명한 실장이라는 사람을 다시 일으켜 세웠다. 그의 이름이 새겨진 명패는 책상과 함께 반절로 쪼개져 있었다.
　"당신이 로마파 보스야?"
　"머, 머리에 피도 안 마른 새끼가……."
　나는 또다시 주먹을 치켜들었다.
　"꺄악!"
　여직원들의 비명소리가 들려왔고, 남자는 눈을 질끈 감으며 팔로 얼굴을 막았다.

아무래도 이 남자는 로마파 보스는 아닌 것 같았다. 실내에 쓰러진 사람들도 대부분이 나이트클럽 직원들이지, 로마파 조폭은 몇 명 되지 않는 듯했다.

맨 처음 나를 막았던 두 남자와 그리고 신명한 실장이라는 남자.

이렇게 셋.

조폭은 이들뿐인 거 같았다.

"어, 어디서 해, 행패야?"

남자는 멱살이 잡힌 채로 우악스럽게 주먹을 휘둘렀다. 너무나도 느리고 빤히 보이는 주먹질이다. 아직도 기가 살아 있는 모양이다.

일자로 뻗어나간 내 주먹이 먼저 남자의 코에 작렬했다.

"꺅!"

어김없이 두 여직원이 비명을 질렀다.

퍽!

남자의 얼굴이 크게 뒤로 젖혀졌다. 코에서 코피가 쉴새없이 흘러나왔다. 남자는 코피를 닦을 생각도 못하고 놓으라고 고래고래 소리를 질러댔다.

다시 일어선 몇 놈이 뒤에서 공격해 왔다. 다시 일어서지 못하게끔 놈들을 확실히 걷어찬 다음 남자의 목을 움켜쥐었다. 남자는 피가 흥건한 얼굴로 나를 쳐다보았다.

그제야 두 눈에 두려움이 떠올랐다.

"조용히 해."

남자를 바닥으로 던졌다. 그리고는 핸드폰으로 열심히 통화 중인 웨이터에게 향했다.

웨이터는 몸을 움찔거리며 쉴 새 없이 떠들던 입을 딱 다물었다.

"이, 이러지 마세요."

그 옆에 서 있던 여직원 둘이 말을 더듬었다.

웨이터의 핸드폰을 가로채 귀에 댔다.

"다 왔다. 그 새끼 도망 못 치게 잡고 있어."

핸드폰 너머에서 굵은 목소리가 들렸다.

겁에 질린 웨이터의 가슴에 핸드폰을 밀어붙였다. 웨이터가 얼떨결에 핸드폰을 받아들었다. 그대로 웨이터를 옆으로 밀어젖히며 앞으로 뛰어나갔다.

꽤 많은 손님들이 복도를 가로막고 있었다. 하지만 내가 갑자기 달려오자 황급히 옆으로 길을 비켜 주었다.

사람들을 스쳐 스테이지 위로 올라갔다.

손에 묻은 피를 바지에 쓱쓱 문질러 닦으면서 나이트클럽 입구를 바라보았다.

추리닝이나 정장을 차려입은 남자들이 뒤섞인 한 무리가 허겁지겁 장내로 뛰어 들어왔다.

텅 빈 스테이지와 화려한 조명, 거기다 시끄러운 댄스음악이 계속 신경을 긁었다.

바짝 얼어붙어 있는 디제이에게 고개를 돌렸다.

"음악 꺼."

내가 말했다.

디제이는 한 치의 고민도 없이 음악을 껐다.

그동안 시끄러운 음악소리에 파묻혀 있던 손님들의 웅성거림이 들리기 시작했다.

손님들은 스테이지에서 복도로 이어지는 중간 지점에 서서 수군덕대고 있었다.

그중 몇은 핸드폰으로 나를 촬영하고 있었고, 몇은 전화를 하고 있었다.

클럽 여직원 둘이 복도에서 뛰어나와 남자들에게 달려갔다. 그리고는 나를 손가락으로 가리켰다.

"대체 이게 뭔 일이야? 저깟 어린놈의 새끼가 난동 피운다고, 그것 하나 어쩌질 못해?"

두드러진 광대뼈 때문일까 남자의 눈이 움푹 들어가 보였다. 척 봐도 클럽 안으로 들어온 이십여 명의 사내들 중 그가 대장으로 보였다.

"대체 일 처리를 어떻게 하는 거야? 장사 하루 이틀 해 먹냐? 손님들부터 내보냈어야지. 쪽팔리게."

남자의 말이 떨어지기 무섭게, 같이 들어온 사내들이 가증스런 미소를 지으며 손님들에게 걸어갔다.

"죄송합니다. 오늘 영업은 여기까지입니다. 테이블 비는 다시 되돌려드릴 테니 저를 따라오세요."

덩치 큰 사내 몇이 박수까지 치며 큰 소리로 말했다. 손님들은 마지못한 듯 사내의 뒤를 따라갔다.

하지만 장내의 손님들이 모두 밖으로 나갈 때까지 기다리고 싶은 마음은 없었다.

나는 이를 갈면서 대장 격인 남자에게로 내달렸다.

남자의 크게 떠진 눈이 보였다. 내가 코앞까지 뛰어오자, 남자는 반사적으로 주먹을 휘둘렀다.

언제나 그렇지만 그놈이 그놈이다. 대장이라고 새삼스러울 것은 없었다.

살짝 고개 숙여 피하면서 놈의 배에 주먹을 먹였다.

퍽!

큰 소리가 났다.

남자는 뒤로 크게 날아가 테이블과 함께 바닥을 나뒹굴었다.

크게 호선을 그리며 날아간 그 모습이 조폭들에게도 신기했던 모양이다. 자신들의 대장이 일격에 날아가 뻗었음에도 불구하고, 그들은 남자가 날아간 거리를 가늠하며 놀라고 있었다.

"방금 봤어?"

"우와!"

사내들을 따라가던 손님들이 걸음을 멈추며 말했다.

"이 새끼가!"

뒤늦게 정신을 차린 사내들이 나를 공격하기 시작했다.

그저 큰 몸을 불도저처럼 밀어붙이는데 오감을 통째로 봉인해도 피할 수 있을 유치한 공격들이었다.

아니, 이 공격들을 맞아 준다 할지라도 약간의 내력만 일으킨다면, 이놈들은 손목뼈가 바스라지고 말 것이다.

퍼어억.

나는 눈에 보이는 대로 놈들의 복부에 주먹을 먹였다.

숨 한 번 들이쉬고 내쉬는 시간이 끝났을 때, 내 다리 밑은 배를 움켜쥐고 구역질을 하는 인간들로 가득해졌다.

손님들을 밖으로 인도하던 사내들은 완전히 얼이 빠져 있었다. 대장이라고 짐작되던 남자도 내게 맞은 뒤 겨우 몸을 일으켰지만, 눈 깜짝 할 사이에 벌어진 일을 보고는 차마 내게 다가오지 못했다.

손님들 또한 크게 놀란 모양인지 시끄럽게 떠들던 입을 다물었다.

정적.

그리고.

"찍습니다. 김치!"

누군가의 핸드폰에서 사진 찍는 소리가 들렸다. 쓰러진 놈들이 신음을 흘리기 시작했다.

나는 놈들을 지나쳐 대장으로 생각되는 남자에게로 걸어갔다.

"당신이 보스야?"

"어? 어?"

그는 정신이 없어 보였다.

"당신이 로마파 보스는 아닌 것 같은데? 오늘 삼오 건설 현장에 왔던 놈들 다 어디 있어?"

"모, 몰라."

마치 꿈속을 헤매는 듯한 표정이었다.

"다 불러. 너희 로마파 놈들 다 부르라고. 오늘 다 끝장 날 줄 알아."

말이 거칠어진다.

주먹을 쓰고 피를 보았기 때문인 것 같았다. 속에서 뭔가가 부글부글 끓어오른다.

사태를 파악하지 못하고 얼이 나가 있는 이놈의 얼굴에 있는 힘껏 주먹을 먹이고 싶었다. 하지만 그렇게 하면 죽고 말겠지.

나는 놈의 배를 밀어 차 뒤로 쓰러트렸다. 테이블에 걸터앉아 쓰러진 놈을 노려보았다.

"다 불러."

놈은 주섬주섬 핸드폰을 꺼내 떨리는 손으로 버튼을 눌렀다.

손님들을 인도하던 사내들이 내 눈치를 보며 쓰러진 놈들의 상태를 살폈다.

마음 같아서는 이 나이트클럽을 몇 번이고 폭파시켜 버리고 싶었다.

하지만 그렇게 하기에 이쪽 세계에서는 신경 쓸 것이 한두 개가 아니었다. 아무래도 현실에서는 법이라는 것이 있으니까.

"예. 예. 빨리 와주셔야겠습니다. 죄송합니다, 형님."

남자가 그렇게 말하며 핸드폰을 끊었다. 그는 조심스럽게 일어나 살금살금 동료들에게로 향했다.

팔짱을 낀 채로 나이트클럽 입구만 바라보았다.

수십 명의 손님들이 입구를 가로막고 있어 계단 쪽이 보이지 않았다.

손님들은 무슨 일이 벌어질까 두려운 듯 불안한 얼굴을 하면서도 자리를 떠나지 않고 있었다.

"비켜 주십시오. 비켜 주세요!"

입구 쪽에서 남자 목소리가 크게 터져 나왔다. 손님들이 그 소리를 듣고 옆으로 비켜섰다.

'드디어 몰려 왔군. 우리 아버지에게 했던 그대로 다 되돌려주고 말테다.'

그렇게 생각하며 몸을 바로 세웠다. 손님들이 비켜선 자리로 새로운 인물들이 보이기 시작했다.

검은색 챙 모자, 연회색 와이셔츠, 검정색 바지, 넥타이, 그리고 견장.

"어?"

눈을 크게 뜨고 다시 똑바로 바라보았다. 틀림없이 그들의 모자 중앙에는 경찰 마크가 박혀 있었고, 그들이 입고 있는 제복은 경찰관 복장이었다.

경찰 넷이 손님들 틈을 비집고 들어왔다. 그들은 바닥에 쓰러져 있는 조폭들을 보며 황당한 표정을 지었다. 하지만 정작 황당한 것은 바로 나였다.

'어째서 경찰이 여기에 온 거지?'

* * *

마지막으로 들어온 사람은 사복차림의 사십 대 남성이었다. 왕년에 유도 선수라도 했을 법한 건장한 체격의 그는 아마도 형사인 것 같았다.

"뭐해?"

그의 말 한마디에 경찰 넷이 일사분란하게 움직였다. 한 사람은 시끄러운 손님들을 안정시키고, 나머지 셋은 쓰러진 조폭들에게 달려가 상태를 살폈다.

형사는 느릿하게 걸어오며 외쳤다.

"야! 성대진이! 또 뭐야? 뭔데 이렇게 동네 시끄럽게 그래. 신고 들어왔잖아. 나도 좀 쉬자, 새끼야."

내 옆에 있는 남자의 얼굴이 잔뜩 찌푸려졌다. 그는 허리를 감싸며 일어나 절룩거리는 걸음으로 형사에게 다가갔다. 둘은 스테이지 중간에서 만났다.

"김 형사님. 신고라뇨. 누가 신고를 한단 말입니까? 가뜩이나 한 새끼 때문에 골치가 아픈데."

"조직폭력 집중단속 기간인지 모르냐? 됐고. 서로 가자. 피차 힘 빼지 말고. 주말인데 쉽게 가자, 엉? 너 같은 양아치 새끼들 때문에 힘들어 죽겠다, 인마."

형사가 남자의 손목을 움켜잡았다.

"그런 게 아니라니까요."

남자가 손목을 뿌리치며 말을 계속했다.

"그럼 뭔데?"

"우리 애들 쓰러진 거 안 보여요? 한 놈이 난동 피우면서 영업 방해를 하는데 가만히 있으라는 겁니까?"

"그러니까 자세한 건 서로 가서 이야기하자고. 너희들하고 치고 박고 한 새끼들도 같이 처박아주면 될 거 아냐. 누구야? 오거리야? 월드컵이야? 타워야?"

"아니라니까요. 아, 정말 쪽팔리게. 잠깐만 있다가 이야기하죠."

남자의 얼굴이 붉으락푸르락해졌다.

스테이지 쪽에서 경찰의 목소리가 들렸다.

"김 경사님! 응급차를 불러야겠습니다."

"아주 제대로 아작 났구만. 내 형사 생활 이십 년 동안 이렇게 아작 난 건 처음 본다. 단체로 디비 퍼질렀네. 제대로 치고 빠졌어. 이 순경은 응급차 부르고, 정 순경은 여기 손님들 진술 좀 받아놔."

형사는 남자 쪽으로 고개를 돌렸다.

"신 실장 안에 있지? 영업장이 이렇게 난리 통인데 안 나와 보고 뭐하는 거야? 근데 넌 뭐냐?"

형사가 신경질적으로 나를 바라보았다.

"저 말입니까?"

"그래 너. 어린놈의 새끼가 무슨 나이트클럽이야? 이러고 싸돌아다니는 걸 네 아버지도 아시냐? 멍청하게 서 있지 말고 썩 집으로 안 돌아가!"

그는 마치 선생님처럼 호통 쳤다.

나는 묵묵히 형사의 말을 듣기만 할 뿐 대꾸하지는 않았다.

나이트클럽에서 조폭과 싸운다고 한들, 경찰이 개입할 것이라곤 전혀 생각지 못했다.

형사와 경찰들의 등장에 얼떨떨해졌다. 더 깊게 관여되기 전에 발을 떼야겠다는 생각이 들었다. 내게 맞아서 쓰러진 조폭들만 해도 열이 넘는데…….

"이 새끼입니다. 김 경사님. 이 새끼가 남의 영업장에 와서 난동을 피우고 있었다고요. 끌고 가야 할 놈은 제가 아니라 바로 저 새끼입니다."

"어이, 잠깐."

두꺼운 손이 내 어깨를 짚었다. 고개를 돌리자 어처구니없다는 듯 웃고 있는 형사의 얼굴이 보였다. 형사는 내 어깨 위에 손을 올린 채 남자에게 물었다.

"다른 놈들은?"

"그 새끼 혼자입니다."

"혼자?"

형사가 어이없다는 듯 작게 웃었다.

"말이 되는 소리를 해라. 이놈 혼자서 너희 애들을 다 이렇게 만들었다고?"

"예."

"아직 어린애잖아. 지금 누굴 호구로 보나. 내가 만날 봐주니까 우습게보이지? 누군 만날 봐주고 싶어서 그런 줄 알아? 그렇지 않아도 너희 양아치 새끼들 다 잡아 쳐 넣으려 했는데 잘 됐다. 마침 조직폭력 집중단속 기간이기도 하고, 위에서 실적 없다고 난린데. 씨벌. 네놈들 잡아가면 더는 할 말 없겠지."

형사가 중얼거리듯이 말했다.

"못 믿겠으면 CCTV를 보세요. 우리가 피해자라고요."

"피해자는 개뿔."

형사는 짜증 가득한 눈으로 남자를 바라보았다. 잠시 뒤 형사의 눈썹이 꿈틀거렸다. 설마? 하는 이채로운 빛이 형사의 얼굴을 스치고 지나갔다.

"너 처음 보는데, 어디서 생활하냐?"

형사의 목소리가 들렸다.

그 말 한마디에 더 생각하고 말고가 없었다.

그대로 테이블을 뛰어넘어 입구 쪽으로 도망쳤다.

"꺄!"

여자 손님들이 비명을 터트리며 뒤로 넘어졌다. 입구를 가로막고 있던 손님들을 밀쳐낸 후에 계단 아래로 뛰어갔다.

"저 새끼, 잡아!"

조폭인지, 경찰인지 알 수 없는 누군가의 목소리가 등 뒤에서 들려왔다.

밖으로 뛰어나오자마자 도로 맞은편으로 내달렸다. 으슥한 건물 옆길로 들어가서 땅을 박찼다.

탓!

로마 나이트 맞은편 건물의 옥상.

그곳에 숨어 난간 밖으로 얼굴을 반쯤 내밀었다. 우선은 어떻게 되어 가는지 상황을 주시하기로 했다.

밖으로 나온 형사와 경찰들이 주위를 두리번거리다 주위로 흩어졌다.

용케도 형사는 내가 있는 건물로 다가왔지만 유리문에 열쇠가 채워져 있는 것을 보고 발을 돌렸다.

그들은 나이트클럽 주위를 서성였다. 그렇게 오 분 정도가 지나자 나를 찾는 것을 포기하고 다시 안으로 들어갔다.

오래되지 않아 손님들이 밀물처럼 쏟아져 나왔다.

나이트클럽 여직원이 손님들에게 허리를 숙였고, 손님들도 그렇게 불만스러워 보이지는 않았다. 어수선한 분위기 속에서도 사람들은 들떠 있었다.

그들의 그런 감정을 멀리서도 느낄 수 있었다. 하지만 형사와 경찰들은 좀처럼 건물 밖으로 나오지 않았다. 삼십 여분을 기다려도 마찬가지였다.

그사이 구급차 세 대가 도착해서 부상 상태가 심한 조폭들을 싣고 갔다.

경찰들이 올 거라는 생각은 조금도 못했다. 차분한 마음으로 돌이켜 보니 너무 성급했다는 생각이 들었다.

물불 가리지 않고 뛰어들게 아니라 추후의 일을 생각했어야 했다.

마음 같아서는 조폭 놈들을 모조리 반 죽여 놓고 싶었지만, 생각대로만 해서는 안 되는 곳이 바로 이쪽 세상이다.

법. 폭력. 가족……. 이쪽은 저쪽 세상과는 엄연히 다른 곳이다.

보는 눈이 많았다.

CCTV는 물론이고 핸드폰으로 나를 촬영한 손님들도 있었다.

분명 얼굴이 노출되었다.

그나마 내 신분을 알 수 있는 말을 남기지 않았다는 것이 천만다행이었다.

"후."

짧은 숨을 내뱉었다.

'신중하자. 경찰이 개입되어서는 안 돼. 등본에 빨간 줄을 그을 수는 없잖아.'

경찰의 등장으로 뜨끔해진 가슴을 천천히 가라앉혔다. 우선은 아버지에게 다시 돌아가기로 했다.

*　　　*　　　*

병원 문을 열고 들어가는 순간, 병원에서 풍겨오는 특유의 냄새들과 함께 두려움이 스멀스멀 피어올랐다.

'괜찮으시겠지. 괜찮으시겠지.'

오는 도중 계속해서 스스로를 다독여 보았지만 소용없었다. 무서운 생각들이 자꾸만 엄습했다.

빠르게 걸어 응급실로 향했다. 하지만 응급실 벤치에 있어야 할 엄마가 보이지 않았다. 나는 지나가던 간호사를 붙잡고 아버지에 대해 물어보았다.

간호사가 좌측 복도를 가리켰다. 바삐 움직이는 의사와 호흡기를 달고서 무기력하게 누워 있는 환자들의 모습이 보였다.

그 틈에서 겨우 엄마의 뒷모습과 정신을 차리시고는 침대 위에 앉아 있는 아버지를 찾을 수 있었다.

나는 오그라질 대로 오그라진 가슴을 쓸어내렸다. 잔뜩 곤두서 있던 신경이 한 번에 사그라지자 두 다리가 풀리는 느낌을 받았다.

"아버지."

아버지와 엄마가 동시에 나를 바라보았다. 링거를 꽂고 있는 것 외에는 아버지는 평상시와 같은 모습이었다.

'다행이다. 다행이야. 천만다행이야.'

믿지도 않는 신에게 감사의 말을 올리며 말없이 아버지를 살폈다.

"가벼운 뇌진탕이랜다."

엄마가 잔뜩 피곤해진 얼굴로 말했다.

"별것도 아니라니까."

아버지가 엄마에게 핀잔주듯 말했다.

"별것도 아니라뇨. 나도 그렇고 진욱이도 그렇고 얼마나 놀랬는지 알아요? 가슴이 떨어져 나가는 줄 알았다고요."

엄마가 아버지에게서 내게로 고개를 돌렸다.

"그런데 대체 이게 무슨 일이니? 네 아버지가 통 말을 안 한다."

"잠깐 넘어졌다고 몇 번이나 말해야 해. 의사도 그러잖아. 잘못 넘어지면 뇌진탕이 올 수도 있다고. 내가 당신에게 뭐하려고 거짓말을 하겠어."

아버지가 내게 눈빛을 보냈다.

엄마가 걱정할까 봐 거짓말을 하고 계셨던 모양이다. 엄마가 내 얼굴을 뚫어져라 바라보며 대답을 기다렸다. 나는 아버지의 거짓말대로 대답했다.

집에 오는 길에 아파트 입구에서 아버지를 만났는데, 아버지가 자동차를 피하려다 넘어지셨다.

그래서 나는 너무 놀라 엄마에게 말할 틈도 없이 아버지를 업고 병원으로 모셔왔다.

이것이 갓 지어낸 내 설명이다.

엄마는 내 말을 믿었다.

"아들! 어떤 차인지 봤어? 사람 다니는 곳에서 운전을 그따위로 해?"

다소 과격해진 목소리로 있지도 않은 차 주인에게 분노를 터트렸다.

그때 의사가 왔다.

아버지는 앞으로 삼 일 정도 병원에 계실 것 같았다. 뇌진탕 때문이 아니라, 그동안 스트레스로 인해 허약해진 몸을 추슬러야 한다는 것이 의사의 설명이었다.

엄마가 잠시 화장실 간 사이에 아버지가 말했다.

"거기서 뭘 하고 있었던 거냐? 설마 일하고 있었던 건 아니었겠지?"

"아버지……."

"당장 그만둬라. 너도 다 컸으니까 집 돌아가는 분위기쯤은 알겠지. 그래도 네가 공부 그만두고 일해야 할 만큼 나쁘진 않다. 요즘 성적도 오르고 있잖아. 넌 공부만 열심히 하면 돼. 그게 아버지와 엄마를 돕는 거다."

"예. 아버지."

나는 순순히 대답했다.

"그리고 오늘 있었던 일은 네 엄마한테 말하지 마라. 쓰잘대기 없이 걱정할라."

나는 엄마가 오는지 확인한 후에 말했다.

"아버지. 오늘 현장으로 왔었던 그 깡패들은 로마파 조폭들이죠?"

아버지는 '네가 그런 걸 어떻게 알아?'라는 눈으로 나를 바라보았다.

아버지가 굳어진 얼굴로 말했다.

"넌 그런 거 몰라도 돼."

"아버지 말씀대로 저도 다 컸어요. 오늘 전 그 자리에 있었어요. 무슨 일이 있었는지 다 보았고요. 그 깡패들 때문에 힘들어 하셨던 거 다 알아요."

내가 그렇게 말하자 아버지는 불안한 눈빛을 흘리며, 다시 내 옆으로 당겨 앉았다.

"제가 나서서 뭘 어떻게 하겠다는 게 아녜요. 그냥 우리 가족의 일을 알고 싶을 뿐이에요. 아버지하고 계약했던 우신 건실이 그 깡패들 때문에 부도가 났잖아요. 그것 때문에 아버지 돈도 돌려받을 길이 없어졌고요. 정말 무슨 방법이 없는 거예요? 아버지가 피해자잖아요."

"정말 너……."

아버지는 말꼬리를 흐리며 입을 다물었다.

참담한 기분이 드러난 아버지의 얼굴을 보니, 자식인 내가 아버지의 자존심을 건드린 것이 아닐까 죄송스러운 마음이 들었다.

"공사장에서 들은 거냐? 하필이면……."

아버지가 혼잣말하듯 중얼거렸다.

"다음 달쯤에 이사 갈지도 모르겠다. 영아는 오빠답게 네가 잘 토닥여주고."

나는 더 묻지 않았다.

엄마가 오는 것을 기다렸다가 자리에서 일어났다. 아버지 옆을 지키고 싶었지만 남은 일이 있기 때문이었다.

영아는 혼자서 집을 지키고 있었다. 아버지가 병원에 입원했다는 소식을 나에게 전해 듣고는 바로 병원으로 갔다.

늦은 주말 저녁.

가족들이 모두 모여 오순도순 텔레비전을 보며 과일을 먹고 있었을 시간이었지만 오늘은 집 안이 텅 비었다. 거실에는 싸늘한 한기마저 돌았다.

몸부터 씻기로 했다. 거울 위로 가슴에 새겨진 문신이 보였다. 명왕단천공의 구결이 새겨진 문신. 그것을 바라보는 내내 마음이 찹찹했다.

내가 가진 힘은 이쪽 세상에선 가히 상상도 못할 거대한 것이다.

깡패들? 수백, 수천 명이 있다 한들 무엇이 두려울까. 하지만 그렇게 강한 힘을 가지고 있으면서도, 고작 한다는 것이 나이트클럽으로 쳐들어가 분풀이를 한 것뿐이라니…….

로마파의 본거지인 로마 나이트를 한바탕 뒤엎으며 분풀이를 했지만 해결된 것은 아무것도 없었다.

여전히 아버지는 병원에 누워 계시고 빚도 그대로라 이사까지 가야 할 판이다.

이토록 강한 힘을 가지고도 분풀이 외에는 할 수 있는 것이 없는 것일까?

정말로 필요하다면 로마파 보스뿐만 아니라, 로마파라는 조직 자체를 어떻게 할 수도 있다. 나는 충분히 그렇게 할 수 있는 힘을 지녔다.

하지만…….

나는 신경질적으로 호스를 틀었다.

* * *

　이튿날 이른 새벽, 텅 빈 집을 나와 서부시장 인력 사무소로 나갔다. 같이 현장에 있었던 아저씨들은 어제의 일을 새까맣게 잊은 듯한 얼굴로 구석에 모여 담배를 피우고 있었다.
"어제 어떻게 된 거여?"
　나를 발견한 장 씨 아저씨가 빠른 걸음으로 다가왔다.
"갑자기 뛰어들어서 깜짝 놀랐써. 정 씨하고는 무슨 사이여?"
　나는 아들이라고 솔직하게 대답했다. 그러자 장 씨 아저씨는 그럴 것 같았다면서 담배에 불을 붙였다. 장 씨 아저씨가 눈살을 찌푸리며 물었다.
"정 씨는 괜찮은 겨?"
"병원에 입원해 계세요."
"병원에? 크게 다친 거여?"
"가벼운 뇌진탕이라는데. 그것보다 지난 스트레스들로 몸이 많이 약해지셨대요. 그래서 며칠은 병원에서 몸을 추스르셔야 할 것 같아요."
"그래도 다행이구만. 그나저나 전주 바닥 참 좁아. 자네가 정 씨 아들이라니."
　나는 씁쓸하게 웃었다.
　우리는 사람들과 떨어져서, 인력사무소 옆 골목으로 들어갔다.

"정 씨가 고생이 많지?"

"다 그렇죠 뭐. 그나저나 묻고 싶은 게 있어요."

"뭔디?"

"아버지가 잃은 돈이 얼마나 되는 거죠?"

"정 씨?"

"예."

"신축공사 대금으로 아파트 한 호 받기로 했으니까, 대충 일억 오천쯤 되지 않을까 싶은디."

일억 오천이 얼마나 큰 금액인지 감이 잡히지 않았다. 장 씨 아저씨는 떨떠름한 얼굴로 담뱃불을 발로 비벼 껐다. 그러면서 말했다.

"정 씨도 잘 알 텐디 말여. 그 마음 모르는 건 아닌디. 이제 그만하라고 하는 게 좋겄어. 자네도 다 컸잖어. 아들이니까 잘 말해봐. 세상 참 엿 같아도 참아야지 어쩌겄어. 깡패 놈들 상대해 봤자 몸만 상하고 좋을 게 없잖어. 안 그려?"

장 씨 아저씨는 다시 담배를 물었다. 불은 붙이지 않고 나를 유심히 바라보았다.

"그러면 그 돈을 돌려받을 길 없나요? 일억 오천이나 되는데."

"내 알기론 힘들 것 같은디. 돈을 되돌려 받아야 할 곳은 우신 건설인디 그곳은 부도가 났잖어."

"깡패 놈들 때문에 부도가 났는데도요?"

이해가 안 됐다.

"법이 그렇다는데 어째."

"그러니까 깡패 놈들을 어떻게 하면 되지 않을까요? 그놈들 때문에 피해를 입었으니까 손해배상을 하라고 하면 될 것 같은데요."

아저씨가 무표정한 얼굴로 담배에 불을 붙였다. 매캐한 담배 연기가 새벽등 위로 올라갔다.

"손해배상? 굳이 따진다면 삼오 건설이 해야지."

"예?"

"그놈들이 깡패들 부려서 이렇게 만든 거 아녀. 우신 건설 부도 나게 만들고, 너희 아버지 같은 작업반장들 돈 다 떼어먹히고."

"삼오 건설이 깡패들을 부렸는데 법적으로 아무런 하자가 없는 건가요? 그놈들은 다 조폭이고 폭력을 썼는데."

"보면 알잖어. 등에 '용역' 두 글자 써서 붙이면 장땡이라니 말 다했지, 뭐. 거 뭐시지? 모르긴 몰라도 시에서도 다 허가가 났다고 들었는디."

"시에서요?"

"그려. 그러니까 아버지에게 잘 말씀드려. 정 씨도 지난일 잊고 새 출발해야지. 너희 아버지 솜씨면 어디서든 일을 줄 테니까."

"말도 안 돼."

"어?"

"이건 말이 안 되잖아요. 가해자가 있고 피해자가 있는데. 아무런 방법이 없다뇨."

"자네 마음을 모르는 게 아녀. 더러운 일이 이것뿐이간? 자네도 살다보면 더럽고 치사해도 참고 넘겨야 할 일이 있다는 걸 알게 될 거여. 사는 게 그런 것이여, 다."

장 씨 아저씨는 아직 다 피지도 않은 담배를 벽에 비벼 껐다.

"정말 법적으로 아무런 문제가 없는 건가요? 경찰들도 있고 한데."

"경찰이야 지들 꼴리는 대로 하는 놈들이고. 법이야 가진 놈들 맘대로니까 문제가 없는 거여. 억울하면 자네도 공부 열심히 해서 많이 배우고 돈 많이 벌어. 내가 자네 나이면 죽자 살자 공부만 할 꺼여."

"일억 오천……."

"어?"

"아, 아무것도 아닙니다. 그동안 감사했습니다, 아저씨."

나는 고개를 숙이며 말했다.

"일하려고 온 거 아니었어? 허긴. 병원에 가야지?"

"예."

"이제 못 보는 건가?"

"한번 찾아뵐게요. 당분간은 정신이 없을 것 같네요."

"그려, 그려. 가서 아버지 잘 보살펴드려. 다른 사람 말은 몰라도 자식 말은 들을 테니까 잘 말씀드리고."

장 씨 아저씨와 헤어지고 난 후 다시 집으로 향했다. 장 씨 아저씨를 만나기 전보다 더욱 발이 무거워져 있었다. 하늘에선 막 동이 트고 있었다.

엄마와 영아는 병원에서 아직 돌아오지 않았다. 나는 텅 빈 거실을 가로질러 방으로 들어오자마자 컴퓨터를 켰다. 부팅 시간이 길게만 느껴졌다.

검색 사이트에 접속해서 삼오 건설을 검색했다. 마우스 버튼을 눌렀다. 모니터 화면이 삼오 건설 메인 사이트로 바뀌었다.

세련된 고층 아파트 사진 위로 '한국을 대표하는 건설회사로서 국민의 삶과 질을 높이는 책임과 역할을 다할 것을 약속합니다.' 라는 문구가 스쳐 지나갔다.

모니터 화면에 찌푸려진 내 얼굴이 비쳤다.

회사 소개 메뉴로 들어갔다. 사장 인사말부터 찾아오시는 길까지 여러 소 메뉴가 떠올랐다.

삼오 건설 사장이라는 사람은 제법 준수하게 생긴 오십 대 남성이었다.

이름은 김한철. 정장차림으로 책상 앞에서 찍은 사진이 홈페이지에 있었다.

나는 모니터에 띄워진 화면을 프린터로 출력했다. 프린터에서 A4용지가 나오는 것을 바라보다, 찾아오시는 길 메뉴로 들어갔다.

'서울특별시 종로구 계동?'

예상했지만 삼오 건설은 서울에 있었다.

제 2장
만상역변술

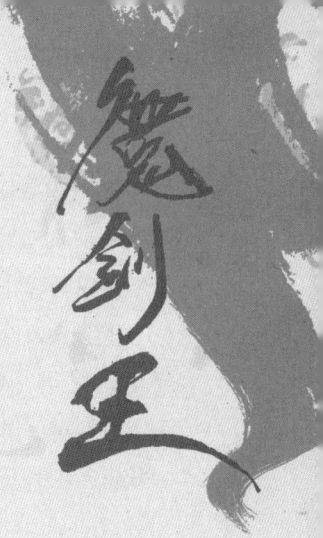

 삼오 건설은 거창한 홈페이지와는 달리 중소 건설업체였다.
 어쨌든 건실한 업체가 폭력단체와 연계하여 중소기업을 무너트리고, 한 가정에 막대한 피해를 입혔다는 사실이 믿기지 않았다.
 인터넷으로 이 사실을 널리 퍼트려 볼까도 생각해 보았다. 하지만 폭력 단체는 '용역'이라는 이름으로 포장되어 있고, 전주시에서도 이를 허가했다는 사실로 유추해 볼 때, 그렇게 큰 효과도 없을 것 같았다. 법적으로도 아무런 문제가 없다고 하니, 법으로 대응할 수 있는 것은 없으리라.
 아버지가 잃어버리신 일억 오천. 그리고 아버지의 정신적

고통. 그것을 되돌려 받기 위해서 무엇을 어떻게 해야 할지 감이 잡히지 않았다.

그냥 막막했다.

서울로 올라가서 삼오 건설 사장이라는 사람을 잡아 볼까? 충분히 할 수 있다.

남들 눈에 띄지 않게 움직이는 것쯤이야 간단한 일이고, 혹 경호원들을 대동하고 있다 하더라도 문제가 되지 않는다. 하지만 조금만 깊게 생각해 보면 고개가 설레설레 저어진다.

로마 나이트에서 난동을 부렸을 때도 경찰이 개입했는데, 삼오 건설 사장을 잡는다면 무슨 일이 벌어질까? 전과 크게 다르지 않을 것이다.

한국의 과학기술이 얼마나 발전했는지는 모르겠다. 하지만 모르긴 몰라도 경찰력을 집중한다면 한 사람의 신원을 밝히는 것쯤은 쉽지 않을까?

자칫 마음이 동하는 대로 움직였다가는 우리 집이 풍비박살 날지도 모르는 일이다.

'신중하게.'

그렇게 생각하며 인터넷 검색을 더 했다. 그때 포털 사이트의 오른쪽에 있는 최근 인기 검색 순위도가 보였다.

전주 로마 나이트 동영상. 조폭 패싸움. 일 대 이십.

익숙한 검색어가 높은 순위에 올라와 있었다. 나는 설마 하는 마음으로 빠르게 마우스를 움직였다.

딸깍.

한 커뮤니티 사이트로 연결이 되면서 모니터 중앙에 동영상 하나가 재생되기 시작했다.

로마 나이트 안이었다. 동영상은 내가 디제이에게 음악을 끄라고 한 뒤부터 시작하고 있었다.

소리까지는 들리지 않았고, 어두침침한 나이트클럽 안에서 촬영된 것이라서 사람의 윤곽 정도밖에 보이지 않았다. 텅 빈 스테이지 가운데에 혼자 서 있는 청년이 바로 나였다.

그 뒤부터는 내 기억대로였다. 내게 걸어오던 남자에게 내가 뛰어들었고, 나는 그의 공격을 쉽게 피하며 복부를 가격했다.

영상은 멀리 나가떨어진 남자를 보여줬다. 갑자기 영상이 흔들거렸다.

그리고는 빠르게 움직여 다시 스테이지를 비췄다. 바닥에는 이미 열 명이 넘는 깡패가 쓰러져 있었다.

화질이 좋지 않기도 했고, 주변이 어둡기도 했기 때문에 내가 어떻게 깡패들을 쓰러트리는지 잘 보이지 않았다. 순식간에 이십 명에 달하는 깡패들이 쓰러졌다.

동영상 재생 시간으로는 십 초도 되지 않는 아주 짧은 시간에 벌어진 일이었다.

그 뒤로는 내가 남자에게 걸어가 대화를 나누는 모습이 이어졌고, 잠시 후에 경찰이 나타나 촬영을 저지하면서 끝이 났다.

 나는 입술을 질끈 깨물며 처음부터 영상을 다시 보았다. 너무 흥분한 상태라 핸드폰을 무시한 것이 문제였다. 그래도 천만다행인 건 영상 속의 내 모습은, 내가 보아도 나인지 알아보지 못할 정도로 흐릿하다는 것이다.

 그런데 겨우 윤곽만 분간될 수 있을 정도로 흐릿한 영상임에도 불구하고 사람들은 열광하고 있었다.

 합성이다. 영화 촬영이다. 아니다, 진짜다. 의견들이 분분했지만 한 댓글에 달린 링크로 진짜라는 의견에 무게가 실리고 있었다.

 나도 링크를 타고 한 사이트로 들어갔다.

 뉴스 한 페이지가 나왔다.

 [전주에 있는 나이트클럽에서 건장한 남성 한 명이 난동을 부려 순식간에 아수라장이 됐습니다.
 건장한 남성 한 명이 난동을 부린 것은 어제 저녁 여덟 시 경. 다짜고짜 종업원에게 행패를 부리기 시작했습니다.

 - 인터뷰. 조모씨, 대학생: 꺄악 소리가 나는 거예요. 돌아보니 싸움이 났는지 시끄럽더라고요.
 - 인터뷰. 김모씨, 직원: 갑자기 주먹을 휘두르고 여직원들은 울고 아수라장이 됐지요.

 난동은 이십 분간 계속 되었고, 한 저녁의 난투는 신고를 받고 출동한 경찰이 올 때까지 멈추지 않았습니다.

- 인터뷰. 허모씨, 대학생: 처음에는 촬영인 줄 알았어요. 그런데 막 피가 터지고 토하고 부서지고, 그런 거 보니까 진짜더라고요.

경찰 출동은 더디기만 했습니다. 더군다나 빗발치는 신고 전화를 받고 출동한 경찰은 고작 다섯 명. 그것도 남성과 기도라 불리 우는 남성들과의 난투가 끝난 뒤였습니다. 경찰 투입 직후 남성은 얼굴을 가린 채 도주했습니다.
영화에서나 나올 법한 난동이 벌어지는 동안 강력 범죄에 신속하게 대응하겠다던 경찰의 모습은 무기력하기 짝이 없었습니다.]

어김없이 네티즌들이 기사 댓글에 동영상 링크를 달아 놓으며 자신의 싸이 홍보를 하고 있었다.

그렇게 기사와 동영상은 서로 뫼비우스의 띠처럼 이어져 있었다.

일이 커져가는 듯싶었다.

저쪽 세상에서 많은 일을 겪어본 나였지만 흠칫 몸이 떨려왔다.

경찰이나 조직폭력배들이 두렵거나 하는 건 아니다. 다만 우리 가족들 생각이 먼저 났다. 아버지, 엄마, 영아에게 미칠 영향이 불 보듯 뻔했다.

얼굴을 너무 오래 드러냈다.

다행히도 조직 폭력배들의 이권 다툼이라는 추측성 이야기가 사람들 사이에서 부각되고 있었을 뿐, 나는 드러나지 않았다. 동영상 화질이 나쁘고 어둑했던 탓도 있었다.

무엇보다 이러한 일을 일개 고등학생이 벌였을 것이라고는 생각지 못하는 듯 보였다.

'신중해야 해.'

침착하지 못했던 모습에 새삼 부끄러워졌고 몇 번이고 기사와 동영상을 곱씹으며 다짐했다. 이미 벌어진 일이라 어쩔 수 없지만 귀중한 교훈을 얻었다.

무슨 일이 있어도 신중해야 하며 얼굴을 드러내서는 안 된다는 생각이 들었다.

아니, 확신했다.

'그래. 색목도왕의 역용술이라면……'

생각이 서자 행동이 따라 붙었다.

고개를 돌려 옷장을 바라보았다. 정확히는 그 속에 있을 흑천마검을 말이다.

*　　*　　*

겨울 외투들을 젖히자 흑천마검이 모습을 드러냈다. 벌써부터 한기가 느껴져 왔다.

금방이라도 사람의 모습을 한 흑천마검이 모습을 드러낼 것만 같았다. 옷장 벽에 고이 기대고 있는 모습이건만 왠지 불안해 보였다.

흑천마검을 꺼내 침대에 올려놓았다. 그런 다음 서랍을 열고 깊숙이 손을 집어넣었다.

비단의 보드라운 감촉이 느껴졌다.

가족들에게 발견되지 않도록 깊숙이 숨겨 놓았던 흑룡포였다. 함께 있던 종이봉투도 집어 안에 있는 것을 꺼냈다. 흑룡포와 같이 검은색을 띠는 가죽신이 모습을 드러냈다.

흑룡포로 갈아입고선 가죽신을 신었다.

고급스러운 비단옷이지만 감촉이 낯설다.

이쪽 세상에서 그리 오래 있지 않았음에도, 벌써 저쪽 세상의 기억들을 잊어 가고 있는 듯한 기분이 들었다.

마지막으로 책상 앞에 섰다.

혹시나 하는 생각으로 서랍에서 손목시계를 꺼내어 손목에 찼다.

넓은 소매가 시계를 감춰주었다. 하지만 살짝 소매를 들어 올리면 시간을 볼 수 있었다.

오전 여섯 시 삼십 분.

이로서 모든 준비가 끝났다.

'금방 돌아올게.'

병원에 있을 가족들에게 마음속으로 말을 전했다.

불쾌한 시선으로 흑천마검을 움켜쥐었다. 기다렸다는 듯이 흑천마검이 몸을 떨었다. 흑천마검의 붉은 보석이 도전적인 빛을 발산했다.

언젠가 기회가 된다면 이놈의 코를 납작하게 눌러주고 말리라. 하지만 지금은 아니다.

내력을 끌어 올려 흑천마검에 주입했다. 어김없이 푸른빛이 눈앞에서 번졌다.

쏴악!

세상을 환하게 물들였던 푸른빛이 서서히 사그라들었다.
넓은 천서고의 광경이 보이기 시작했다.
벽면을 따라 둘려진 책장들. 그 안에는 수많은 고서들이 빼곡히 들어 있었다. 지하이면서 낡은 책으로 가득한데도 이곳의 공기는 청아하기만 하다.
저벅. 저벅.
사방에서 울리는 내 발걸음소리를 들으며 천서고 철문으로 향했다. 철문에 양손을 대고 내력을 흘려보냈다.
드르륵!
기관소리가 들리는가 싶었다.
그러더니 덜컹! 하면서 철문이 활짝 열렸다.
벽에 박힌 수많은 구슬들이 노랗고 불그스름한 빛을 발산하며 비밀 통로를 밝히고 있었다. 그 빛들에서 로마 나이트의 현란했던 조명들이 연상되었다.

좋은 기억은 아니다.

비밀 통로는 나만 한 크기의 혈마교 문양을 끝으로 막혀 있었다.

문양 중앙부에 손을 대고 지그시 눌렀다. 그러자 벽이 양옆으로 갈라지기 시작했다.

그 틈으로 청아한 향이 소리 없이 스며들어왔다.

청명목이라고 했던가.

그 냄새는 지존천실을 세운 대들보와 목재들에서 나는 향기였다.

밖으로 걸어 나왔다.

위치는 비밀 통로 입구가 숨겨져 있는 벽화와 혈마교주만이 앉을 수 있다는 혈룡좌의 중간이었다. 혈룡좌의 오른편으로 걸어 나오자 지존천실의 광경이 한눈에 들어왔다.

화려한 내실.

한쪽에서 색목도왕이 나를 기다리고 있었다. 오랜만에 보는 색목도왕의 모습에 잔뜩 응어리져 있던 마음이 약간은 풀리는 것 같았다.

색목도왕의 반가운 목소리가 들렸다.

"다녀오셨습니까, 교주님. 신물에 대한 의문은 푸셨는지요?"

'그렇지.'

흑천마검에 대한 의문을 풀러 천서고에 들어갔었다. 그곳에서 흑천마검과 논쟁을 벌인 다음 바로 집으로 돌아갔었던 기억이 떠올랐다.

"고서들이 너무 많아 어디서 어떻게 찾아야 할지 모르겠더군요. 하지만 조금은 무언가를 알아낼 수 있었습니다. 그건 그렇고, 우호법에게 부탁이 있습니다."

바로 본론으로 들어갔다.

색목도왕은 내가 저쪽 세상에 다녀왔던 걸 눈치챈 모양이었다. 아무래도 머리카락이 좀 더 자랐기 때문이 아닐까?

유연하게도 색목도왕은 그 점에 대해 언급하지 않았다.

"하명하옵소서."

"우호법의 역용술을 배우고 싶습니다. 그런데 역용술은 얼굴만 변화시키는 겁니까?"

체형, 더 나아가 멀게는 지문까지 바꿀 수 있다면 금상첨화일 텐데…….

색목도왕의 얼굴에 당혹스러운 빛이 스치고 지나갔다. 그는 곧 표정을 바로하며 대답했다.

"역용술은 종류가 많습니다. 소마가 익힌 역용술은 천면환용술(千面換容術)이라는 것이온 데, 얼굴만 변화시킬 수 있습니다."

체형과 지문까지 바꿀 수 있는 역용술이 존재하고 있다는 말처럼 들렸다.

그리고 보니 일전에 색목도왕에게 암안괴협이라는 고수에

대한 말을 들은 적이 있었다. 그는 얼굴뿐만 아니라 전신을 완전히 다른 사람으로 바꿀 수 있다고 했다.

"하면 본교에도 암안괴협처럼 전신을 통째로 바꿀 수 있는 자가 있습니까?"

"본교에서 역용술이 가장 뛰어난 자로는 만상귀검(萬狀鬼劍)이 있습니다."

색목도왕이 그를 소개했다.

만상귀검은 혈마오문의 고수였다.

그는 만상역변술이라는 뛰어난 역용술뿐만 아니라 독도 자유롭게 다룰 수 있었다.

"하오나 천하의 제일가는 역용술의 대가는 교주님께서 말씀하신 암안괴협이옵니다. 그는 자유자재로 체형을 바꿀 수 있을 뿐만 아니라, 기까지 변화시켜 절정고수라 할지라도 그의 역용술을 눈치챌 수 없을 정도입니다. 만상귀검은 암안괴협보다 한 수 아래이옵니다."

색목대왕은 대답을 마치며 의문서린 눈으로 나를 바라보았다.

'어째서 갑자기 역용술을 배우고 싶어 하십니까?'

굳이 말을 꺼내지는 않고 있지만 그렇게 얼굴에 쓰여 있었다.

나는 모른 체 말을 계속했다.

"본교의 만상귀검이 암안괴협보다는 한 수 아래라고는 하나, 자유로이 체형을 바꿀 수 있는 것은 틀림없지요?"

"예, 교주님."

저쪽 세상에서 쓸 역용술은 만상귀검의 것으로도 충분했다. 더 생각할 것도 없이 결정을 내렸다.

"만상귀검을 만나보고 싶군요."

하지만 내 말에도 웬일인지 색목도왕은 머뭇거리면서 입을 열지 못했다.

내가 말해 보라는 듯 어깨를 으쓱해 보이자, 색목도왕이 어렵게 말문을 텄다.

"본당에서 혈마장로들을 필두로 한 거마들이 교주님을 기다리고 있습니다."

"지금 말입니까?"

"예. 교주님께서는 오늘 지존으로 등극하셨습니다. 벽력혈장에게 동조한 배교도들을 일벌백계로 다스리시어, 교도들에게 지존의 위엄을 보이시고 본교의 교법을 바로잡으시옵소서."

살짝 머리가 아파지려고 한다.

내게는 몇 달 전 일이 이쪽 세상에서는 바로 오늘 일어난 일이다.

색목도왕이 당혹스런 얼굴로 내 대답을 기다리고 있었다.

그런 그가 충분히 이해가 된다.

그러니까 이쪽 세상에서 나는 오늘 교좌에 올랐다.

지금부터 혈마교주로서 해야 할 일이 많을 거다. 색목대왕이 말했듯이 일장로가 남겨두고 떠난 잔재들을 치워내고, 혈마교에서 내 입지를 굳건히 해야 한다.

역용술을 익히는 데 하루 이틀로는 끝나지 않을 것이다. 혈마교주의 일을 다 제쳐두고 역용술을 익히기만 한다면, 이기적인 일이 아닐 수 없다.

약간의 고민 끝에 말했다.

"우선은 만상귀검을 불러주십시오. 그런 연후에 회의에 참석하지요."

만상귀검은 통통하다고 할 만큼 살이 제법 붙은 남자였다. 욕심이 톡톡히 올라와 있는 얼굴은 들어온 순간부터 잔뜩 굳어져 있었다. 혹 병이 걸린 게 아닐까 걱정이 들 정도로 낯빛이 사색에 가까웠다.

그는 살짝만 건들어도 까무러칠 만큼 잔뜩 긴장해 있었다. 왠지 측은한 마음이 들었다.

내가 앉아 있는 혈룡좌부터 입구 앞까지 지존로라 불리는 흑색비단이 깔려 있었지만, 흑색비단은 나 외엔 아무도 밟을 수가 없다.

그래서 그는 입구에서 몇 발짝 걸어오지 못했다.

"지유본교. 천유본교. 천세만세. 마유혈교. 만악독문 하교 양호산. 교주님을 뵈옵니다."

그는 넙죽 엎드렸다. 그러면서 실내가 쩌렁쩌렁하게 울릴 정도의 큰 목소리로 외쳤다.

"고개를 들어라."

나는 짧게 말했다.

색목도왕과 흑웅혈마 외에는 말을 높이고 싶지 않았다. 둘도 누누이 다른 이들에게 혈마교주의 위엄을 보여야 한다고 말해 왔다.

음성에 실린 내력에 만상귀검이 몸을 움찔했다.

그는 엎드린 채로 조심스럽게 고개만 들었다. 하지만 눈을 마주치지 못하고 시선을 바닥에만 두었다.

"우호법이 말하길, 네가 본교에서 역용술로는 제일이라고 하더구나."

"과, 과찬이시옵니다."

만상귀검은 떨리는 목소리로 대답했다. 마치 고양이 앞에 있는 쥐를 보는 듯했다.

그러고 보니 그는 무복차림이 아니었다. 아마도 혈마교의 예복이 아닐까 하는 적색 장포를 입고 있었다. 머리도 신경 써서 빗어 내린 것 같았다.

내 부름을 받고 온 그 짧은 시간 내에, 적잖은 준비를 한 모양이다.

나는 그를 내려다보며 말했다.

"네 역용술이 만상역변술이라고 했던가? 어디 한번 보고 싶군."

만상귀검이 몸을 부르르 떨었다. 조마조마해 보였던 그의 얼굴 위로 이채가 스치고 지나갔다. 그건 감격에 겨운 사람의 표정이었다.

 내 옆에 선 색목도왕이 그에게 일어나라고 명했다. 만상귀검의 성대가 크게 꿀렁였다. 다시 잔뜩 긴장한 얼굴로 돌아간 만상귀검은 몸을 일으켰다.

 "하교 양호산. 만상역변술을 시전하겠사옵니다."

 그 순간 그의 얼굴이 기이할 정도로 일그러졌다. 코가 뭉개지고 입술이 비틀렸다. 눈썹이 지렁이처럼 꿈틀거리고 귀도 제멋대로 흔들거렸다.

 얼굴뿐만이 아니었다.

 드드득.

 몸 전체에서 뼈끼리 부딪쳐대는 불쾌한 소리가 들려오기 시작했다. 장포 위로 불룩 튀어나왔던 배가 쑥 들어갔다.

 그가 목을 좌우로 까딱이자 목이 얇아지면서 한 치 정도 길어졌다.

 허리를 구부정하게 굽혔다.

 드드득, 드드득.

 소리가 더 크게 들려왔다. 그가 약간의 신음과 함께 굽혔던 허리를 폈다.

 본래는 소매가 손등까지 가리고 있었는데, 이제는 소매 밖으로 팔이 튀어나와 옷이 작아 보였다.

다리 쪽도 마찬가지였다.

전체적으로 몸이 얇실해지고 키가 커졌다. 자세히 보면 꽤 살이 붙어 있었던 손가락마저도 여자 손가락처럼 길고 얇게 변해 있었다.

몸과 같이 얼굴도 몰라보게 달라졌다.

살이 없어져 뺨이 움푹 들어갔고 광대뼈가 상대적으로 튀어나왔다. 나름 큰 편에 속했던 눈도 독사의 눈처럼 가늘게 째지며 치켜 올라갔다. 뭉툭했던 코도 오뚝 솟았다. 심지어는 목뒤까지 내려왔던 머리카락이 모두 사라졌다.

통통해서 주방장을 연상시켰던 그가 어느 순간 잔인한 기운을 풍기는 날렵한 살인마로 변했다. 머리부터 발끝까지 달라지지 않은 곳이 없었다.

'대단해!'

나는 속으로 혀를 내둘렀다.

* * *

그의 역용술을 익히고 싶다는 뜻을 전하자, 그는 무척이나 영광스러워했다.

색목도왕이 작은 목소리로 만상귀검을 불렀다. 만상귀검이 자신의 잘못을 알아차리고는 급히 본래의 모습으로 돌아왔다. 돌아올 때도 역용술을 시전했던 것처럼 흉측하게 근육과 뼈가 뒤틀렸다.

그가 고개를 조아리며 말했다.

"제, 제 만상역변술이 천서고에 들어가는 것이옵니까?"

목소리가 기쁨과 놀라움으로 가득 찼다.

나는 자세한 내막을 잘 모르기 때문에 색목도왕이 대신해서 그렇다고 대답했다.

그러자 만상귀검은 온몸을 부르르 떨었다. 간신히 기쁨을 억제하고 있는 듯이 보였다.

"옛! 만상역변술을 바치겠사옵니다."

그는 본래 호북 땅에서 잘 알려진 고수였으나 호북의 정도 무림과 척을 지고 도망쳐온 자였다. 그가 도망쳐오면서 들고 온 것은 딱 두 가지였는데 하나는 만상역변술 비급이고 다른 하나는 검이었다.

만상귀검이 나간 후, 색목도왕은 그에 대해 몇 마디 덧붙였다.

나는 색목도왕의 말이 끝나기를 기다렸다가 마음에 담고 있던 말을 꺼냈다.

"비급은 소중한 것인데 너무나도 쉽게 바치겠다고 하는군요."

"본교의 모든 것들은 모두 교주님의 것입니다. 차차 익숙해지실 겁니다."

그래도 비급을 빼앗은 것 같아 썩 좋은 기분은 아니었다. 이런 내 마음을 눈치챈 색목도왕이 말을 계속했다.

"교주님께서도 보셨다시피, 만상귀검은 교주님께 비급을 바칠 수 있는 것을 영광으로 여기고 있습니다. 교주님께 비급을 바친다는 건 곧 그의 비급이 천서고에 들어간다는 말입니다. 본교의 천서고에 자신의 비급이 들어간다는 것은 크나큰 영예이지요."

"그렇습니까?"

"예. 소마가 천서고에 들어가 보질 못해 어떠한 비급들이 있는지는 모르겠습니다. 어쩌면 만상귀검의 만상역변술보다 상급의 역용술이 있을지도 모르겠습니다."

만상역변술로도 충분하다는 생각에 나는 고개를 설레설레 저었다.

"하지만 천서고에는 비치된 서책의 양이 너무도 방대하여 원하는 책을 찾기가 힘들더군요. 후에 시간을 두고 제 나름대로 정리를 해야겠어요. 그런데 아무리 영예라고는 하나 만상귀검에게 뭔가 보답을 해주었으면 합니다."

"전례대로 하심이 어떠하신지요."

"전례?"

"예."

혈마교에 투신하면서 귀한 보물이나 비급을 바친 자에게는 그만한 보답을 해줬다.

가족들에게는 십시에서 원하는 곳을 찾아 집을 지을 수 있는 권한과 자금을 주고, 당사자에게는 공을 세워 실력을 선보일 기회를 줬다.

높은 공을 세우면 혈마교의 상승무공을 전수받을 수도 있고, 공에 걸맞은 직위를 차지할 수도 있었다.

"좋군요."

내가 말했다.

"곧 적당한 자리가 생길 것 같습니다."

잠시 뒤 만상귀검이 돌아와 만상역변술 비급을 바치고 돌아갔다.

한 치의 망설임도 없었다.

이쪽 세상에서 비급이란 목숨보다도 소중한 것이 아니던가. 단지 교주인 내가 익히고, 천서고에 자신의 비급이 들어간다 하여 목숨을 서슴없이 내놓는다?

정작 혈마교주의 자리에는 올랐지만, 아직도 혈마교도들의 맹목적인 충성심에 대해서는 머리로 이해는 되도 쉽사리 적응이 되지는 않는다.

비급을 갈무리하며 물었다.

"적당한 자리라면?"

"오늘 소마가 알아본 바로는 정마교의 움직임이 심상치 않습니다. 필시 그들과 마찰이 생길게 분명하니, 그때 만상귀검에게 기회를 줄 수 있을 것 같습니다."

정마교라면 혈마교의 형제뻘인 곳이다. 수백 년 전 존마교가 혈마교와 정마교로 갈라서면서, 두 곳은 형제이되 철천지 원수가 되었다고 알고 있다.

"하지만 그들도 겨울 사막을 뚫고 오긴 힘들겠지요. 교주님께서 본교에 입지를 굳건히 하시기까지 시간은 충분합니다."

"앞으로 할 일이 많겠군요."

"예. 우선은 배교도들을 처벌하셔야 하고, 본교뿐만 아니라 중원 곳곳에 뿌리를 내린 분교까지 재편성하셔야 하며, 삼살삼사를 필두로 한 마도들의 규합대회와 서역 각국의 사절단들의 방문을 준비하셔야 합니다. 그리고 그 무엇보다도 교주님을 가까운 곳에서 보필할 친위대를 조직하셔야 합니다."

색목도왕의 입이 쉴새없이 움직였다.

당장 혈마교주가 되었으니 할 일이 많은 건 당연했다.

하지만 지금은 곤란하다.

가화만사성(家和萬事成)이라는 말처럼, 가족의 일이 해결되지 않고서는 마음의 여유가 없다.

'미안한 일이지만 혈마교의 일은 잠시 미뤄둘 수밖에.'

나는 결정을 내리며 몸을 일으켰다.

"본당으로 가시겠습니까?"

"잠시만."

그렇게 말하고는 혈룡좌 뒤편에 난 다른 방으로 들어갔다. 침대와 좌탁이 있는 것을 보니, 앞으로 내가 쓰게 될 침실인 것 같았다.

벽에 걸린 무구와 어마어마한 화폭을 바라보다 허리춤으로 손을 뻗었다.

흑천마검을 풀어 손아귀에 쥐었다.

놈은 벌써부터 내가 무엇을 하려는지 눈치챈 모양이다. 보석에서 발산하는 붉은빛이 꼭 흑포마괴의 기분 나쁜 미소처럼 보였다. 나는 코를 찡그리며 내력을 불어넣었다.

쏴악!

마치 학교 갔다 돌아와 교복을 벗는 것처럼 흑룡포와 가죽신을 벗어 옷장 서랍에 감춰뒀다. 흑천마검도 본래의 자리인 물먹는 하마 옆에 밀어 넣었다.

쾅!

세차게 옷장 문을 닫았다.

그럼에도 불구하고 옷장 너머로 흑천마검의 시선이 느껴지고 있었다.

흑천마검에서 신경을 거두며 몸을 돌렸다.

켜져 있는 컴퓨터를 끈 다음 침대에 드러누웠다.

'만상역변술이라.'

만상귀검은 바로 내 눈앞에서 완전히 다른 사람으로 변했다.

그의 그 신묘했던 역용술의 비밀은 지금 내 손에 쥐어져 있었다.

내력을 움직여 근육과 뼈를 움직이는 것이 역용술의 기본 원리이다.

만상역변술도 근본은 다르지 않았다. 단지 몇 장 훑어보았을 때에는 기존의 역용술에서 조금 더 세밀하고 자세하게 발전시킨 술법이구나, 하고 생각했다.

그러나 점심이 되었을 무렵.

마지막 페이지를 다 읽고 넘겼을 때, 나는 입이 쩍 벌어져 있었다.

일 장은 우리 몸을 이루고 있는 기관과 근육, 뼈를 그림과 함께 설명하고, 이 장은 육본(肉本)의 총체적인 이해를, 삼 장은 역용술에서 내력이 어떻게 쓰이는지를 알려주고 있었다.

만상역변술은 근육과 뼈의 변화에만 국한된 게 아니었다. 비급에서 언급된 육본이라는 단어는 철자만 다르지 분명 이쪽 세상에서 말하는 세포였다.

세포는 천팔백 년대에 서양에서 발견되었다고 알고 있다. 그런데 만상역변술을 창시한 자는 세포의 존재를 이미 알고 있었던 것이다. 그는 세포를 육체를 이루는 근본이라는 뜻에서 육본이라고 말하고 있었다.

그가 세포의 실체, 그러니까 미토콘드리아, 세포핵, 세포막, 세포질 같은 세밀한 부분을 완전히 꿰뚫고 있지는 못해도, 세포의 존재 유무를 파악하고 있다는 것만으로도 충분히 놀라운 일이었다.

키와 골격 같은 신체적 외형은 내력의 쓰임과 해부학에 대한 이해가 높을수록 보다 완벽히 변화시킬 수 있지만, 완전히 다른 사람이 되고자 한다면 점, 털, 피부, 손톱, 발톱 같이 세밀한 부분에도 신경을 써야 한다.

창시자가 말하길, 바로 그 완벽한 변화를 이룰 수 있도록 만들어주는 것이 바로 육본의 이해였다. 물론 역용을 하고 유지시키는데 쓰일 상승 내공과 해부학 지식은 기본 중에 기본이었다.

우선은 일 장에 나온 신체의 이해. 즉 해부학 지식을 쌓는 것에 초점을 두기로 했다.

비급에 나온 그림 자료도 나쁘지 않지만 현대 해부학을 다룬 전문 서적을 보충 자료로 쓴다면 보다 빠르게 이해할 수 있을 것 같았다.

생각이 난 김에 책상 서랍을 열어 뒤적거렸다.

생각했던 대로 시립도서관 대여증이 옛 지갑 속에 들어 있었다.

시립도서관이 있는 삼천동은 그리 멀지 않았다. 걸어서 이십 분쯤 걸리는 거리였다. 하지만 사람들의 눈을 피해 아파트 옥상 위로 내달리니 채 오 분도 걸리지 않았다.

인체 해부학.

그림으로 보는 근골격 해부학.

이렇게 두 권을 빌렸다.

그사이 엄마와 영아가 집에 돌아와 있었다. 화장실에서 엄마가 씻고 있는 소리가 들렸다. 영아가 내 손에 들린 책에 시선을 옮기며 물었다.

"오빠. 그게 뭐야?"

나는 아무것도 아니라면서 등 뒤로 책을 감췄다.

"해부학?"

영아가 고개를 빼꼼이 내밀더니, 의아한 눈으로 나를 바라보며 물었다.

도망치듯 방으로 들어가 책을 놓은 다음 거실로 나왔다.

"오빠, 아침밥도 안 먹었지?"

주방 쪽에서 영아가 물었다.

"엄마하고 내가 없더라도 챙겨 먹지 그랬어. 뭐해 줄까?"

영아가 앞치마를 둘러매며 말했다. 앞치마를 맨 영아의 모습이 오랜만이다.

어렸을 때 엄마가 마트에서 일을 했을 때, 영아가 자주 밥을 차려주곤 했었는데……

옛 기억이 떠올라 입가에 미소가 그려졌다.

"그냥 있는 걸로 먹자."

내가 말했다.

영아는 "참치가 있었네."라며 찬장에서 참치 캔 하나를 꺼냈다. 냄비를 꺼내는 것을 보니 참치찌개를 할 모양이었다. 마침 씻고 나온 엄마가 아버지 것도 챙겨야 한다면서 영아와 같이 식사준비를 하기 시작했다.

"아버지는 괜찮으셔?"

"멀쩡하시다. 무슨 일 없었지?"

"일은 무슨 일. 하룻밤밖에 지나지 않았는데."

엄마는 알까?

하루 동안 인터넷에는 내 기사와 동영상이 돌아다니고, 나는 무림에서 만상역변술의 비급을 가져왔다는 것을……

"밥 다 되면 불러줘."

방으로 들어가며 말했다.

안에선 해부학 전문서적 두 권과 만상역변술의 비급이 나를 기다리고 있었다.

* * *

"야! 너 그 동영상 봤냐? 인터넷에선 아주 난리가 났던데."

"로마 나이트?"

"죽이지?"

"화질이 너무 거지라서 난 잘 모르겠더라."

"맞아. 화질이 아깝긴 하지. 그래도 혼자서 조폭 이십 명을 때려눕히다니 대단하지 않냐? 오죽하면 기사에서도 영화에서나 있을 법한, 이라는 표현을 쓰겠냐. 실제로 그런 사람이 있을 줄은 몰랐다."

"없긴 왜 없어. 진욱이 형 있잖아."

자기들 딴에는 조용히 이야기한다고 생각하겠지만, 평범한 사람보다 귀가 밝은 내게는 부질없는 짓이다. 나는 모르는 체하며 책장을 넘겼다.

첫 페이지부터 자세히 공부하고 있던 터라서, 개론적인 의미로 전신 골격 사진을 보고 있었다.

해골만 덩그러니 나와 있는 사진이 신기한지 내 짝 선희가 눈을 떼지 못하며 말했다.

"해부학 책이죠? 왜 보고 있는 거예요?"

"취미야."

"취미요?"

"그런데 그거 알아? 사람은 태어나면서 이백육십 개의 뼈를 가지고 태어나지만, 크면서 뼈가 붙게 되서 성인이 되면 총 이백육 개의 뼈로 줄어들게 돼."

해부학 책은 의대생들이 보는 전문서적이라 그런지 정말 상세했다.

인체의 모든 뼈, 관절, 근육, 힘줄과 장기를 보여줬다. 심지어 책에서는 정상적인 관절의 가동 범위까지 설명하고 있었다.

어김없이 어마어마한 양의 전문용어들이 뒤따랐다.

오른손의 뼈와 근육을 설명하는 데만도 쉰한 개의 전문용어가 사용됐다.

수업시간에 보려고 가져왔다. 그러나 보통 정신으로는 해부학을 공부하기 힘들 것 같았다.

해부학은 아무런 방해도 받지 않고 오로지 집중에 집중을 거듭해야 할 것 같았다.

결국 학교에서 공부하는 것을 포기하고 수업이 끝나기만을 기다렸다.

종례 후 우철이와 기영이에게 얼굴을 비출까 하다가, 수능 공부에 방해가 될 것 같아 그대로 집으로 돌아왔다.

역시 집에는 아무도 없었다. 영아는 학교에 있고 엄마는 병원에 있을 것이다.

〈아들. 김치찌개 해놨다. 데워서 꼭 밥 챙겨 먹어. 장조림도 냉장고에 있다.〉

엄마가 남긴 쪽지를 냉장고 문에서 발견했다.

간편한 추리닝으로 갈아입은 다음 밥을 먹었다. 후에 방으로 돌아와서 방문을 잠갔다. 밤늦게까지 아무도 올 사람이 없겠지만.

오후 다섯 시가 약간 넘어가고 있었다. 운기행공을 해서 정신을 깨끗하게 만든 뒤 책상에 앉았다. 서랍을 열어 감춰뒀던 만상역변술의 비급을 꺼냈다.

책받침대에 비급을 끼워 놓고 책상에는 해부학 책 두 권을 펼쳤다. 비급을 보다가 이해가 부족하다는 느낌이 들면 해부학 책을 보았다.

지금 보고 있는 것은 골격의 비율에 대해 설명하고 있는 부분이다.

뼈의 목적은 사람의 장기를 보호하고 균형을 유지하는 데에 있다. 골격의 비율과 위치가 적절해야 본래의 목적을 다할 수 있다.

비율과 위치가 적절하지 않으면 흔히 말하는 '기형'이 된다.

기형은 장기가 겉으로 돌출된다든지, 균형을 유지하지 못해 발을 절뚝거린다든지 하는 식이다.

골격의 비율과 위치가 적절해야 하는 이유가 또 하나 있는데, 바로 정상적인 골격 운동 때문이었다. 그런 면에서 해부학 책은 대단히 고마운 자료였다.

비급의 일 장은 우리 몸을 이루고 있는 기관과 근육, 뼈를 설명하고 있었는데, 그 부분에 한해서는 비급보다 해부학 책이 이해가 쉽고 자세했다.

한참을 비급과 해부학 책을 번갈아보다, 안방에서 거울을 가져왔다.

쓰윽.

책에서 일컫는 부위들을 직접 만져가며 내 몸 골격에 대해 익혀나가기 시작했다.

* * *

 얼굴을 변화시키고 싶다면 어떤 얼굴이 되고자 하는지 전체적인 윤곽부터 잡아야 한다.

 여기서 주의할 점은 골격의 비율에 어긋나지 않는 이미지를 떠올려야 한다는 것이다.

 안면골.

 머리뼈를 구성하고 있는 뼈는 크게 열한 개로 잡아볼 수 있다.

 이마 쪽의 전두골과 그 주위에 있는 두정골 그리고 접형골.

 코 쪽의 비근골과 서골, 눈 쪽의 누골.

 광대뼈라고도 불리는 권골, 위턱 쪽의 상악골.

 아래턱 쪽의 하악골, 관조놀이 쪽의 측두골.

 골격을 바로잡았다면 당연히 얼굴 근육들을 골격에 맞게 수정해 줘야 한다.

 전두근, 추미근, 안와근, 안각근, 안와하근, 소관골근, 대관골근, 소근, 교근, 대치근, 구각하제근, 구륜근, 하순하제근, 이근, 머리덮개널힘줄, 이마힘살, 눈썹주름근, 눈둘레근, 눈살근 등등…….

 여기서 원하는 이미지에 따라 살점을 붙여야 하는데, 첫 번째로는 근육의 크기로, 두 번째는 육본이라고 말하는 지방 세포로 조절할 수 있다.

그렇듯 순차적으로 전신의 골격과 근육 그리고 육본을 다듬어준다면 완전히 다른 사람으로 변신할 수 있었다. 물론 이론상으로는 말이다.

문제는 전체적인 해부학 지식을 통달하고 있어야 하는 것이었다.

만상역변술에서 내력이 어떻게 쓰이는지는 그 다음의 고민거리였다.

지끈.

밤을 새고 났더니 두통이 일었다.

밀물처럼 밀려오는 전문용어 앞에서 운기행공의 효과도 다하고 있었다.

나는 눈을 비비며 기지개를 폈다. 눈앞으로 피부가 벗겨진 인체의 모습이 둥둥 떠다닌다.

일주일 동안 잠을 제대로 이룬 적이 없었다.

많이 자야 두 시간.

보통 운기행공을 하고 나면 조금만 자도 숙면을 취한 듯 상쾌했는데 일주일간 계속하다 보니 몸에 무리가 오는 듯싶었다. 가만히 있어도 피곤한 눈에서 열이 느껴졌다.

일요일 아침.

집엔 아무도 없다.

영아는 독서실에 갔고, 엄마와 아버지는 서울 큰이모 댁에 가셨다. 어젯밤 엄마와 아버지의 대화로 미루어 볼 때 아마도

돈을 빌리러 가신 것 같았다.

 샤워를 하고 소파에 누워 잠시 눈을 붙였다. 나도 모르게 깊은 잠에 빠졌던 모양이다. 얼마나 잠들었을까. 인터폰소리에 눈을 떴다.

 벌써 한낮이었다.

 인터폰 화면으로 낯선 남자 세 명이 보였다. 모두 정장차림이었고 나이는 이십 대부터 사십 대까지 다양했다. 문득 로마파에서 있었던 일이 생각났다.

 '아니겠지.'

 "예."

 인터폰을 들며 말했다.

 "정병훈 씨 댁이죠?"

 "그런데요?"

 "아버지 집에 계시나?"

 "안 계십니다. 무슨 일이죠?"

 "아버지께 드릴 게 있으니까 문 좀 열어줄래?"

 화면 속에서 남자는 종이 한 장을 흔들어 보였다. 남자의 좋은 인상과 차분한 어투를 믿고 문을 열어준 게 화근이었다. 문을 열자마자 남자 셋이 다짜고짜 집 안으로 들어왔다.

 나도 모르게 그의 목뒤로 손을 가져갔다가 황급히 거둬들였다.

 언성을 높여 말했다.

"당신들 누굽니까?"

젊은 남자가 심드렁해진 표정으로 말했다.

"아버지께 그린캐피털에서 왔었다고 말하면 다 아실 거다."

그 말을 끝으로 남자들이 신발을 벗고 거실로 들어왔다. 나는 빠르게 그들의 앞을 가로막았다.

"잠깐만요. 대체 이게 무슨 경우 없는 짓입니까. 집주인 허락도 안 맡고 들어오다뇨."

대답 대신 종이 한 장이 내 앞으로 내밀어졌다. 우리 가족을 접주려는 듯 〈유체동산압류공시서〉라는 붉은 글씨가 큼지막하게 써져 있었다.

압류라니?

내가 잠시 머뭇거리고 있는 사이 젊은 남자가 내 옆을 스쳐 지나갔다.

나는 그의 손목을 잡아 내 쪽으로 강하게 당겼다.

건장한 체격의 남자였다.

그가 신경질적인 얼굴로 손을 뿌리치려고 했지만 내 힘을 이기지 못했다.

"이거 못 놔?"

"그렇게 무작정 들어가는 게 어디 있습니까?"

험악한 분위기가 감돌자, 사십 대 남성이 타이르는 듯한 어투로 말을 건넸다.

"학생. 나는 법원에서 나온 사람이야. 그거 봐봐. 유체동산압류라고 쓰여 있지? 지금 법을 집행하는 중이니까 막으면 안 돼. 공무집행방해라고 하는 거거든."

"그린캐피털이라는 곳에서 나왔다고 하지 않았습니까?"

사십 대 남성은 다른 두 남성이 그린캐피털에서 나온 직원이라고 설명하면서 자신은 법원에서 나온 집행관이라는 점을 강조했다.

"아무리 법원에서 나왔다고 해도, 이건 너무하지 않습니까. 아버지가 집에 계시지 않으니 나중에 오세요."

"일이 그렇게 네 말대로 되는 게 아냐. 오래 걸리지 않을 테니까 진정하고, 나중에 아버지 오시면 잘 말씀드려."

'대체 법이 무엇이기에.'

남자의 손목을 잡은 손을 풀었다.

남자는 나를 노려보더니 성큼성큼 거실 안으로 걸어 들어갔다.

법원 집행관도 서류가방에서 뭔가를 꺼내며 뒤따라 들어갔다. 집행관이 꺼낸 것은 드라마에서 자주 보았던 빨간 딱지였다.

제일 먼저 보이는 텔레비전에 빨간 딱지가 붙여졌다.

〈압류물표목〉
2009 본 제 23013호
전주지방법원 집행관
이 표목을 파괴하거나 무효케 한 자는 처벌을 받을 수

있습니다.

한참 동안이나 빨간 딱지를 바라보았다.
드라마에서나 있는 일이라고 치부했던 것이 지금 현실로 다가왔다.
어느새 냉장고, 식탁, 전자레인지까지 빨간 딱지가 붙여져 있었다.
남자들은 안방까지 들어갔다. 집행관이 부모님이 주무시는 안방 침대에까지 빨간 딱지를 붙였다.
나는 주먹을 불끈 쥔 채로 남자들의 행태를 노려보았다.
옷장도, 화장대도, 심지어는 구석에 세워져 있는 청소기까지.
모두 빨간 딱지의 희생양이 되었다.
어디 더 빼앗아갈 것이 없나 둘러보는 그들의 모습은 영락없는 하이에나와 같았다.
빨간 딱지를 모조리 떼어내고, 이들을 모두 팬 다음에 내쫓아 버리고 싶은 충동에 휩싸였다. 벽에 걸려 있는 시계에 빨간 딱지를 붙이려는지 집행관이 더러운 발로 침대 위에 올라섰다.
"부모님이 주무시는 침대입니다. 더럽히지 마시죠."
목소리가 부들부들 떨렸다.
몸도 마찬가지였다.

한 무리의 하이에나들이 더러운 빨간 침을 곳곳에 발라놓은 후, 더 더럽힐게 없는지 두리번거렸다. 더는 참을 수 없을 것만 같았다.

 '여기가 혈마교라면……. 여기가 혈마교였다면! 저놈들을 모조리 반죽음으로 만들어 놓을 수 있었을 텐데.'

 "끝……났으면 빨리 나가세요."

 나는 이를 갈면서 남자들을 노려보았다. 남자들은 아득 쥐어져 있는 내 주먹과 얼굴을 번갈아보더니 몸을 움찔했다. 집행관이 내 눈을 피하며 말했다.

 "갑시다. 더 없네요."

 그들은 도망치듯 현관으로 향했다.

 쿵!

 잠시 뒤 큰 소리와 함께 현관문이 닫혔다.

 거실에 우두커니 서서 거친 숨만 내뱉고 있던 나는 더 이상 가슴속 울분을 참을 수 없었다. 당장 눈앞에 빨간 딱지가 붙여진 텔레비전이 보였다.

 머릿속에서 툭 하고 뭔가가 끊겼다.

 '모두 죽어 버렷!'

 텔레비전에 주먹을 박았다. 화면이 와장창 깨지며 바닥으로 떨어져 내렸다.

 "으아아아!"

 내가 터트린 고함소리가 방 안에 쩌렁쩌렁 울렸다. 태풍이 내뱉는 바람을 맞은 것처럼 유리창이 흔들거렸고, 가족사진이 바닥으로 떨어졌다.

'우리 가족······.'

나는 얼굴을 일그러트리며 가족사진을 제자리에 걸어두었다. 소파에 앉아 부글부글 끓어오르는 가슴을 진정시키기 위해 부단히도 노력했다.

그러던 중 관리실에서 인터폰이 왔다. 누군가 내 고함소리를 듣고 신고를 한 모양이었다. 나는 아무 일도 없으니 신경쓰지 말라고 대꾸한 다음에 신경질적으로 인터폰을 내리꽂았다.

와그작.

인터폰도 텔레비전처럼 부서졌다.

영아는 저녁에 집으로 돌아왔다. 수십 개의 빨간딱지를 본 영아가 할 말을 잃고 고개를 떨어트렸다. 영아는 내게 무슨 일이냐고 묻지도 않았다.

뺨으로 흘러내리는 한 줄기의 눈물. 그것이 영아의 감정을 모두 말해주고 있었다.

"울지 마. 놀라지도 말고. 오빠가 다 알아서 할게."

내 마음속에서 뭔가가 죽어 가고 있었다.

82

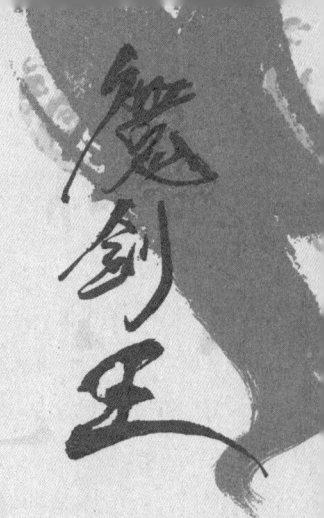

 아침 식탁에서 아버지는 딱 한 말씀만 하셨다.
 "걱정마라."
 아버지를 대신해서 내가 가족들에게 해주고 싶은 말이었다.
 엄마와 영아의 염려에도 불구하고 아버지는 빨간 딱지를 다 떼어내셨다.
 그날 아버지의 얼굴, 회한과 분통함으로 가득한 그 얼굴이 절대 잊히지 않을 거란 생각이 들었다.
 우리 가족의 손때가 묻은 집과 가구들이 모두 경매에 낙찰된 지 보름이 지난 날이었다.
 한 장의 내용증명이 우리 집으로 도착했다.

칠월 말일까지 부동산과 동산을 명도해 주십시오.

인터넷에서 경매에 대해 알아보았을 때 가장 많이 보였던 단어가 바로 명도였다.

'명도'란 법률적인 용어로 건물이나 물건 따위를 새로운 주인에게 넘겨 달라는 뜻이다. 그렇게 우리 집을 빼앗길 위기에 처했다.

우리 가족에게 법이라는 이름하에 닥친 일들은 모두 끔찍하고 더러웠다.

법은 그 어떤 무공보다도 강력했고, 그 앞에서 우리 가족이 할 수 있는 일은 아무것도 없었다.

영아는 우리 가족이 이런 시련을 겪는 이유가 법보다는 돈 때문이라고 생각했다.

돈을 가진 자가 더 많은 것을 가지기 위해 법을 부리고, 돈을 가지지 못한 자는 법 앞에 무기력할 수밖에 없다. 우리 가족이 그렇듯이.

빨간 딱지가 붙여지고 집이 다른 사람 손에 넘어가느냐 마느냐 하는 지난 석 달 동안, 나는 참고 또 참았다.

돈?

혈마교로 돌아가서 보물을 가져올까 생각해 보지 않은 것은 아니다.

하지만 혈마교주의 일을 모두 미뤄둔 내가 무슨 낯으로 보물을 가져올 수 있을까.

아직까지는 나 혼자의 힘으로 해결할 수 있다. 혈마교는 최후의 수단이다.

쓰윽.

책상 앞에 앉아 비급의 마지막 장을 덮었다. 비급에서는 만상역변술에서 내력이 어떻게 쓰이는지에 대해 장황하게 말했지만 그 깨달음을 얻기까지 오랜 시간이 걸리지는 않았다.

원칙은 간단했다.

모든 것은 '우리 몸은 기(氣)를 피처럼 당연하게 받아들인다.'라는 생각에서 시작한다.

피는 태어나면서부터 가지고 태어난다. 선천진기 또한 마찬가지다.

몸이 자라면서 더 많은 피가 생성되고 수련을 하면서 더 많은 기가 몸에 쌓인다.

사람이 살아가기 위해서 원활한 피의 순환이 필요하듯, 기 또한 다르지 않다.

피도, 기도 순환하지 않을 때가 있는데 바로 생명이 끊겼을 때다.

피와 기.

이 둘은 체내 곳곳에 자연스럽게 깃들어 있다. 보통 우리가 생각할 때 그것들이 몸 안에 있는 것을 당연하게 생각하듯, 골격과 근육, 육본 또한 그렇다.

언제고 자연스럽게 받아들인다. 기가 순환하며 자신들을 변화시켜도 절대적으로 순응한다. 기에 맞춰 유동적인 움직임을 보여주기까지 한다.

오른손을 펼쳐 눈앞으로 가져왔다.

한참 동안 손톱을 바라보며 약간의 내력을 일으켰다. 전기에 감전 된 듯한 짜릿한 느낌이 손끝으로 퍼져나갔다.

스르르.

'된다!'

손톱이 자라나기 시작했다.

손톱이 오 센티미터 정도 자랐을 때 그만 중지했다.

스르르.

다시 본래 상태대로 되돌렸다.

'이런 식이군.'

이번에는 손톱뿐만 아니라 손 전체에 집중했다.

손 골격을 새롭게 짜 맞추고 엄지맞선근 같은 근육들을 재조정했다.

거기에 육본을 다스려 지방과 피부조직을 수정하면서 전체적인 이미지를 구체화시켜나갔다.

손뼈들이 두드득 거리는 소리를 내며 약간의 통증을 가져왔다.

손이 점점 변하기 시작했다.

피부는 더욱 매끄러워지고 손가락은 가늘어졌다.

아버지를 닮은 네모꼴 손톱이 여성의 것처럼 타원형으로 둥그스름해졌다.

손등에 난 흉터도, 어릴 적에 부러져서 움푹 꺼졌던 약지 쪽의 뼈도 모두 바뀌었다.

결과적으로 손이 곱상하게 변했다.

역시 손만 바꾸고 나니 손목 쪽 관절이 요동을 쳤다. 손은 전체적으로 줄어들었는데 손목은 그대로니, 몸이 즉각 신호를 보내오는 것이다.

그래서 한 사람을 떠올렸다.

텔레비전을 켜면 언제고 보이는 한 아이돌 스타. 걔는 영아도 좋아하는 연예인이었다. 조각 같은 외모로 국민 꽃미남이라는 수식이 따라붙었다.

나는 동생 방에 그 아이돌의 브로마이드가 걸려 있는 것을 기억하고는 영아 방으로 향했다.

영아의 방문을 열자 커다란 브로마이드가 보였다. 그 앞에 섰다.

얼굴부터 발끝까지 샅샅이 훑어보았다.

전체적인 골격을 유추하며 이미지를 머릿속에 새겨나가기 시작했다.

이미지가 완전히 머릿속에 박혔을 때 두 눈을 감았다. 그리고는 내력을 전신 곳곳으로 퍼트렸다.

두드득.

두드드드득.

 전신의 뼈가 한 번에 재조정되는 느낌은 그리 좋지 않았다. 통증이 뒤따랐다.

 무엇보다도 몸에 맞지 않는 옷을 억지로 입으려고 하는 듯한 느낌이 들었다.

 시간이 지남에 따라 뼈가 뒤틀리는 소리가 점점 잦아들었다. 그리고 더는 몸에서 변화가 느껴지지 않게 되었다.

 몸은 일시적인 기의 변화에 순응하면서도 본래대로 되돌아가려는 성질을 지녔다.

 역용을 유지하기 위해서는 내력으로 그 기의 흐름을 붙잡아 둬야 했다.

 내력으로 체내를 감싸며 눈을 떴다.

 온몸이 뻐근했다.

 고개를 까닥이고 어깨를 풀었다. 고개를 내려 몸을 바라보았다.

 시야에 가슴부터 다리까지가 보였다. 키가 더 줄었고 몸도 얇실해져 있었다. 내 본연의 몸이 아니라서 그런지 어색한 느낌뿐이었다.

 고개를 돌려 영아의 반신 거울을 바라보았다. 거울 속으로 나를 바라보고 있는 아이돌 스타의 모습이 보였다. 내가 손으로 얼굴을 더듬자 그도 얼굴을 더듬었다.

 '됐어.'

내가 그렇게 웃자 아이돌 스타도 특유의 미소를 지었다.

저 미소에 넘어간 여학생들이 한둘이 아닐 것 같다는 생각이 들었다. 노래 실력은 형편없는데. 괜히 재수가 없는 놈이다.

역용을 유지시키고 있던 내력을 풀었다. 뼈가 움직이는 요란한 소리는 꼭 거울 속 놈의 비명소리처럼 들려왔다.

얼굴을 찌푸리며 안방으로 향했다. 안방의 전신 거울이 나를 기다리고 있었다.

그 앞에서 나는 많은 사람이 되었다.

유명한 영화배우가 되어 보기도 하고, 색목도왕으로도, 기영이와 우철이로도, 사진에서 보았던 아버지의 젊었을 적 모습으로도 변해 보았다. 사진에서 아버지는 하나같이 호기에 찬 미소를 머금었다.

마지막으로 우리 할아버지.

우리 가족의 시련이 안타깝기 때문일까……. 아니면 손자를 오랜만에 보았기 때문일까…….

거울 속의 우리 할아버지의 입가에서 미소가 사라졌다. 그 자리로 쓸쓸함이 남았고, 조금 뒤엔 나를 보며 눈물을 글썽이고 계셨다.

　　　　　　＊　　　＊　　　＊

　사람 좋게 튀어나온 배와 쳐진 눈꼬리.
　완벽하게 변한 내 모습을 보면서, 역용술은 실로 무서운 기술이라는 생각이 들었다.
　인터넷에서 익명성에 가려진 사람들이 어떠한 짓을 하고 다니는지만 봐도 알 수 있으리라. 입에 담지도 못할 악플로 한 사람의 생명을 앗아가는 잔인한 짓거리도 서슴지 않는다.
　바로 역용술이 그러한 기술이다.
　지금 당장 이 모습으로 은행을 턴다 해도, 사람을 죽인다 해도 아무도 내가 한 짓인 줄은 모를 테니까.

　　　　　　＊　　　＊　　　＊

　시내에서 전북대학교 방면, 그러니까 오거리 쪽에는 높은 빌딩들이 몰려 있는 구간이 있다. 각종 보험 회사나 은행 지방 본사, 신문사들이 몰려 있는 곳으로 전주에서 높은 빌딩들을 볼 수 있는 유일한 곳이다.
　유한빌딩은 십오 층짜리 건물이었다.
　일 층에는 증권 회사가 있어서 큼지막한 전자 주식시세표가 입구에 붙여져 있었다.
　어른들은 꼭 한 번씩 그것을 바라보며 불만어린 얼굴로 내 앞을 지나쳤다.

고개를 올려 각 층마다 붙여진 간판을 확인했다. 칠 층이 삼오 건설 전주점이다.

'여기군.'

그날 밤 그곳을 다시 찾았다.

밤에 다시 찾은 빌딩은 입구에 있는 경비실을 제외하고 모든 층의 불이 다 꺼져 있었다.

마치 숙면을 취하고 있는 듯 조용한 빌딩의 모습을 바라보다 건물 뒤편으로 돌아갔다.

삼십 대 후반. 눈에 띄지 않는 평범한 얼굴. 키는 백칠십오쯤에 몸무게는 팔십 킬로그램쯤의 남자 모습을 머릿속에서 그리고는 역용술을 펼쳤다.

그는 내가 만들어낸 가상의 인물이기 때문에 이와 같은 외모의 사람은 한국에 없을 것이다.

혹시 하는 생각에 지문도 일그러뜨려 놨다.

그렇게 나는 완전히 다른 사람이 되었다.

탓!

지면을 박찼다.

높이 뛰어올라 칠 층 창문틀을 붙잡았다.

창 너머에 있는 사무실은 어둠뿐이었다.

틀을 밟고 이동하며 잠기지 않은 창문이 있나 찾아보았지만 모두 단단히 잠겨 있었다. 뿐만 아니라 경보 시스템의 감지장치로 보이는 빨간 점 하나가 창 너머에서 깜박깜박거리고 있었다.

'역시······.'

결심을 하고 집게손가락 끝으로 십이양공의 내력을 끌어 올렸다.

유리창에 집게손가락을 댔다.

그리고는 잠금장치가 있는 부분 쪽의 유리에 작은 원을 그렸다.

약간의 연기와 함께 그린 모양대로 금이 갔다.

딱 손 하나가 들어갈 크기다.

금이 간 부분을 밀어내며 바닥으로 떨어지려는 유리를 황급히 낚아챘다.

손아귀로 떨어져 나온 유리를 잡고, 집게와 엄지를 사용해서 잠금장치를 풀었다.

조심스럽게 유리창을 열고 사무실 안으로 들어섰다.

떼어낸 유리를 구멍 난 본래의 자리에 끼워 넣었다. 그런 다음 집게손가락 바닥으로 분리선을 따라 원을 그려주며 십이양공의 열기를 주입했다.

유리가 뜨겁게 달궈지는가 싶더니 분리된 선이 서서히 사라지기 시작했다. 아주 자세히 봐야 분리된 흔적이 보일 정도로 말끔해졌다.

경보 시스템도 떼어낼까 생각해 봤지만 그것으로는 효과가 없을 것 같았다.

요즘 경보 시스템들은 유리창 충격감지 같은 기능이 있다고 들었다. 분명 유리창을 떼어낸 순간부터 경보에 감지되었을 것이다.

'곧 방범 회사 직원들이 오겠지.'

슬슬 어둠에 눈이 익었다. 내력을 일으키면 대낮처럼까지는 아니더라도 사물을 보다 자세히 식별할 수 있었다. 사무실 문에는 총무계라고 써져 있었다.

사무실 구석에 있는 캐비닛 중 한 곳으로 들어가 잠시 몸을 감췄다.

역용술을 습득하고 나니 은신술이 아쉽다.

하지만 전문적인 도둑이 될 것이 아니라서 곧 그 생각을 떨쳐냈다.

몇 분 후 사무실 형광등이 켜졌다.

사무실 너머로 사람 한 명이 빠르게 뛰어오는 것이 느껴졌다. 그는 거침없이 내가 있는 사무실 안으로 들어왔다.

"헉헉."

나이가 제법 든 경비가 거친 숨을 몰아쉬며 주위를 훑어보았다.

한번 쓰윽 돌아보는가 싶더니 문을 닫고 나갔다. 예상대로였지만 제멋대로 뛰는 가슴을 어쩔 수는 없었다. 긴장한 가슴을 쓸어내리며 방범 회사 직원들을 기다렸다.

그들은 한참 늦게 도착했다.

이십 분 후쯤에 경비가 방범 회사 유니폼을 입은 직원 두 명과 함께 다시 사무실 안으로 들어왔다.

'이쪽으로 오지 마.'

나는 속으로 중얼거리며 캐비닛 틈으로 그들의 모습을 살폈다.

생각과 달리 그들이 샅샅이 사무실을 찾아본다면?

그렇게 된다면 저들을 제압할 수밖에 없다. 캐비닛이 열리는 순간 사혈을 짚어 정신을 잃게 만들어야겠지. 하지만 그건 내가 바라지 않는 전개다.

아무도 모르게 들어왔다가 아무도 모르게 나가고 싶었다. 마치 어둠처럼.

내 바람대로 방범 회사 직원 둘이 곧장 유리창으로 향했다. 그쪽 천장에 달린 경비 시스템을 확인하더니 귀찮다는 얼굴로 말했다.

"아무 이상 없네요."

"저번에도 그러더니. 한 번씩 사람 놀래줘서야 어디 맘 편히 일할 수 있겠어? 나이가 들수록 간땡이도 줄어든다고."

경비가 눈살을 찌푸렸다.

"그래서야 어디 이 일 하시겠어요?"

"못 고쳐?"

"고칠 게 있어야죠. 바람이 세게 불 때마다 이런 식이니 저희들도 죽겠어요."

"오늘은 바람도 별로 안 불었는디."

"그러게요. 감지되는 이유야 바람 말고도 많으니까 한번 돌아보고 갈게요."

"그러든가. 그런디 이미 내가 돌아봤는데 암 것도 없어."

"그럼 그냥 갈게요. 무슨 일 있으면 연락주세요."

"자네들이 연락을 줘야지."

"예예."

방범 회사 직원이 건성으로 대답했다.

그들이 되돌아간 후 오래되지 않아 모든 형광등이 꺼졌다.

캐비닛 밖으로 나왔다.

바로 내 앞에 보이는 문을 열어 보았다. 좀비 영화의 한 장면처럼 음산함이 감돌고 있는 좁은 복도가 시선에 들어왔다.

칠 층 전체를 삼오 건설이 쓰고 있는 줄 알았지만 그게 아니었던 모양이다. 복도에서 의료기계 회사와 디자인 회사의 팻말이 보였다.

'이 안에서만 찾아보면 되겠어.'

생각을 마친 나는 생각을 행동으로 옮기기 시작했다.

어둠이 안개처럼 내려앉은 사무실은 작은 공동묘지를 연상시켰다.

무덤처럼 늘어서 있는 개인 책상 여섯 개가 한 치의 틈도 없이 붙어 있었다.

그것들은 평직원들의 책상일 테고, 구석에 덩그러니 놓여 있는 개인 책상 하나는 이곳 관리자의 책상일 것이다.

역시 생각대로 그 책상 위에는 팀장 박명길 이라고 써져 있는 명패가 있었다.

나는 그의 자리에 앉았다.

액자 속의 단란한 가족사진이 눈에 들어왔다.

가족끼리 등산 갔을 때 찍은 사진인 모양이었는데, 사진 속의 팀장과 부인 그리고 대학생 아들은 모두 행복해 보였다. 이유 모를 억울함이 가슴 저 밑바닥에서 얼굴을 들이밀었다.

사원들을 믿고 있었기 때문인지 아니면 열어봐도 상관없다고 생각했는지 서랍은 잠겨 있지 않았다.

첫 번째 서랍은 사원증과 필기도구 그리고 손톱깎이 같은 것으로 보잘것없는 것들뿐이었고, 두 번째 서랍은 칫솔과 수건이 덩그러니 놓여 있었다.

세 번째 서랍에는 서류뭉치가 있었지만, 모두 증권 회사와 보험 회사에서 보내온 것이었다.

네 번째 서랍에는 〈2007년〉〈2008년〉〈2009년〉 이렇게 세 개의 서류철이 있었다.

나이가 많은 팀장이 만들어두었다고 보기에는 예쁜 글씨였다. 부하 여직원의 솜씨가 들어간 것 같았다. 그중 하나를 꺼내 펼쳤다.

두꺼운 서류철 옆으로 페이지를 식별하기 좋게 포스트잇이 붙여져 있었다.

 노란색, 빨간색, 파란색 보란색 등. 〈1월〉〈2월〉 …… 〈12월〉까지 열두 개의 포스트잇이 붙어 있었다.

 서류에는 각 월별로 자재 구입 목록이나, 인건비 같은 회계 자료와 영수증이 첨부되어 있었다.

 '아!'

 어려운 건설 용어와 수많은 숫자들로 이루어진 자료들을 뒤적이다 겨우 내가 찾고자 하는 것을 찾을 수 있었다.

 피곤해지고 있던 눈을 부릅뜨고 추석선물목록 자료를 살폈다.

 그때 손목시계의 시침은 어느덧 세 시를 가리키고 있었다.

 나는 주머니에서 메모지를 꺼내어 서류에 적힌 주소를 옮겨 적었다.

 인터넷에서 아무리 검색해 봐도 알 수 없었던 그의 자택 주소였다.

*   *   *

 바로 오늘이다.
 대망의 놀토 아침.
 오늘 모든 것이 이루어질 것이다.
 서둘러 움직였다. 막 잠에서 깨 거실로 나온 영아가 집을 나서려는 나를 보며 말했다.

"오빠, 어디가?"

영아가 덜 깬 눈을 비비적거리며 나를 위아래로 훑어보았다.

초여름 날씨에 맞게 반팔 티셔츠에 얇은 추리닝 바지를 입었다. 그러나 영아는 내 복장을 못마땅해했다.

"그게 뭐야. 좀 멋지게 챙겨 입지 그래. 이제 여름인데 검은색은 더워 보여."

추리닝을 입었기 때문이 아니라 위아래 옷을 모두 검은색으로 맞춰 입은 것에 핀잔을 주는 것이었다.

"엄마 아빠는?"

영아가 물었다.

"주무시지."

"벌써 여덟 시네. 오빠는 어디가? 가방도 없는 걸 보니 도서관에 가는 건 아니겠고. 혹시 또 노가다 나가려고 그러는 거야? 아버지가 아시면 큰일 날 텐데."

"그런 거 아니니까 걱정 마."

"아무튼! 오늘 일찍 들어와?"

"왜?"

"있지. 오늘 엄마랑 집 보러 가기로 했는데 오빠도 같이 갔으면 해서."

집에 빨간 딱지가 붙은 그날의 눈물이 마지막이었다.

부모님을 생각한 영아는 평소 안 하던 행동을 하곤 했다. 용돈을 아껴서 부모님과 영화를 보러 가고 밤늦게 들어오시는 아버지를 기다렸다가 라면을 끓여주곤 했다.

 모두 내가 했어야 할 일이었기 때문에 영아에게 언제나 고마웠다.

 가만히 서 있는 내게 영아가 다시 물었다.

 "오늘 집 보러 간다고 엄마가 말 안 했어?"

 나도 모르게, '집 보러 가지 않아도 돼. 내가 다 해결할 거야.' 하고 말하려다가 겨우 참았다.

 "친구하고 약속이 있으니까."

 "혹시 여자 친구?"

 순간 영아의 눈이 가늘어졌다.

 "아니. 기영이하고 우철이하고 같이 독서실에서 날 새기로 했어. 내일 늦게 들어올 것 같은데."

 "엄마한테 말했어?"

 "모르고 말 못했지. 오랜만에 푹 주무시는 거 깨우기 싫으니까, 엄마 일어나면 네가 말해줘."

 초여름에 접어들면서 아침도 대낮처럼 밝았다. 복도에서 마주친 이웃 어르신의 얼굴 주름이 다 보일 정도로.

 어르신에게 인사를 드린 후에 엘리베이터를 타고 내려왔다. 토요일 아침부터 분주한 도시를 마음대로 활보할 수는 없었다. 나는 택시를 탔다.

"고속버스터미널이요."

백제로를 따라 십오 분 남짓 걸려 고속버스터미널 앞에 도착했다.

생각해 보니 혼자서 서울에 가는 것은 물론이고 홀로 고속버스를 타게 되는 것도 처음이었다.

터미널은 직장인으로 보이는 정장차림의 남자부터, 짐을 잔뜩 인 아주머니, 단란한 가족, 큰 배낭을 멘 청년까지 가지각색의 사람들로 붐비고 있었다.

경공술을 놔두고 차를 타고 가게 될 줄이야. 불과 얼마 전까지만 해도 경공술로 대륙을 종횡무진 돌아다녔는데.

서울행 고속버스 티켓을 끊으며 이런 일들이 아이러니하다는 생각이 들었다.

경공술을 펼친다면 차 못지않게 달릴 수 있지만 나는 주저않고 고속버스를 선택했다. 서울까지 가는 길도 잘 모르겠거니와, 안다고 해도 사람들의 이목을 피해 계속 경공술을 펼치기가 힘들기 때문이다.

무엇보다 고속버스를 타면 편안히 앉아서 서울에 도착할 수 있기 때문에…….

버스에 오르기 전 터미널 화장실로 들어갔다.

마침 화장실에는 아무도 없었다.

칸막이 안으로 들어가 문을 잠갔다. 그런 다음 내력을 끌어올려 전신으로 퍼트렸다. 뼈가 뒤틀리는 소리가 화장실 안을 가득 메웠다.

 입고 있던 티셔츠가 꽉 쪼여오고 추리닝이 신발을 덮을 정도로 많이 남았다.

 나는 추리닝 밑단을 접어 올린 다음, 칸막이에서 나와 거울 속 내 모습을 확인했다.

 적은 머리숱에 넓적한 얼굴. 늘어진 볼살과 굳게 다물어진 입술. 그리고 튀어나온 배. 내 모습은 고집이 강한 중년 남성의 외모로 변해 있었다.

 서울로 향하는 세 시간 동안 무엇을 어떻게 할 것인지 생각을 정리했다.

 서울 고속버스 터미널은 센트럴 시티라고 불리는 건물 안에 있었다.

 은행, 영화관, 음식점, 호텔, 백화점 등 없는 게 없어 실로 놀라웠다. 그만큼 사람도 많고 복잡했다.

 어디론가 바삐 움직이는 사람들 틈에서 나는 주위를 두리번거렸다.

 삼오 건설 사장 김한철의 자택이 있는 쌍문동까지 가려면 지하철을 타고 이동해야 했는데, 어디로 가야 지하철을 탈 수 있는지 찾을 수가 없었다. 결국 중앙 홀에 있는 안내 직원에게 물어봤다.

 안내 직원의 설명을 듣고 간 지하철역에서 사람들 대부분이 지갑을 대며 개찰구를 통과했다. 나는 교통 카드가 없기 때문에 지하철표를 사야 했다.

'어느 방향으로 넣어야 하는 거지……'

지하철을 타는 것이 처음인 나는 대충 주위 사람들의 눈치를 살펴 다른 사람이 하는 대로 따라했다.

지하철 승강장에 섰다.

대화 방면으로 가는 3호선을 타고 종로까지 가야 했다. 그런데 내가 선 승강장이 맞는지, 아니면 반대편 승강장이 맞는지 확신이 들지 않았다.

새삼스럽게 촌놈이라는 생각이 들었다. 그때 시끄러운 벨소리가 들렸다.

'이 시끄러운 소리는 뭐야?'

가만히 서 있던 사람들이 짐을 챙기며 승강장 앞으로 몰려들었다. 그 모습에서 시끄러운 벨소리의 정체를 파악할 수 있었다.

'지하철이 오는 모양이군.'

터널을 통과해 온 지하철이 세찬 바람을 동반하며 내 앞을 빠르게 지나갔다.

먼지가 가득한 더러운 바람이라는 생각이 들어 잠시 숨을 멈췄다.

고속버스터미널 역이기 때문일까.

많은 사람이 내렸고 그만큼의 사람이 올라탔다.

처음 타보는 지하철이었지만 조금도 설레지 않았다. 오히려 밀려드는 사람들에 치이다보니 짜증이 날 판이었다.

 한 정거장 후인 반포에서 내려 택시를 탔다. 마침 택시 정거장이 두 곳 있었다. 하나는 사람들이 밀리고 하나는 이상하게 한산했다.

 당연히 한산한 곳의 택시를 택했다. 타고 보니 택시는 고급 세단이었다.

 "신리공원이요."

 목과 입부분의 골격이 달라졌으니 목소리도 자연스럽게 변했다. 내 입에서 흘러나온 목소리지만 상당히 어색했다.

 택시의 속도가 지루하고 답답했다.

 높고 근사한 빌딩들과는 달리 거리는 지저분했고 행인들 모두 여유가 없어 보였다.

 택시비를 내고 나니 이제 돌아갈 차비와 만 원 정도의 돈이 수중에 남았다.

 '모범택시는 원래 비싼 거라고?'

 속으로 툴툴거리며 택시에서 내렸다.

 요즘은 포털 사이트에서 주소와 번지수를 치면 주변 지도가 잘 나온다.

 신리공원 주위에는 드라마에 나오는 으리으리한 저택만큼은 아니더라도, 부지가 넓고 깨끗한 고급 주택들이 들어서 있었다.

 주택들의 문패를 확인하며 걸었다.

379번지 380번지 그리고 381번지.

〈김한철〉 문패에 걸린 이름은 삼오 건설 사장의 것이 맞았다.

'여기다.'

원래부터 목적이 이곳이 아닌 것처럼 그대로 스쳐 지나갔다.

고급 주택단지답게 각 주택들마다 CCTV가 설치되어 있기 때문이다.

CCTV의 눈이 닿지 않는 골목 뒤쪽으로 향했다. 나는 주위에 아무도 없는 것을 확인한 후 발을 굴렀다.

탓!

높은 담벼락을 가뿐하게 뛰어넘고선 건물 뒤편에 숨어 마당 쪽을 바라보았다.

마당만 백 평쯤 될까.

그 넓은 부지가 모두 잔디로 깔려 있었다.

햇빛을 받은 잔디들이 파릇파릇하게 시야를 환하게 만들었다.

아름다운 화단과 건물 주위로 박아놓은 암석들에서 전문가의 손길이 느껴졌다.

'개는 없고.'

차고에는 고급 외제차 두 대가 주차되어 있었다.

집에서 들려오는 텔레비전소리로 봐서는 그의 가족들이 집

안에 있는 것 같았다.

 은밀하게 먼 쪽에 몸을 숨기고 안력을 끌어 올리자, 새시 안쪽의 거실이 훤히 보였다.

 부인으로 보이는 중년 여성이 소파에 앉아 텔레비전을 보며 과일을 깎고 있었다. 그리고 그 옆의 인물을 확인하는 순간 내 주먹이 아득 쥐어졌다.

 '김한철!'

 사진에서처럼 깨끗하고 잘난 얼굴은 아니었지만 분명 홈페이지에서 본 사진 속의 그였다.

 그는 아주 태평하게 누워 아내가 건넨 과일을 받아먹었다. 그 모습을 보는 순간 몸이 움찔했지만 섣불리 움직이지는 않았다.

 나는 김한철을 노려보다가 다시 담을 넘어 신리공원으로 향했다.

 그리고는 그의 주택이 잘 보이는 나무에 올라 몸을 숨겼다. 점심도 먹지 못하고 그가 나오기만을 기다렸다.

 공원에서 놀던 동네 아이들도 모두 집으로 돌아갔을 때였다.

 늦은 밤 굳게 닫혀 있던 현관문이 열렸다. 김한철이 핸드폰으로 전화를 하며 나왔다.

 나는 청력을 높여 그의 대화에 귀를 기울였다.

 "입찰권이야 따먹으라고 놔둔 거고. 건물 올라가기 시작했다매? 그럼 압박하라고. 자금줄 압박하고 용역 애들 풀어. 그래. 요즘 누가 번거롭게 입찰하고 받고 하냔 말이야. 찍어 눌러! 전주에서처럼 하란 말이야. 말귀 더럽게 못 알아듣네. 우신 건설 때처럼 하라고. 그래. 이번 일 확실히 준비하고 처리해. 뭐? 내가 그놈들 사는 것까지 알아봐줘야 해? 닥치고 자기 가족들이나 생각해! 에이!"

또 어딘가에서 구린 일을 저지를 모양이었다. 그는 신경질적으로 핸드폰을 끊고 차고로 향했다. 그가 차 리모컨을 누르자 차가 헤드라이트를 번쩍였다.

그가 차에 올라탔고 시동 걸리는 소리가 들렸다.

전조등을 켠 고급 외제차가 차고 밖으로 빼꼼이 얼굴을 내밀었다.

차는 밖으로 완전히 나와 좌측으로 방향을 틀었다.

나는 몸을 일으키며 차가 나아가는 방향을 바라보았다.

'잘 됐다.'

그쪽으로 가는 길은 신리공원을 가로지르는 곳이라 주택단지는 물론이고 인적도 드문 곳이었다.

차가 속도를 붙여 나가기 시작했다.

타탓!

나도 급히 몸을 튕겼다. 차를 주시하면서 주택들의 지붕 위를 뛰어넘었다.

쉭쉭.

빠른 바람이 귓가를 스쳐 지나간다. 뛰는 심장만큼 이가 악물어진다.

어느새 차보다 앞섰다. 길목에 있는 전봇대 위로 뛰어올라 다가오는 차를 응시했다. 미등만 켠 전조등은 꼭 멍청한 사람의 눈빛 같았다.

차가 막 전봇대 앞을 스쳐 지나가려는 순간이었다. 나는 내력을 실어 전봇대 위에서 자동차 보닛으로 뛰어내렸다.

쾅!

우직!

자동차 보닛이 무너져 내렸다.

그때 자동차 앞 유리를 사이에 두고 김한철과 눈이 마주쳤다. 김한철은 귀신을 본 사람처럼 눈이 휘둥그레졌다.

"아악!"

그의 입에서 짧은 비명이 튀어나왔다.

보닛에 가해진 충격으로 차 뒷부분이 튀어 올랐다. 동시에 운전석의 에어백이 튀어나와 김한철의 얼굴을 짓눌렀다.

탓!

바로 차에서 내려왔다.

차는 십 미터쯤 앞으로 미끄러지고 나서야 완전히 정차했다.

찌그러진 보닛 사이로 연기가 피어올랐다. 나는 깨진 전조등의 유리 조각을 밟으며 운전석으로 향했다.

김한철이 에어백에서 빠져 나오기 위해 허둥대고 있었다.

나는 운전석 쪽 문 손잡이를 움켜잡았다. 그리고는 아무렇지 않게 운전석 문을 통째로 뜯어냈다. 그걸 본 김한철이 동작을 멈췄다.

내가 천천히 그에게 몸을 기울이자, 죽은 척을 하고 있다 딱 걸린 도마뱀처럼 빠르게 양팔을 허우적거리기 시작했다. 그가 에어백을 밀어대는지 에어백이 그를 밀어대는지 분간이 안 가기 시작했다.

나는 김한철의 어깨를 쥐었다.

"아앗!"

내뱉는 비명은 무시하고 그를 밖으로 끄집어내 내동댕이쳤다.

나는 가로등 불빛을 받으며 그를 내려다보았다. 김한철도 잔뜩 겁을 먹은 얼굴로 나를 올려다보았다.

천천히.

아주 천천히 그의 몸이 파르르 떨렸다. 입을 뻥긋거리고 있긴 하지만 아무런 소리도 나오지 않았다. 나는 쓰러져 있는 김한철 앞으로 쪼그리고 앉았다. 그는 도망칠 생각도 못하고 부들거리고 있었다.

"김한철."

내가 짧게 그의 이름을 불렀다.

살기를 담은 내 무거운 목소리가 낮게 깔렸다.

김한철은 귀신에 홀린 사람처럼 입을 반쯤 벌린 채로 고개를 끄덕였다.

사람이 극도의 공포와 마주치게 되면 어떻게 되는지 나는 이미 알고 있다.

머릿속이 백지장처럼 새하얘지면서 아무런 생각도 들지 않는다.

도망쳐야겠다. 이게 대체 무슨 일이야.

그런 생각조차도 들지 않는다.

"김한철."

내가 다시 한 번 그의 이름을 부르자, 그는 숨을 제대로 쉬지 못하고 껄껄거렸다.

"대, 대체 누구요. 대체……."

그가 헐떡이며 말했다. 아마도 지금 그는 자신이 무슨 말을 하고 있는지조차 모를 것이다.

나는 그의 눈을 똑바로 응시하며 말했다.

"저승사자."

김한철의 멱살을 잡았다.

컥!

그가 숨넘어가는 소리를 토했다.

그의 멱살을 잡은 채로 몸을 일으켰다.

보란 듯이 발로 일그러진 앞 범퍼 쪽을 차올렸다.

차는 그 자리에서 약간 떠오르더니 완전히 뒤집혔다.

쿵!

묵중한 소리와 함께 김한철의 전신도 움찔거렸다.

"너도 이렇게 될 거야."

"원, 원하는 게 뭐, 뭐요……."

김한철이 눈을 질끈 감으며 말했다.

"전주에서 있었던 모든 일을 원상태로 다 되돌려 놔라. 딱 하루 주겠어."

"하, 하루 가지고 내, 내, 내가 뭘 할 수 있겠습니까."

"살고 싶으면 뭔들 못하겠나."

"선, 선, 선생님."

김한철은 눈을 감은 채로 말했다. 내가 멱살 잡은 손에 힘을 주자, 그는 겁에 질린 눈으로 나를 보았다.

"딱 하루다."

시간이 별로 없다. 주말이 지나고 월요일이 되면 학교에 가야 하니까.

* * *

내가 자리에서 떠난 뒤 김한철은 한참 동안 일어나지 못했다. 겨우 자리에서 일어난 그는, 넋 나간 사람처럼 멍하니 서서 그의 자동차를 바라보았다.

박살난 것으로도 모자라 완전히 뒤집혀 버린 김한철의 자동

차. 자동차의 존재가 김한철에게 이 모든 일이 꿈이 아니라고 말해주고 있었다.

공원 인근에 숨어 김한철을 지켜보았다.

그는 호주머니에서 핸드폰을 꺼냈다.

손이 심하게 떨리고 있고 손아귀에 힘이 들어가지 않기 때문인지 곧 핸드폰을 떨어트렸다.

다시 핸드폰을 주워든 그가 어디론가 전화를 걸기 시작했다.

잠시 뒤 도착한 사람은 그의 아내였다. 그녀는 집에서 입던 편한 복장으로 뛰어왔다.

나는 청력에 집중했다.

"여보!"

"겨, 경찰 불러."

아내는 그의 말을 못 들었는지 차 쪽으로 걸어갔다.

"이 비싼 차를……."

그의 아내가 중얼거리다가 김한철에게로 고개를 돌렸다. 김한철은 땅에 주저앉아 있었다.

"무슨 일이야? 차는 어떻게 된 거고? 대체 어떻게 하면 이 지경으로 만들 수 있는 거야?"

아내가 신경질을 냈다. 김한철은 대답이 없었고, 아내는 곧 김한철의 상태가 이상하다는 것을 알아차렸다. 아내가 김한철의 어깨를 흔들며 외쳤다.

"여보! 정신 좀 차려봐."

"경찰 부르라니까! 사람 말 좀 들어!"

김한철은 그렇게 말한 뒤에 만취한 사람처럼 고개를 푹 숙였다.

"핸드폰 집에 두고 왔어. 성질만 내지 말고. 핸드폰을 줘야 경찰을 부르든지 말든지 할 거 아냐."

김한철은 아내를 바라보지도 않고 핸드폰 든 손을 느릿하게 올렸다. 아내가 핸드폰을 받아들자 툭 하고 그의 손이 아래로 떨어졌다.

아내는 경찰에 신고를 했다.

그 다음에 보험 회사에 전화를 걸었다.

재미있게도 먼저 전화한 경찰보다 보험 회사 직원과 견인차, 그리고 구급차가 먼저 도착했다.

보험 회사 직원과 견인차 기사는 뒤집힌 차를 보며 곤란해했다.

"차가 뒤집혔다고 말씀을 해주셨으면 좋았을 텐데요. 그런데 운전자 분은?"

"저이예요."

아내는 벤치에 앉혀 둔 김한철을 가리키며 말했다.

구급차에서 내린 사람들이 김한철의 상태를 살피고 있었다. 아내가 보험 회사 직원과 함께 김한철 앞으로 다가갔다.

"누가 이 사람들 부르래? 경찰 부르라고!"

김한철이 그토록 찾던 경찰은 견인차가 도착하고 십여 분이 지난 후에야 나타났다.

김한철이 경찰을 발견했다.

그는 구급센터 직원들을 뿌리치며 경찰에게로 향했다. 금방이라도 넘어질 사람처럼 휘청거렸다. 넘어지려는 그를 경찰이 부축하며 말했다.

"신고 받고 왔습니다."

경찰차 조수석에서 젊은 경찰이 내려 주위를 훑어보기 시작했다.

보험 회사 직원은 젊은 경찰에게 다가가 대화를 나누기 시작했다.

김한철이 내가 뛰어내렸던 전봇대를 가리켰다.

"저기서 뛰어내렸어. 그……그……그 사람이 저기서 뛰어내렸다고."

"차분하게 마음을 가라앉히시고 천천히 자세히 말씀해주셔야 알아들을 수 있습니다."

"그 사람이 저기에서 뛰어내려 내 차를 저렇게 만들고, 나를 협박했어. 죽이겠다고. 자신을 저승사자라고 했어."

지금 김한철에게서는 한 회사의 사장다운 모습을 조금도 찾을 수 없었다.

어린아이처럼 화를 내고 울먹이며 횡설수설했다.

경찰도 그렇게 생각해서인지 그의 아내를 불렀다. 아내가 김한철의 등을 쓸어내리며 그를 진정시켰다.

"알았어. 알았어."

김한철은 계속해서 혼자 중얼거렸다. 크게 심호흡을 하고 머리를 세차게 저었다.

그는 조금은 달라진 얼굴로 고개를 들었다.

"동창회 모임에 가던 중이었습니다."

경찰에게 말하는 어투도 확연히 달라졌다.

"회사일이라고 했잖아?"

옆에서 부인이 쏘아붙였다. 김한철은 부인의 말을 무시하고 말을 계속했다.

"바로 이곳을 지나치려는 순간 저기에서 누군가가 차 위로 뛰어내렸습니다."

"전봇대 위에서요? 그럼 그 사람은 어디 있죠? 많이 다쳤을 텐데요."

경찰이 고개를 갸웃거렸다.

다른 젊은 경찰은 보험 회사 직원과 계속해서 대화중이었다.

"그 사람은 사람이 아니었습니다. 보세요. 누가 저 높은 곳에서 뛰어내려서 달리던 차를 망가트리고, 걷어차서 저렇게 뒤집어놓을 수가 있다고 봅니까? 앞 문짝도 뜯겨져 있지요? 그 사람이 손으로 뜯어놓은 겁니다."

김한철의 말에 경찰이 눈웃음 지었다.

그걸 본 아내가 소리쳤다.

"여보! 무슨 소릴 하는 거야?"

부인은 김한철의 어깨를 살짝 때렸다.

"나도 지금 내가 하는 말이 황당하고 믿기 어려운 말이라는 거 압니다. 하지만 사실입니다."

김한철은 다시 한 번 자초지종을 설명했다.

경찰이 황당한 얼굴로 아내를 향해 어깨를 으쓱여 보였고, 아내는 민망한 기색으로 고개를 숙여댔다.

김한철의 장황한 설명에도 불구하고 경찰은 늘 겪는 일인 것처럼 대답했다.

"음주측정을 실시하겠습니다."

그는 절차상 있는 일이라고 덧붙였지만, 이미 음주운전이라고 확정지은 듯 보였다.

*　　　*　　　*

예상대로였다.

김한철은 내 말대로 하지 않았다.

그는 전주에서 있었던 일을 되돌리는 대신 경찰을 선택했다. 이해가 안 되는 것은 아니었다.

어마어마한 돈을 포기해야 하는 일이 될 테니, 회사의 규모를 봤을 때도 회사가 위태로워질 수도 있는 일이었다.

특수 견인차가 김한철의 차를 싣고 가는 것으로 신리공원에서의 일이 마무리되어 가고 있었다.

김한철은 병원부터 가자는 부인의 말을 무시하고 경찰차에 올라탔다.

뒤를 쫓지 않았다.

아직 일어나지 않은 일이지만 어떤 상황이 펼쳐질지 눈앞에 선했다.

그의 말은 비웃음거리밖에 되지 않을 거고, 그가 계속해서 일관된 주장을 한다고 해도 경찰에선 수사도 하지 않을 것이다.

어쩔 수 없이 사건을 접수하되, 몇 번 수사하는 척만 해도 경찰로선 많이 움직인 거다.

정신 나간 소리에 귀를 기울일 만큼 경찰은 한가하지 않으니까.

실제로 김한철이 자택에 도착할 때까지, 경찰은 한 번도 공원 주위를 순찰하지 않았다.

나는 김한철 집의 지붕 위에서 몸을 숨기고 앉아 멀리서 다가오는 자동차 불빛을 바라보았다.

새벽 한 시.

김한철이 택시에서 내렸다.

경찰서를 갔다가 병원까지 들렸을 수도 있고 아니면 경찰서에서 진술이 길어졌을 수도 있었다. 무슨 이유든 간에 그는 몸시 피곤해 보였다.

하지만 전보다는 심신이 안정되어 보였다.

"나야."

갈라진 목소리로 인터폰에 대고 말했다. 대문이 열리고 그는 정원으로 들어섰다. 현관문을 열고 나온 아내가 잰걸음으로 걸어 나왔다.

"어떻게 됐어?"

아내가 물었다.

"나를 음주운전으로 몰아가더군. 이래서 우리나라 경찰이 안 되는 거야. 다른 사람은 몰라도 당신은 나 믿지?"

아내는 잠시 우물쭈물 거리더니 화제를 돌렸다.

"차는 보험처리하기로 했어. 봐봐. 내 말 듣고 자차 들어놓길 잘했잖아. 다행이지?"

"차가 문제가 아니라니까!"

김한철의 언성이 신경질적으로 올라갔다. 그는 주위를 두리번거렸지만, 내가 지붕 위에 있으리라고는 생각하지 못하고 정원 둘레만 살펴보았다.

"누군가 나를 노리고 있어. 오늘 문단속 단단히 해놔."

"노리긴 누가 노린다고."

"남편 말 못 믿는 거야?"

"못 믿긴, 누가 못 믿는다고 그래?"

"지금, 그렇잖아!"

김한철이 소리를 빽 질렀다.

"동네 시끄럽게 왜 그래. 사람들 들어."

"지금 사람들 눈이 문제야? 이 답답아. 누가 나를 죽이려 들고 있다니까 그러네. 밥이나 챙겨줘. 뱃속이라도 든든해야 정신 바짝 차리지."

"이 밤에? 아줌마도 없는데?"

"이놈의 여편네가 정말……. 됐다. 말을 말아야지. 문단속이니 하고 들어와."

"자동으로 잠기잖아."

"하라면 하지, 무슨 말이 많아? 이런 것을 먹여 살리겠다고 뼈 빠지게 일하는 내가 미친놈이지."

김한철은 있는 대로 성질을 내며 집 안으로 들어갔다. 아내는 원수 보듯 남편의 뒷모습을 노려보았다. 대문의 잠금장치를 확인하고 아내도 집 안으로 들어갔다.

그로부터 두 시간 후 집안의 모든 불이 꺼졌다. 나는 고양이같이 이 층 난간으로 뛰어내렸다.

삼오 건설 전주지점에서 했던 것처럼 유리를 떼어낸 후 안으로 들어갔다.

장식품으로 전락한 듯 먼지를 잔뜩 뒤집어쓴 헬스 기구들이 이 층 거실에 배치되어 있었다. 벽에 걸린 대형 가족사진에 다 큰 아들과 딸도 보였지만, 집에는 김한철과 그의 아내 단둘만 생활하고 있었다.

계단을 통해 일 층으로 내려갔다.

안방에서 김한철이 코고는 소리가 크게 들렸다. 세상 물정 모르고 그새 잠이 든 게다.

부엌으로 향했다.

싱크대 첫 번째 서랍에서 식칼 하나를 꺼내 왼손에 쥐었다. 여름임에도 불구하고 식칼의 손잡이는 서늘했다. 검을 쥐는 느낌과는 또 다르다.

두근!

심장이 강하게 한 번 역동쳤다.

'이렇게까지 해야 하나?' 라는 약한 생각이 슬그머니 고개를 들이밀었다.

가장이라는 막중한 책임감 앞에서 괴로워하고 계실 아버지와, 자식들에게 좋은 모습을 보이시려 아무렇지 않게 행동하는 우리 엄마 그리고 빨간 딱지로 도배가 된 집을 보며 소리 없이 운 동생 영아.

지난 몇 달 동안 우리 가족이 겪은 고통을 생각하면 이 정도는 아무것도 아니다.

김한철이 그가 가진 돈과 법이라는 무기를 사용해 우리 가족을 힘들게 했으니, 나도 내가 가진 무기를 사용할 수밖에.

드르릉.

조용히 연 안방 문틈으로 코고는 소리가 더욱 크게 들렸다. 그의 아내도 작은 숨소리를 내며 깊은 잠에 빠져 있었다.

우선 그의 부인부터 점혈했다.

목뒤 천주혈(天柱穴)을 지그시 눌러 헤어 나올 수 없는 깊은 잠에 빠지게 만들었다.

그런 후에 김한철 앞에 섰다.

김한철은 내 쪽을 향해 비스듬히 누워 있었다. 악몽을 꾸고 있는지 그의 온 얼굴이 구겨져 있었다. 무방비 상태고 너무도 무력한 모습이다.

욕심이 가득한 그의 볼살이 시신에 들어왔다.

짜악!

채찍처럼 손을 휘둘러 그의 따귀를 때렸다.

"악!"

비명과 함께 그가 눈을 번쩍 떴다.

탓.

기다렸다는 듯이 그의 아혈을 짚어 입을 묶었다.

나를 알아본 그의 눈동자가 사시나무 떨듯 떨렸다. 그는 미칠 듯이 아내를 흔들었다. 그러나 그의 아내는 죽은 사람처럼 깊은 잠에 빠져 있었다. 정확히 말하자면 정신을 잃고 마비된 상태지만.

그는 허둥대다가 침대 아래로 떨어졌다.

나는 보란 듯이 그의 얼굴 앞으로 식칼을 내밀었다. 그가 경악한 입을 크게 벌렸지만 당연히 비명소리는 나오지 않았다.

"김한철."

낮게 그의 이름을 불렀다. 그가 빠르게 눈을 껌벅여댔다. 그러더니 잔뜩 겁에 질린 눈동자를 좌우로 굴렸다.

"쓸데없는 짓을 했어. 경찰에 신고했더군."

그는 내 다리 밑에 넙죽 엎드렸다. 그런 다음 나를 올려다보았다.

'제발 살려 줘.'

입술이 소리 없이 뻥긋거렸다.

나는 허리를 굽혀 그를 침대 매트릭스 쪽으로 밀었다. 침대에 엉거주춤 기대게 된 그를 빤히 바라보았다.

"앞으로 이십 시간 남았다."

그렇게 말하며 식칼을 얼굴 앞으로 가져갔다. 김한철이 눈을 질끈 감으며 팔로 얼굴을 감쌌다.

이렇게 하지 않으면 말을 듣지 않을 사람이다.

나는 식칼을 그의 귀 옆, 매트리스 옆면에 찔러 넣었다.

김한철은 간질병 환자처럼 몸을 떨어댔다. 그때 그의 사타구니 쪽이 축축이 젖어 들어갔다.

식칼.

그 시퍼런 날에 심장이 역동쳤다. 놈이 우리 가족에게 저지른 일은……

'으아아아!'

집 안이 빨간 딱지로 도배가 되어 버렸던 그날, 텔레비전을 부시며 외쳤던 고함이 귓가로 웡웡거렸다.

이대로 식칼을 빼서 놈의 목에 찔러 넣어도 시원찮을 판이다.

입술을 질끈 깨물며 생각을 짓눌렀다. 받아내야 할 것이 있으니 이쯤해서 끝내기로 했다.

잠시 뒤.

그가 슬그머니 눈을 떴다.

그와 눈이 마주치는 순간, 나는 그에게 싸늘하게 웃어보였다.

어둠 속에서의 미소는 충분한 공포를 가져다줄 것이다. 내 생각대로 그는 소스라치면서 옆으로 넘어졌다.

도움을 요청하기 위해, 혹은 비명을 지르기 위해 그는 크게 입을 벌리고 있었다.

하지만 입에선 여전히 아무런 소리가 나오지 않는다. 나는 마지막 쐐기를 박았다.

"김한철. 내가 지켜보고 있다는 걸 잊지 마."

그는 사정없이 고개를 끄덕였다.

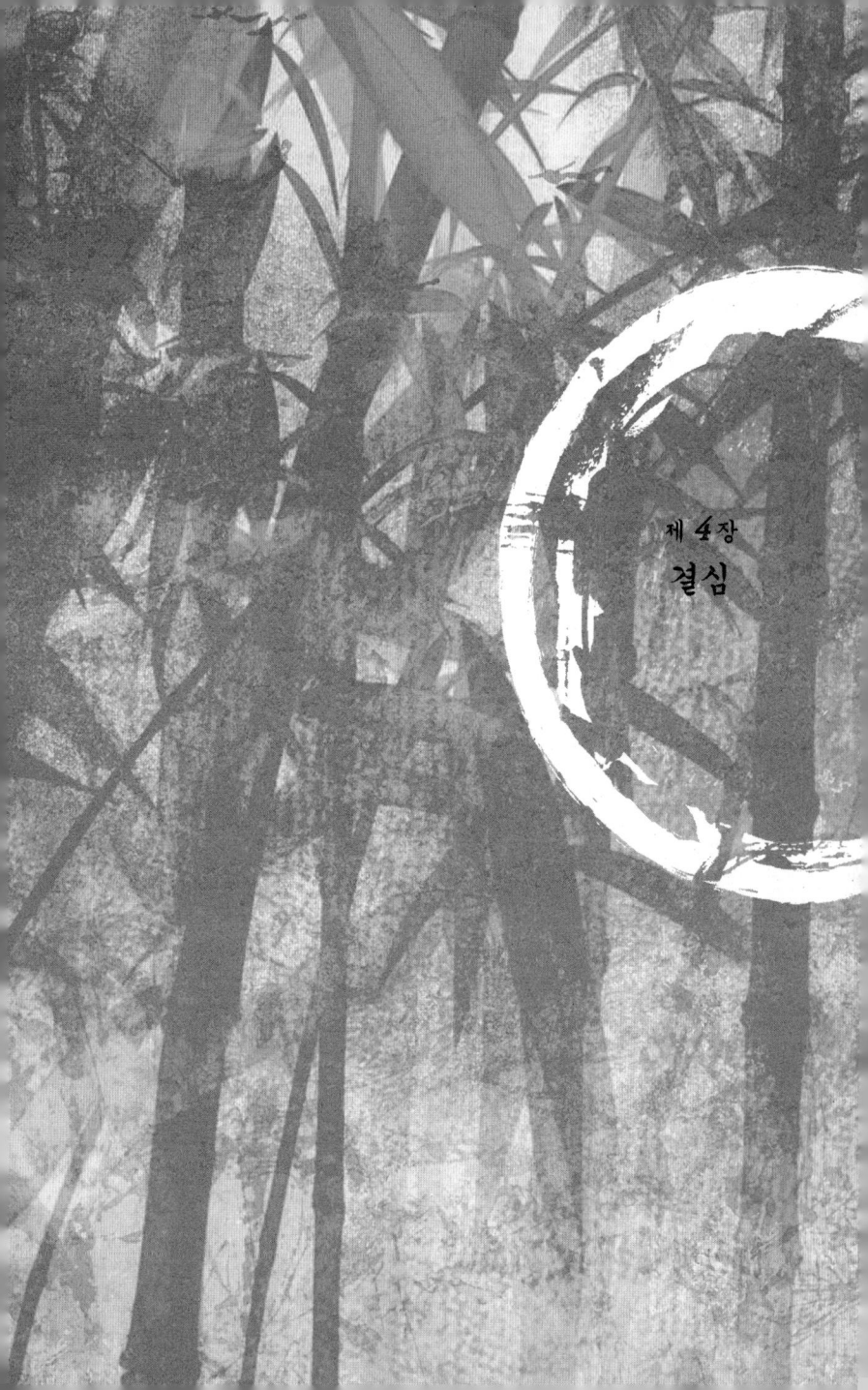

제4장
결심

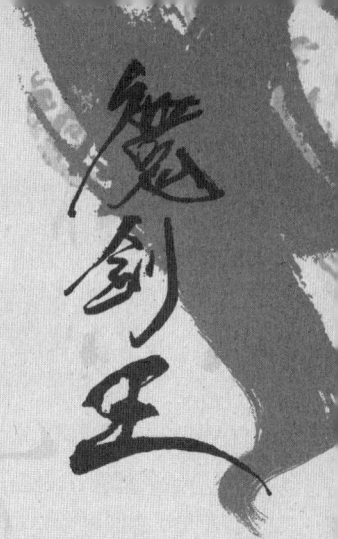

일요일.

이 날 하루를 김한철은 정신없이 보냈다.

주말이라 시간을 낼 수 없다던 변호사를 억지로 만나고, 회사 직원들을 긴급 호출해 미팅을 가졌다.

마치 귀신에 홀린 사람처럼 경직된 얼굴로 많은 사람을 만나고 다녔다.

어쩌면 귀신에 홀린 사람은 그가 아니라 나였던 것 같다는 생각이 든다.

저쪽 세상에서나 생각할 수 있는 일을 이쪽 세상에서 서슴지 않고 진행시켰다. 시간이 지났음에도 돌이켜 생각해 보면 심장이 벌렁벌렁거린다.
 하지만 후회는 없다. 필요하다면 나는 더한 일도 벌일 각오가 되어 있다.
 우리 가족을 위해서라면…….
 "왜 그런 무서운 얼굴을 하고 있어? 쫄 뻔했다. 인마."
 우철이의 목소리가 들렸다. 나는 고개를 들어 큰 키로 나를 굽어보고 있는 우철이를 바라보았다. 우철이는 약간 겁을 먹은 얼굴로 나를 내려다보고 있었다.
 "언제 왔어?"
 "무슨 생각하냐? 사람 온 지도 모르고. 무슨 걱정거리라도 있냐?"
 "뭐가 있겠어."
 "방금 네 얼굴을 네가 못 봐서 하는 소리다. 도대체 무슨 일인데?"
 "아무 일도 아니다."
 내 얼굴이 무서웠다고? 나는 우철이가 했던 말을 떠올리며 억지로 웃었다.
 우철이가 눈썹을 찌푸리며 입을 열었다.
 "진욱아. 너 요즘……."
 그 뒤로 말이 없다.
 "요즘 뭐?"
 "아, 아무것도 아니다."

황망히 대답한 우철이가 표정을 바꾸며 말했다.

'싱거운 놈 같으니라고.'

"벌써 수능이 반년도 안 남아서 죽겠다. 죽도록 공부해도 성적은 안 오르고, 형님이 조언 한마디 하자면 이학년 때가 제일 중요하다. 삼학년 때는 성적유지하기도 벅차. 나도 유급이나 했으면 좋겠다."

우리 반 아이들 대부분이 점심을 먹으러 가서 교실이 텅 비었다.

텅 빈 교실을 둘러보았지만 그 어디에서도 기영이의 모습은 보이지 않았다.

"기영이는? 같이 안 왔어?"

내가 물었다.

"배가 아프대. 똥 싸면 다 낫는데도 계속 그 배가 아니라고 우긴다니까. 속이 안 좋다나 뭐라나. 오늘은 그놈 내버려두고 우리끼리 먹자. 오늘 비빔밥이라고 하던데."

'아무거나 나와도 상관없지.'

급식실에 평소보다 늦게 도착했다. 급식실 계단 아래까지 긴 줄이 늘어져 있었다. 장난치며 떠들어대는 아이들의 모습이 보였다.

괜히 입가에 쓴웃음이 걸렸다.

교복을 입은 나. 보닛 위로 뛰어내렸던 나. 흑룡포를 입은 나.

주위는 시끄러웠지만 마음은 무겁게 가라앉았다. 지금 이곳에 나 혼자만 서 있다는 기분이 들었다.

감상에 젖어 들어가고 있는 것만 같아서 기분 전환 겸 우철이에게 물었다.

"너, 갈 곳은 정했어?"

"대학교?"

"어."

"인서울해야지. 그것도 성적이 나와야 하는데. 미치겠다. 재수하면 엄마가 죽이려고 할 텐데."

"대학교 말고."

"그럼?"

"과 말이야. 대학교야 성적 맞춰서 간다고 해도, 가고 싶은 과는 있을 거 아냐."

"그딴 거 없어. 요즘에 누가 과 보고 대학교가. 그냥 성적대로 가는 거지. 그러는 너야말로 가고 싶은 과가 있냐? 하긴 아직 멀었지?"

우철이가 장난기 가득한 얼굴로 웃었다. 나는 거기에 비웃기라도 하듯 힘줘서 말했다.

"법대."

우철이의 눈동자에서 '웬일이야?' 라는 문구가 떠올랐다.

"갑자기 웬 법대? 판검사 되려고?"

"아니."

"그럼?"

"법을 알고 싶어졌어."

"에엑?"

"흔히들 그러잖아. 법대로 하라고. 자기들은 돈 있고 빽 있으니까 큰소리 떵떵 치고, 거기에 우리 같은 서민들은 그냥 앉아서 당할 수밖에 없고."

서민이라는 말에 우철이가 키득거렸다. 나는 우철이의 반응에 상관없이 말을 계속했다.

"당하지 않으려면 법을 알고 힘을 길러야 해. 여름방학에 후회 말고 공부 열심히 해서 좋은 대학 가고, 많이 배워서 돈 많이 벌어라, 우철아."

"뭐야. 인마."

우철이가 황당해하며 나를 가볍게 밀쳤다. 그리고는 태연스럽게 웃었다.

정말 나는 행운아였다.

그때 거울이 빛나지 않았더라면 우리 가족은 어떻게 되었을까?

생각만 해도 악 쥐어진 주먹이 부르르 떨린다.

9교시가 끝난 뒤 하교하려고 준비를 하고 있을 때였다.

담임선생님인 인득이가 교무실로 나를 불렀다.

지난 석 달간 역용술에 치중하느라 공부를 소홀히 했다. 때문에 중간고사도, 기말고사도 성적이 떨어졌다.

인득샘은 요즘 내가 정신이 딴 데 팔려 있는 것 같다며 다음 주에 있을 모의고사에 최선을 다해 보라 하셨다.

우리 집 형편을 아신 것일까?

이번 모의고사 성적 우수자에게는 장학금이 수여된다는 말을 강조하며 나를 격려하셨다.

좋으신 선생님. 언제나 청춘 만화에 나오는 열혈 선생님 같은 이미지다.

나는 열심히 하겠다는 말과 함께 교무실을 나섰다. 집으로 가는 발걸음이 빨라졌다.

인적이 드문 곳으로 돌아 나왔다. 바로 지난주까지만 해도 시립 도서관으로 향하였지만, 오늘은 곧장 집으로 향했다.

거실 문을 열고 들어가자 맛있는 냄새가 풍겨왔다. 부엌 쪽에서 엄마의 목소리가 들렸다.

"아들 왔어? 왜 이렇게 빨리 와?"

"모의고사가 얼마 안 남아서 집에서 공부하려고. 기말고사도 잘 못봤으니까 모의고사라도 잘 봐야지. 그런데 이게 웬 냄새야?"

"오늘 저녁에 아버지 손님들 오실거야. 잡채랑 갈비 해놨는데. 간 좀 봐볼래?"

가방을 소파에 던져놓고 부엌으로 갔다. 앞치마를 걸친 엄마가 요리용 젓가락으로 잡채를 뒤적였다. 큼지막하게 집어서 그릇에 잡채를 담았다.

"맛있네."

나는 잡채 맛을 본 후 담담하게 말했다. 엄마가 부드럽게 웃으면서 조금 더 먹지 않겠냐고 물었다. 나중에 아버지 오시면 그때 먹는다고 대답하면서 물었다.

"무슨 좋은 일 있어?"

"아직은 확실하지 않은데, 네 아빠한테 좋은 일이 있을 거 같네. 여섯 시에 맞춰서 들어오신 댔으니까. 손님들 오시면 인사 잘 드리고."

언제나 가족들을 위해 미소를 짓는 엄마였지만 오늘의 미소는 특별히 빛나보였다. 엄마는 콧노래까지 흥얼거리면서 해맑게 웃었다.

엄마의 미소에 가슴 저 밑바닥부터 온기가 피어올랐다. 어느새 나도 엄마를 따라 웃고 있었다.

샤워를 하고 방으로 들어왔다. 곧 있을 기말고사 준비를 위해 책상 앞에 앉았다.

갑자기 집 분위기가 밝아졌는데 그 이유를 알 수 있을 것 같았다.

'정말 벌써 일을 다 처리한 것일까?'

겁에 질린 김한철의 모습이 눈앞을 스치고 지나갔다.

여섯 시쯤, 한 무리의 사람이 우리 집으로 다가오는 것이 느껴졌다.

'아버지다!'

거실로 미리 나와 문을 열었다.

복도 저편에서 걸어오는 아버지와 손님들이 보였다. 우리 집으로 오시기 전에 이미 한잔씩 걸치셨는지, 몇몇 분들은 동네 아이들처럼 어깨동무를 하고 있었다.

"다녀오셨어요."

나는 아버지와 손님들에게 정중하게 인사했다.

"이놈이 우리 아들이다."

아버지가 술 냄새를 풍기며 말했다.

기분 좋게 취하신 아버지의 얼굴에도 모처럼만에 미소가 걸려 있었다.

나를 흐뭇하게 바라보는 아버지의 시선을 따라 손님들의 시선도 내게로 쏠렸다.

"네 아버지한테 말 많이 들었다. 공부 잘한다면서?"

이런 말들을 던지며 손님들이 내게 관심들을 보였다. 아버지가 손님들을 이끌고 집으로 들어간 뒤, 나는 흐트러진 신발들을 가지런하게 정리했다.

열 분이 넘는 손님들로 거실이 비좁아 보였다. 이렇게 많은 사람들이 우리 집을 방문한 것은 실로 오래간만이었다.

"차린 것이 없네요."

엄마가 인사치레 말을 꺼냈다.

'진수성찬이구만 뭘?'

나는 엄마를 도와 반찬들과 숟가락, 젓가락 그리고 소주잔들을 옮겼다.

"우선 건배부터 하자고."

짠!

소주잔 소리가 명쾌하게 울렸다.

"그럼, 우리 언제부터 현장에 나갈 수 있는 거여? 몸이 근질근질해 죽겄어. 돈 벌어 오라는 마누라 바가지도 이젠 신물이 난당께."

코가 커서 화통하게 생긴 아저씨가 말했다. 나는 어머니를 도와 이것저것 챙기면서 술상에서 오가는 대화에 귀를 기울였다.

"사장이 알아서 잘해 주겄지. 지도 그렇게 고생했는데 우리를 모른 채 하겄어?"

"이 사람아. 십리 물길은 알아도 사람속은 모른다고 했어. 사장이 입 싹 닦고 모른 체하면 어쩌려고?"

땡땡땡.

아버지가 젓가락으로 소주잔을 여러 번 쳤다.

손님들이 입을 다물고 아버지를 바라보았다. 아버지는 느긋한 얼굴로 말씀하셨다.

"걱정들 하지 마. 우리한텐 계약서가 있잖아. 삼오 건설이 발주업체일 때는 몰라도 다시 우신 건설이 발주 업체로 돌아왔으니까, 우리한테 권리가 있는 거여."

손님들이 고개를 끄덕였다.

"그런데 말여. 아무리 생각해도 모르겠단 말이야. 삼오 건설이 무슨 바람이 불어서 그런 파격적인 조건으로 우신 건설에 공사를 넘겨준 거지?"

"그러게 그것도 부도난 회사한테. 아무튼 세상사는 오래 살고 봐야 혀. 우신 건설도 그렇고 우리도 그렇고. 모두 죽다 살아났잖어. 자자. 이렇게 기분 좋은 날 안 마시고 뭐 혀. 내일 일은 내일 생각하자고."

"잠깐. 말이 나온 김에 내일로 미룰게 아니라 지금 정하기로 하지. 내일 사장하고 면담할 때 누가 대장으로 나설 건지 말이여."

"정하고 말고 할 게 뭐 있어. 정 씨밖에 없지. 안 그려?"

"그렇지!"

아버지와 손님들이 술잔을 부딪쳤다.

술상 옆으로 소주병들이 쌓여갔다.

누군가 기분 좋게 노래를 흥얼거리면, 모두가 숟가락이나 젓가락으로 혹은 손바닥으로 박자를 맞추면서 노래를 따라 불렀다. 어김없이 엄마도 손님들 앞에서 한 곡조 뽑아야 했다.

"정신 바짝 차리고 살자고! 사랑하는 마누라와 아들, 딸들을 위해 건배!"

아버지의 큰 목소리가 쩌렁쩌렁하게 울렸다. 흥겨웠던 분위기가 한층 무르익고 있었다.

한참 동안 보이지 않는 엄마를 찾아 안방 문을 열었다.

136

훌쩍이는 소리가 들렸다.

엄마는 형광등도 켜지 않고 어두운 방 안에서 홀로 눈물을 흘리고 있었다. 그간 참고 있던 설움이 터져 나온 것 같았다.

조용히 방문을 닫고 나오려다가, 마음을 바꿔서 조용히 엄마 뒤로 다가갔다. 살짝 엄마를 껴안았다. 엄마는 황급히 눈물을 닦고는 내게 웃어보였다.

"아들. 왜?"

"엄마. 고마워."

"뭐, 뭐가."

"그냥, 전부 다."

잠시 멎었던 엄마의 눈물이 또다시 흐르기 시작했다.

삼 일 후 밤이었다.

아버지가 우리 가족 모두를 불러 모았다. 엄마는 그 이유를 알고 있다는 듯 눈웃음 짓고 있었다. 나와 영아는 방에서 공부하고 있다가 거실로 나왔다.

"아들. 딸. 집이 어려워도 다른 집 자식들처럼 삐딱선 타지 않고, 내색하지 않고, 그간 고생이 많았다."

아버지는 우리들이 알 건 다 알 만큼 컸다고 말하면서 들고 있던 서류를 식탁에 올려놓았다. 자연스럽게 우리의 시선이 서류로 향했다.

부동산 임의경매 및 유체동산압류서.

위협적인 붉은 글씨가 제일 먼저 눈에 들어왔다. 영아가 자신도 모르게 몸을 움찔거렸다. 나도 혹시나 하는 생각이 들어 침을 꿀꺽 삼켰다.
 그때였다.
 찌이이익.
 아버지가 우리 앞에서 서류를 찢어 보이셨다. 나와 영아는 동그란 눈으로 찢어진 서류를 바라보았다. 그런 우리의 귓가로 아버지의 굵고 짧은 말씀이 들렸다.
 "이젠 걱정 말아라."

* * *

 우신 건설 사장과 말이 잘 통했는지, 아버지는 일주일도 걸리지 않아 현장으로 복귀하셨다. 작업복을 입으신 아버지의 모습이 늠름해 보였다.
 아버지는 작업복에 대한 일종의 자부심 같은 게 있으셨다. 곧 더러워질 작업복이지만 시간이 날 때마다 청결함을 유지했고, 일상생활 속에서도 즐겨 입으셨다.
 "그럼 이사 안 가는 거야?"
 늦은 밤에 돌아온 영아가 내게 물었다.
 "가긴 가겠지."
 내가 대답했다.
 "간다고?"

"지금 말고. 한, 두 달쯤 후에."

"응?"

"아파트 공사가 끝나면 그리로 이사할거야. 지금보다 넓고 더 좋은 곳으로."

"거기? 천변 쪽으로 말이야?"

영아가 두 눈을 반짝이며 물었다. 내가 그렇다고 대답하자 영아는 함박웃음을 지었다.

바로 며칠 전까지만 해도 지방방송에서 아파트 광고가 나왔다.

대부분 아파트 광고가 그렇듯 우리가 입주하게 될 아파트도 세련됐다. 서울의 고층 아파트 못지않게 높고 평수도 지금보다 훨씬 넓었다.

영아는 아파트 단지의 공원에서 개와 함께 산책을 하던 어느 중견 탤런트 모습이 떠올랐는지, 우리도 강아지를 키울 수 있다는 희망에 부풀었다.

엄마가 허락하지 않을 것 같지만.

즐거워하는 영아의 모습을 뒤로 하고 방으로 돌아왔다. 잠시 뒤 거실에선 오랜만에 버라이어티 프로그램이 방영되는 소리와 함께 영아의 웃음소리가 들려왔다.

삐거덕거리던 톱니가 이제야 제대로 돌아가기 시작한 것 같았다.

아버지 일도 잘 풀리고.

'이제 슬슬······.'

우리 집안 문제를 정리했으니 혈마교의 일도 정리를 해야 할 때가 온 것 같다.

그동안 집안일을 해결하느라 혈마교주로서 해야 할 일을 완전히 미뤄뒀었다.

아무리 시간이 멈춰 있다고 해도 계속해서 신경이 쓰여 왔다.

그리고 그 일이 정리되는 대로, 내일 있을 모의고사 공부도 제대로 해볼 생각이다.

'그래, 가자!'

지존천실에서 나를 기다리고 있을 색목도왕을 떠올리며 결심을 내렸다.

냉장고에 영아가 사다둔 초콜릿과 사탕이 있었다.

"이거, 내가 먹어도 돼?"

영아에게 묻자 영아는 흔쾌히 허락했다. 그렇게 설아에게 줄 선물도 챙겼다.

방문을 여는 내 등 뒤로 영아의 목소리가 들렸다.

"오빠, 방에 있으려고? 오랜만에 나랑 같이 텔레비전 보자. 엄마랑 아버지 기다리면서."

모범생인 영아는 오늘 공부를 다 한 모양이었다.

'잠깐만 보고 갈까? 어차피 혈마교로 돌아가면 시간은 얼마든지 쓸 수 있는 거잖아.'

그런 해이한 마음이 들었지만 각오를 다시 되새기며 말했다.

"해야 할 일이 있어서."

방문을 닫고 조용히 잠갔다. 옷장 속에 숨겨두었던 흑룡포로 갈아입고 있을 때였다. 철커덕 하고 방문의 잠금장치가 소리를 냈다.

"오빠. 문 잠그고 뭐해?"

"아무것도 아냐."

머뭇거리다 대답했다.

"열어봐. 수상한데?"

"기, 기다려."

하는 수 없이 다시 평상복으로 갈아입고 방문을 열었다. 영아가 어깨 너머로 방 안을 힐끔 바라보았다.

의심 살 만한 것을 찾지 못했음에도 불구하고 의아한 듯 고개를 갸웃거렸다.

"오빠, 저녁 어떻게 했어?"

"대충 때웠어."

"그럼, 라면 끓여줄까? 나 지금 라면 먹으려고."

"괜찮아."

"에이. 그러지 말고 같이 먹지 그래? 양파도 넣고 계란도 넣고 치즈도 올릴 거야. 맛있게 해줄게."

영아가 기분 나쁘지 않게 거절했다. 영아는 미련이 남은 듯 눈을 흘기며 방문을 닫았다.

'다시 입어야겠네.'

황급히 이불 속에 감춰뒀던 흑룡포를 꺼내서 갈아입었다. 지난번에 가지고 온 천력마도 비급도 챙겼다.

엊그제 엄마가 달아준 거울로 내 모습이 보였다.

흑룡포를 입은 모습과 뒤로 펼쳐진 방 안의 모습은 전혀 어울리지 않았다.

마치 사극에 나오는 조선시대 임금님이 PC방에 있다는 느낌이랄까?

생각도 거기까지였다.

쏴악!

눈을 깜박여 푸르스름한 빛무리를 지워냈다.

컴퓨터가 사라지고 원목 탁자가, 거울이 사라지고 수묵화가, 커튼이 사라지고 나무창살이 나타났다.

순식간에 달라진 주변 환경을 둘러보다가 흑천마검을 허리에 찼다.

'이건 나중에 설아에게 주고.'

집에서 가지고 온 사탕과 초콜릿은 원목 탁자 위에 올려놓았다.

그러면서 집으로 돌아갈 때 동생 영아의 선물을 챙겨야겠다는 생각이 들었다.

색목도왕이 밖에서 날 기다리고 있었다.

'오랜만이죠?'

색목도왕을 향해 속으로 말했다.

색목도왕의 시선이 내 머리칼로 향했다. 거의 두 달 동안 한 번도 깎지 않아서 꽤 많이 자랐다.

색목도왕은 '다녀오셨군요!' 하는 얼굴로 말했다.

"일은 다 끝나셨습니까?"

"예. 역용술이라는 게 정말 복잡하더군요. 웬만한 무공보다 어려웠습니다."

나는 걸어 나오면서 대답했다.

"버, 벌써 만상역변술을 익히신 것입니까?"

색목도왕은 여러 번 겪는 일이지만 그때마다 놀라움을 금치 못하는 듯했다.

"벌써는 아닙니다. 꽤 시간이 걸렸거든요. 본당에 모두 모여 있지요? 갑시다."

지난 기억을 들춰내며 말했다. 잠시 동안 생각에 잠겨 있던 색목도왕이 "예!"하고 힘 있게 대답했다.

우리는 지존천실을 나와 산길을 따라 걸었다. 한 폭의 그림처럼 펼쳐진 아름드리 수풀을 지났다. 슬그머니 본당의 위압적인 자태가 보이기 시작했다. 본당 둘레에 꽂힌 혈마교의 붉은 깃발도 보였다.

그쯤해서 나는 걸음을 멈추며 물었다.

"내 입지를 확고히 하기 위한 자리지요?"

그러니까 이쪽 세상에서의 시간은 일장로를 죽이고 즉위식에 오른 직후였다.

"예, 교주님. 본당에 모인 이들에게 교주님의 위엄을 보이셔야 합니다."

어쩐지 색목도왕은 내가 교주의 위엄을 보이지 못할까 걱정하고 있는 것 같아 보였다.

그럴 만도 하겠지. 색목도왕의 우려가 이해가 안 되는 것은 아니다.

여기는 혈마교.

사람 죽이기를 아무렇지 않게 여기는 잔혹무도한 자들이 우글거리는 곳. 약육강식이야말로 이 세계의 법이나 마찬가지인 곳이다.

상대에게 약해 보이거나 얕잡아 보이면 잡아먹히는 걸 당연하게 여긴다.

하지만 그건 이쪽 세상의 일만이 아니다. 이번에 우리 집이 어떻게 당했는지만 보아도 잘 알 수 있다.

약하거나 얕잡아 보이면 잡아먹히는 건 이쪽 세상이나 저쪽 세상이나 매한가지!

절대 얕잡힐 생각이 없다. 시작하지 않았다면 모를까.

어떻게든 한번 시작했다면 내 쪽이 위라는 것을 제대로 알려줄 것이다.

필요하다면 손에 피를 묻힐 수도 있다.

그 정도쯤은!

나는 흥! 하고 콧바람을 뿜으며 대답했다.

"걱정 안 해도 됩니다."

본당 앞을 지키고 선 혈마교 고수들이 나를 알아봤다. 그들은 절도 있는 동작으로 내게 허리를 숙였다. 문 앞에 있던 두 고수 또한 허리를 숙인 채로 본당 문을 열어주었다.

나는 본당 안으로 들어섰다.

지존천실처럼 긴 대리석 길이 보였고 그 끝에 내가 앉을 의자가 있었다. 대리석 길 좌우로 눈에 익숙한 고수들이 일렬로 서 있었다.

삼장로 산화혈녀가 그녀 특유의 눈웃음을 쳤고, 오장로 흑야풍이 고개를 숙였다. 이제는 이름도 가물가물한 이장로와 사장로도 그들 옆에 있었다.

그 외에도 무공이 높은 혈마교 고수 이십여 명이 더 있었는데, 그들은 사마사귀팔단, 오문, 오당의 책임자들로 생각됐다.

흑웅혈마도 미리 도착해서 의자 옆에서 나를 기다리고 있었다.

즉 혈마교를 이끄는 중요한 거마(巨魔)들이 모두 본당에 모여 있었다.

"지유본교. 천유본교. 천세만세. 마유혈교. 교주님을 뵈옵니다."

모두가 소리 높여 외쳤다. 절정고수들의 외침답게 무거운 내력의 흐름이 본당을 휩쓸었다. 나는 차분하게 걸어서 의자에 앉았다.

좌호법인 색목도왕은 왼쪽에, 우호법인 흑웅혈마는 오른쪽에 굳건히 자리를 잡았다.

혈마장로 넷이 서로 눈치를 보다가, 오장로 흑야풍이 걸어나왔다.

그가 포권을 취하며 말했다.

"금일. 교주님께서 배교도 벽력혈장을 혈마의 제물로 받치시며 교좌에 오르셨습니다. 흩트려졌던 본교의 질서를 바로잡으셨고 천하에 본교의 위명을 떨치셨습니다. 교주님이 교좌에 오르신 것은 모두 본교의 홍복이옵니다."

"홍복이옵니다."

당내의 거마들이 뒤따라 외쳤다.

그들의 외침이 끝나기도 전에 나는 무거운 목소리를 터트렸다.

"그만!"

보란 듯이 하단전과 중단전을 중심으로 흐르는 내력을 개방시켰다.

저쪽 세상에서 줄곧 짓누르고 있었던 십이양공의 열기가 스멀스멀 피어올랐다.

당내의 거마들이 흠칫 놀라며 입을 다물었다. 모두의 시선이 내게로 쏠렸다.

나는 눈을 부릅뜨며 말했다.

"너희들은 내가 교좌에 올라 정말 본교의 홍복이라고 생각하고 있는가? 그러한 자들이 배교도 벽력혈장에게 동조했었단 말이냐?"

움찔!

정적과 함께 찾아온 한기가 당내를 감싸돌았다.

정작 내 주위는 십이양공의 뜨거운 열기로 넘치는데 말이다.

내 말을 끝으로 누구 하나 입을 여는 이가 없었다. 아닌 척하면서도 서로의 눈치를 살폈다. 머리 굴리는 소리가 다 들릴 지경이었다.

떳떳하게 서 있던 흑야풍도 슬그머니 제자리로 돌아갔다.

색목도왕과 흑웅혈마. 그리고 영귀단과 영마단을 제외하고는 모두가 다 일장로 벽력혈장에게 동조했다.

하지만 그렇다고 그들을 모두 처벌한다면 혈마교가 제대로 돌아갈 수 없을 터. 어쩌면 그들이 살고자 반항해 일만 더 크게 벌어질 수도 있는 일이었다.

그렇다고 묵과할 수만도 없는 노릇이다. 지금이 혈마교에서 내 입지를 단단히 할 좋은 기회니까.

일벌백계라는 말을 떠올리며 한 명 한 명씩 바라보았다. 그때 한 사람이 내 눈에 들어왔다.

마의군자!

그는 '군자'라는 이름과 전혀 어울리지 않을 죄를 저질렀다. 누구보다 앞장서 일장로를 도운 건 둘째치고, 자신의 어머니 혈마노파를 감금하는 패륜을 저질렀다.

그러고도 여기에 있다니! 자신을 낳아주고 길러주신 어머니께 그런 짓을 저지르고도 뻔뻔하기도 하지. 녀석은 나와 눈이 마주치자 급히 시선을 내리깔았다.

'저 녀석이라면······.'

절대 억울하지 않겠지.

나는 잘생긴 녀석의 얼굴을 손가락으로 가리켰다. 모두의 시선이 내 손을 따라 녀석의 얼굴 쪽으로 이동했다.

모두를 벌할 수도 없는 상황에 나는 녀석을 희생양으로 삼았다.

"본교가 배교도 벽력혈장과 저 녀석의 세 치 혀에 놀아났다고 들었다."

내 말에 놀란 마의군자가 고개를 번쩍 들었다. 그가 뭐라 하기 전에 나는 땅딸보 노인과 키가 큰 두 혈마장로를 바라보며 물었다.

"이장로와 사장로는 말해 봐라. 사실인가?"

찰나의 순간.

두 노인은 눈빛을 주고받았다. 둘은 속으로 카운트다운을 세고 있었던 듯 동시에 앞으로 나왔다.
"예, 교주님."
둘은 천연덕스럽게 대답했다.
나는 다시 물었다.
"그럼, 모두가 말해 봐라. 사실인가?"
조금의 망설임도 없이 모두가 그렇다고 대답했다.
이익!
마의군자의 얼굴이 형용할 수 없을 정도로 뭉개졌다. 마의군자는 헐레벌떡 내 앞으로 뛰어와 넙죽 엎드렸다. 잘생긴 녀석답게 진실한 눈빛을 잘도 꾸며냈다.
"아, 아니옵니다. 교주님. 하교 또한 배교도 벽력혈장의 세 치 혀에 놀아난 것뿐이옵니다."
흥!
제 어머니를 감금한 녀석이 무슨 할 말이 있다고? 나는 조금도 녀석의 말에 귀를 기울이지 않았다.
"뭣들 하느냐!"
이렇게 패륜을 저지른 녀석은 사형! 아니 마물들이 우글거린다는 천년금박에 떨어져서 제 죄를 뉘우쳐야 한다.
"이 녀석을 천년금박에 쳐 넣어라!"
모두의 눈이 크게 떠졌다.
심지어는 색목도왕조차도 놀라움을 담은 눈으로 나를 바라보았다.

내가 이렇게 강하게 나오리라고는 그도 생각지 못한 듯했다.

마의군자가 멋대로 떠들어대는 소리가 당내에 울려 퍼졌다. 그 시끄러움을 뚫고 오장로 흑야풍의 목소리가 들려왔다.

"처, 천년금박 말이옵니까? 차라리 목을 베심이……."

혈마교 사람들은 죽음보다도 혈마교의 감옥인 천년금박을 두려워했다.

도대체 어떤 마물들이 우글거리기에 이러는 것일까. 의문이 들었다.

언성을 높여 좀 더 강하게 나갔다.

"그래. 천년금박. 지금 당장! 어째서 모두 배교도를 두둔하려고 하는가? 혹시 지금 내가 생각하는 것이 맞는 것은 아닌가?"

"아, 아니옵니다!"

쓰윽.

마의군자 앞으로 네 명의 혈마장로가 걸어갔다. 뒤로는 다른 혈마교 거마들이 마의군자의 퇴로를 막았다.

"내게 이럴 수는 없소! 없소!"

마의군자가 절규하며 외쳤다.

"저놈을 끌어내라!"

혈마교주가 되서 첫 번째 내린 명령이 바로 이것이다. 마의군자를 천년금박으로 처박아라!

이렇게 강하게 나가지 않았다면 아마…….

*   *   *

마의군자가 있던 자리에 피가 흥건히 고였다. 패륜아의 피라서 그런지 일반적인 피보다 탁해 보였다. 마의군자는 곱게 나가지 않고 저항했다.

혈마교 거마들이 무력을 사용해 그를 제압해야 했다. 뛰어난 무공의 소유자였지만 당내엔 그보다 무공이 높은 이들이 수두룩했다.

피를 본 이들이 뜨거운 숨을 내뱉고 있었다.

이장로 땅딸보 노인이 얼굴에 튀긴 피를 쓰윽 닦아 냈다. 가장 피가 많이 튀긴 사람은 귀신처럼 얼굴이 허연 자였는데, 그는 마의군자의 어깨에 단검을 찔러 넣었다.

서서히 고조되었던 분위기가 가라앉고 있었다. 그리고 하나둘 느긋하게 자신들을 바라보고 있는 나를 알아차렸다. 그들의 얼굴에 먹구름이 드리우기 시작했다.

다음 타깃이 자신에게 돌아오면 어쩌나, 하는 불안함을 숨기지 못하는 이들이 보였다. 한바탕 소란이 끝나고 나를 바라보던 눈빛들이 달라졌다.

여기서 그만두기로 했다.

초장 기선제압은 제대로 한 것 같았기 때문이다.

탁!

팔걸이를 내리치며 말했다.

"교좌가 고작 십 년 비었을 뿐이다. 그것으로 교의 기강이 흔들리다니. 본교가 이 정도밖에 안 됐는가? 본교를 이끄는 너희들에게 그 책임이 크다고 할 수 있겠다. 부끄러운 줄 알아야 할 것이다. 너희가 흔든 기강. 너희가 바로잡을 기회를 주겠다. 이장로, 사장로."

자신들의 직함이 호명되자 땅딸보 노인과 키 큰 노인이 앞으로 나왔다.

"너희 둘은 책임지고 배교도를 색출해라. 단순히 동조한 것이 아니라, 마의군자처럼 앞장서서 일장로 벽력혈장을 교주로 추대하려고 했던 자들을 모조리 색출하란 말이다. 알겠는가?"

뜻밖이었는지 둘의 눈이 동그랗게 떠졌다.

다른 혈마교 거마들도 그랬다.

몇몇의 얼굴에 다행이다, 라는 문구가 빠르게 떠올랐다 사라졌다.

둘은 머뭇거리다가 동시에 포권을 취했다. 그리고 흥분에 찬 목소리로 외쳤다.

"존명!"

그런 둘을 향해 흑야풍이 분통한 기색을 감추지 못했다. 얼굴이 상기되었다.

'이런 일은 내가 해야 하는 것 아닌가?' 아마 이렇게 생각하고 있을 것이다.

 반면에 내 마음을 읽은 듯한 산화혈녀는 빙그레 웃었다.

"해산!"

 색목도왕과 흑웅혈마의 외침으로 집회가 끝났다. 혈마교 거마들이 입을 맞춰 교언을 외쳐댔다. 나는 몸을 일으켜서 문밖으로 향했다.

 질퍽한 마의군자의 피가 밟혔다.

 터벅. 터벅.

 본당 입구까지 핏발자국이 따라왔다. 이 발자국을 보고 모두 드는 생각이 있을 것이다.

 본당에서 나와 지존천실로 향했다. 오르는 길에 뒤에서만 따라오던 색목도왕이 슬그머니 내 옆으로 다가왔다. 그는 얼굴 한가득 미소를 짓고 있었다.

"정말 잘하셨습니다, 교주님. 모두 교주님의 위엄을 절실히 느꼈을 것입니다. 이토록 훌륭하게 해내실 줄 소마는 생각지 못했습니다."

 나를 보는 색목도왕의 눈길에 휘휘 고개를 저었다.

"무엇이 훌륭하다는 것인지 모르겠습니다. 교주의 위엄? 색목도왕은 내 어디서 그런 것을 느낀 것입니까?"

"예? 아니 저 그것이……."

 뜬금없는 물음이었을까.

 색목도왕은 내 말에 대답지 못했다. 아니, 대답할 말을 생각해내지 못했다. 무엇을 말해야 할지 그는 갈피를 잡지 못하고 있었다.

"제 위치에 대해서 곰곰이 생각해 봤습니다. 일장로였던 벽력혈장을 죽이고 교좌에 오른 것은 사실이나, 나는 혈마교에 대해 잘 모릅니다. 게다가 일장로만큼이나 무공이 고강하지도, 잔혹하지도 않습니다."

사실이다.

일장로를 죽인 것은 내가 아니라 흑천마검이었다.

"허! 아닐 말씀입니다. 교주님. 교주님께서는 충분히……!"

색목도왕이 목청껏 소리쳤다. 내 말에 흥분한 듯 보였다. 목에 가득 선 핏줄에 가만히 두었다가는 피라도 터져 나오는 것은 아닐까, 하는 생각이 들었다.

"그네들이 과연 색목도왕만큼이나 나를 믿을까요? 오늘 강하게 나가지 않았다면 알아차렸을 겁니다. 내가 혈마교주의 자리에 오를 인물이 못 된다는 것을 말이지요."

색목도왕의 얼굴이 바싹 굳었다.

금방이라도 '나약한 말씀이십니다!' 라고 사납게 소리칠 것만 같았다. 나는 떨리는 색목도왕의 입이 열리기 전에 말을 꺼냈다.

그것은 가슴속에 품은 진심이었다.

"그리 역정 내시지 않아도 됩니다. 사실이니까요. 나를 교좌에 오르게 만든 건 책임감 때문이었지만, 교좌에 오른 후부터는 다릅니다. 내 위치를 알았으니 나는 변할 겁니다. 진짜 교주가 될 겁니다. 진짜 혈마교주 말입니다."

"교주님은 지금도 진짜 교주님이십니다."

나는 웃으며 말했다.

"아닙니다. 지금은 많이 부족하지요. 그러니까 색목도왕이 옆에서 많이 도와줘야 합니다."

그러자 색목도왕은 생각에 잠겼다. 그의 얼굴 위로 달빛이 비쳤다. 나를 바라보는 푸른 눈동자는 바다가 되어, 쉴새없는 파도로 요동치고 있었다.

이윽고 그 바다가 고요해졌다.

"예, 교주님. 부족한 소마지만 힘이 되어 드리겠습니다."

나는 색목도왕의 말에 담담히 고개를 끄덕였다.

*   *   *

그날 깊은 밤.

나는 지존천실의 침소에 앉아 있었다. 십 년 동안 비어 있었지만 먼지 하나 없었다. 교주의 귀환을 기다리며 매일같이 청소를 해왔던 것 같다.

본당에서 있었던 일을 생각하며 혼자 만족하고 있었다.

혈마교 거마들에게 내 첫인상을 확실히 각인시켜 주었다.

혈마교에 대해 잘 모르고, 어리다고 해서 만만하게 봐서는 안 된다랄까. 어쨌든 혈마교에 대해서는 앞으로 차차 알아갈 생각이다.

탁상 앞 의자에 앉아 있다가 침대에 누웠다. 명주 이불이 깔려 있어 잘 몰랐지만 눕고 보니 돌침대였다. 곧 한기가 등줄기를 타고 올라와서 깜짝 놀랐다.

'뭐야?'

반사적으로 상체를 일으키며 명주 이불을 걷어 냈다. 얼음처럼 투명하지만 얼음이 아닌 것이 매트리스 역할을 하고 있었다.

차가운 돌침대라니.

전원을 켜면 온돌방처럼 따뜻하게 데워지던 기영이 집 돌침대와는 정반대였다.

'혈마교주들은 어떻게 여기서 자 왔던 거지?'

호기심이 들어 다시 누웠다.

침대에 닿는 신체 부위뿐만 아니라, 얼굴과 배 위로까지 한기가 퍼져갔다. 체온이 급격히 내려가서 온몸이 떨리기 시작했다.

나는 불만 가득히 얼굴을 찌푸렸다.

다시 몸을 일으키려고 할 때, 신기한 일이 일어났다.

침대에서 올라온 한기가 전신을 휘감고 난 후엔 그것이 하단전과 중단전까지 침투하는 것이었다. 흥미롭게도 단전에 집약된 십이양공의 열기가 제멋대로 일어났다.

한기와 열기가 한데 뒤섞여 체내를 크게 돌기 시작했다. 더욱 재미있는 것은 그 열기가 십이양공의 운기법을 그대로 따라간다는 것이다. 꼭 운기행공을 하는 것처럼.

'이런 용도였어!'

내실에 있는 혈룡좌 또한 운기행공의 효과를 가져오는 보물이었는데 이 돌침대도 비슷했다.

가만히 눈을 감고 침대에 몸을 맡겼다. 입가에 스르르 미소가 그려졌다.

문득 원목 탁자 위에 올려둔 초콜릿과 사탕 생각이 났다.

'녹으면 안 되지.'

내 몸 대신 초콜릿과 사탕을 차가운 돌침대 위에 올려놓았다.

십오 분쯤 지났을까.

멀리서 지존천실을 향해 오는 두 사람의 기운이 느껴졌다. 그만 침소에서 내실로 나왔다.

온갖 금은보화로 치장된 내실의 광경은 아무리 봐도 익숙해지지 않는다.

교주의 의자인 혈룡좌에 앉아 색목도왕과 흑웅혈마를 기다렸다.

곧 색목도왕과 흑웅혈마가 같이 안으로 들어왔.

입구에서부터 혈룡좌 앞까지 이어진 흑색비단 길은 교주만이 밟을 수 있는 것이어서, 둘은 입구 앞에 멈춰 섰다.

"들어오세요."

내 말이 떨어지고 나서야 둘은 흑색비단 길을 피해 안으로 들어왔다.

흑응혈마는 백발의 노인이지만 여느 젊은이 못지않게 장대한 기골의 소유자다. 거침없는 걸음걸이를 보면 '검은 곰'이라는 별호가 잘 어울렸다.

흑응혈마가 곰이라면 색목도왕은 사자다. 사자의 금색털과도 같은 금발 머리를 휘날리며 강인한 푸른빛 눈을 번뜩인다. 두 맹수가 내 앞에 서서 짧게 고개를 숙였다.

"소마 흑응혈마. 오늘 본당에서 전대 교주님을 뵙는 듯하였습니다."

"내가 갑자기 달라져서 당혹스러웠습니까?"

"솔직히 말씀드리자면 그러했습니다. 본당에 드시기 전에 뵈었을 때와는 너무나도 달라지셨습니다. 오늘 꼭 전대 교주님과 같은 위엄을 보이셨습니다."

눈치를 보니 색목도왕이 내 이야기를 해주지 않은 모양이었다.

나는 다음에 흑천마검과 저쪽 세상에 대해 설명해 주기로 하고 화제를 돌렸다.

"그러고 보니 흑응혈마와는 오랜만에 보는데, 오늘 경황이 없어 자세한 이야기를 나누지 못했군요. 그날 나를 구해 주고 감사하다는 말도 못 했습니다. 그간 고생이 많았겠군요."

"아닙니다. 구해 줬다니요. 소마는 그날 마음만 앞서서 교주님을 사지(死地)로 모셨었습니다."

흑웅혈마의 노쇠한 하얀 눈썹이 꿈틀거렸다. 그는 진심으로 말하고 있었다.

"흑웅혈마가 동굴에서 나를 꺼내 혈마교로 데려왔고, 나는 이렇게 혈마교주가 되었습니다. 결국 다 잘 되지 않았습니까. 우리는 그동안 흑웅혈마가 죽은 줄 알았습니다. 이렇게 살아 있으니 그것으로 됐습니다. 설아가 기뻐하지요?"

오랜만에 그 이름을 불렀다.

'몇 달만이지?'

초콜릿과 사탕을 받고 기뻐할 설아의 모습을 빨리 보고 싶어졌다.

"부족한 소마의 손녀를 어여쁘게 봐주셨다고 들었습니다."

"설아는 어디에 있습니까? 즉위식 후부터 통 보이지가 않는군요."

"삼장로가 데리고 갔습니다. 설아가 자신의 시비라고 하면서 말이지요."

흑웅혈마가 분개한 듯 말했다.

'맞아.'

그런 일이 있었다.

"흑웅혈마는 지금 당장 설아를……."

거기에서 그치고 '데려 오세요.' 라는 말을 삼켜 넘겼다. 그

전에 확실히 짚고 넘어가야 할 문제가 있었다. 설아가 시비가 되었던 그날의 기억이 새록새록 떠올랐다. 나는 생각을 정리한 후에 말했다.

"오늘 나는 벽력혈장과 마의군자에게 모든 죄를 덮어씌웠습니다. 배교도 문제를 본격적으로 들고 나오면 몇몇을 제외하고는 모두가 다 벌을 받아야 하니 말이지요. 그렇게 하면 본교를 이끌어갈 사람이 남지가 않는다고 들었습니다. 두 분은 어떻게 생각하십니까?"

줄곧 가만히 있던 색목도왕이 먼저 입을 열었다.

"오늘 교주님께서 이장로와 사장로에게 배교도 색출을 명하셨습니다. 일이 제대로 이루어지지 않을 것은 자명하나, 이번 일은 이장로와 사장로는 물론 본교의 모든 고수들을 포용하기 위함이 아니십니까?"

"그렇습니다. 본교에 들기 전 삼장로가 물었습니다. 교좌에 오른 후에 어떻게 할 생각이냐고. 일장로를 따르던 이들을 모두 쳐내면 흑야풍과 자신도 쳐야 한다면서 말이지요."

"예. 그래서 교주님께선 이번 일의 원흉인 일장로로 족하다고 대답하셨습니다."

"하지만 설아와 색목도왕이 원하면 삼장로와 오장로를 쳐낼 수 있다고도 했지요. 그 말 때문에 설아가 시비가 된 게 아니었습니까?"

"예."

대답하는 색목도왕을 흑응혈마가 부릅뜬 눈으로 바라보았다. 막 즉위식을 치룬 날이라 색목도왕이 흑응혈마에게 그간의 사정을 다 이야기 해주기에는 시간도 부족하고 처리해야 할 일이 많았던 모양이었다.

"흑응혈마는 설아가 시비가 된 것 때문에 화가 나는 것입니까?"

보아하니 흑응혈마는 화를 짓누르고 있는 듯했다.

"아닙니다. 다만 소마는……."

그가 대답을 주저했다.

"일장로와 마의군자를 처벌하는 것으로 장로들과 거마들이 지은 죄를 덮어두자는 것이……."

그는 끝까지 대답을 다하지 못했다.

"소마는 교주님의 뜻에 따를 뿐이옵니다."

불만은 많지만 내가 내린 명이기 때문에 따를 수밖에 없다는 식으로 들렸다.

하지만 불쾌하게 느껴지지는 않았다. 그도 그럴 것이 지난 몇 달 동안 혼자 뇌옥에 갇혀 일장로의 모진 고문들을 감당해야 했을 것이다.

이번에는 색목도왕이 약간의 불만이 담긴 눈으로 흑응혈마를 바라보았다.

둘은 같은 호법이지만 생각하는 것이 달랐다.

색목도왕은 포용하자는 의견이었고, 그와는 달리 흑응혈마는 처벌해야 한다는 의견을 가지고 있었다. 둘 사이에 심상치 않은 눈빛들이 오갔다. 내가 보고 있다는 것을 알아차리고 둘은 황망히 고개를 숙였다.

나는 나지막하게 흑응혈마의 이름을 불렀다. 흑응혈마가 강박한 얼굴을 들었다.

"설아가 시비가 된 것은……. 그때는 내가 소교주의 신분이었고 또 삼장로의 안내를 받는 입장이었습니다. 거기에다 본교에서 장로들의 위상이 대단한 것으로 알고 있었습니다. 그래서 색목도왕도 그렇고 나도 그렇고 삼장로의 눈치를 봤었던 겁니다."

"하지만 교주님께서는 지금 소교주의 신분이 아니십니다. 본교의 교주님이십니다."

"예. 그렇지요. 하지만 본교가 지난 십 년 동안 많이 달라졌다 들었습니다. 일장로가 왕 노릇을 하고, 거기에 다른 장로들과 거마들이 합류했었습니다. 십 년이면 강산도 변한다고 했습니다. 내가 왔다고 해서 실추되었던 교주의 권위가 당장에 살아날까요?"

"……소마의 생각이 짧았습니다."

흑응혈마가 회안을 띠며 말했다. 거기에 나는 고개를 설레설레 저었다.

"아닙니다. 생각이 짧은 건 나였습니다. 일장로와 마의군자를 처벌했다고 해서 교주의 권위가 당장 살아나는 게 아니었습니다. 이미 저들의 세상. 지금 하지 않으면……. 얼마나 오랫동안 골머리를 썩을지 모르는 일입니다. 때는 지금밖에 없습니다."

나는 혈룡좌의 팔걸이를 움켜잡으며 말을 이었다.

"흑웅혈마는 오늘 모였던 거마들 중에 누가 적극적으로 참여했는지, 누가 대세에 휩쓸린 것뿐인지 골라내십시오. 그리고 색목도왕은 내게 충성을 다할 이들을 찾아 지금 은밀히 데려오세요. 반드시! 우두머리였던 장로들만큼은 다 쳐낼 겁니다."

제 5장
천년금박으로

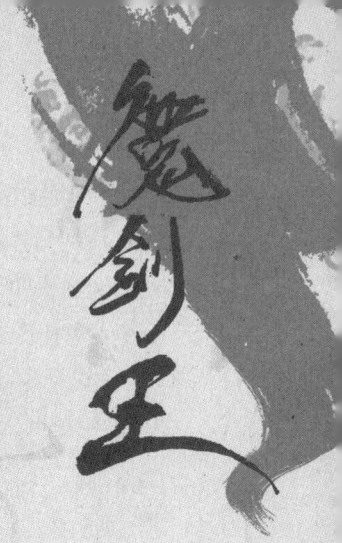

 이장로와 사장로에게 배교도를 색출하라는 명을 내렸으니, 그들은 안심하고 있을 것이다.
 하지만 이 깊은 밤 그들의 목을 죄어오는 사명부(死命簿)가 작성되고 있었다.
 나는 혈룡좌에 기대앉으며 흑웅혈마를 내려다보았다.
 그간 눌러놓은 화를 이곳에 푸는지 거침없이 적어 내려갔다. 어깨 너머로 많은 이들의 이름이 보였다. 그 옆으로 그들이 그간 저지른 죄목들이 길게 이어졌다.
 "보연당(寶衍堂)이 무엇입니까?"
 "본교의 재화와 보물 그리고 영단을 관리하는 곳입니다."

"혈영마단(血靈魔丹)은 무엇입니까?"

"오로지 교주님을 위한 본교 최고의 영단입니다. 헌데 보연당주 임호는 벽력혈장이 시키기도 전에 혈영마단을 모조리 벽력혈장에게 바쳤습니다. 그것으로도 모자라 보연당의 수많은 재화와 보물들을 바쳤지요."

"벽력혈장에게 잘 보이려고 한 모양입니다. 쳐내도 억울하지 않겠지요."

"예, 교주님."

다음번에 지목된 이는 대뇌마단주의 소소선생이었다. 흑웅혈마는 소소선생이라는 이름을 굵게 적었다. 그 이유를 묻자 그는 지천무문주 마의군자와 함께 일장로의 종을 자처하고 나선 다섯 명 중 하나라는 것이다.

지천무문주 마의군자, 만악독문주 노괴, 대행혈마단주 대력권, 전세지문주 흑선자, 대뇌마단주 소소선생.

흑웅혈마가 하나씩 이름을 댔다. 마의군자가 제 어머니인 혈마노파의 이름으로 많은 일들을 저지른 것은 익히 알고 있는 사실이었다.

"대뇌마단주 소소선생은?"

내가 묻자 흑웅혈마는 잠시 붓을 내려놓으며 대답했다.

"처음부터 모든 이들이 벽력혈장을 따랐던 것은 아니었습니다. 벽력혈장이 야심을 드러낸 것은 오 년 전부터였습니다. 그 후부터 하나둘 포섭해 나갔지요. 하지만 그에 반목하는 이들이 있었습니다."

"그래요?"

"벽력혈장은 본래 대뇌마단주였던 삼뇌자를 정마교와 내통한 자로 몰아세워 봉마동에 가둬두고, 소소선생을 대뇌마단주로 임명하였습니다. 그때부터 일들이 빠르게 일어났습니다. 어느 날은 갑자기 지천무문주가 사라지고 마의군자가 문주의 자리에 올랐고, 또 어느 날은 고강하던 대행혈마단주 귀수검혼이 소마였던 대력권에게 패해 천년금박으로 떨어졌습니다. 소마가 알아본 바에 의하면 만악독문주 독응의 제자였던 노괴가 귀수검혼을 중독시킨 것이었습니다."

자신도 모르게 흘리는 흑웅혈마의 살기가 실내에 가득 차올랐다.

나는 뻘겋게 달아오르는 그의 눈동자를 보며, 지난 그의 고충이 얼마나 심했는지를 짐작할 수 있었다.

"그 다음날 만악독문주 독응과 전세지문주 만안이 삼뇌자와 같은 이유로 봉마동에 갇혀 노괴가 만악독문주가 되었습니다. 며칠 사이에 정마교와 내통한 거마가 셋이나 나온 것입니다. 그들이 정마교와 내통하였다던 증거들이 너무 명백한지라 소마는 막을 수 없었습니다. 후에 이 모든 일이 대뇌마단주가 된 소소선생이 꾸민 일이라는 것을 알게 되었을 때는, 이미 너무 늦었습니다."

그러면서 흑웅혈마는 소소선생이라는 자의 정체에 대해 설명했다.

나는 흑웅혈마의 설명을 듣고 크게 놀랐다.

벽력혈장의 머리가 되어준 소소선생은 다름 아닌 삼장로 산화혈녀의 동생이었다.

결국은 삼장로 산화혈녀도 이들과 한통속이라는 말처럼 들렸다.

산화혈녀의 위험한 미소가 눈앞에 그려졌다.

내가 그 이름을 낮게 뇌까리자, 흑웅혈마가 온 얼굴을 일그러트렸다.

"종을 자처하고 나선 그 다섯보다 더한 이들이 바로 혈마장로들입니다. 이장로, 삼장로, 사장로, 오장로 할 것 없이 모두 벽력혈장과 다를 바 없었습니다."

휘이이.

어디선가 불어온 바람이 촛불들을 건들었다. 우리의 그림자가 동요하기 시작했다.

색목도왕이 말을 계속했다.

"본교보다도 일신의 안위를 위하였고 그들의 창고에는 곡식이 썩어나고, 더는 보화들을 쌓아놓을 자리도 없었습니다. 그래서 교주님이 삼장로, 오장로와 함께 본교에 들어오셨다는 말을 들었을 때 믿지 못하였습니다. 소마를 실혼인으로 만들어 제물로 바치자는 말도 그 둘의 입에서 나왔습니다. 그 말에 이장로와 사장로가 크게 찬성했다고 들었습니다."

색목도왕의 몸이 파르르 떨렸다. 그에게서 뿜어져 나온 바람에 실내의 모든 촛불이 꺼질 듯 흔들렸다. 나는 내력을 일으켜서 불을 바로 세웠다.

잔뜩 굳은 색목도왕의 얼굴 위로 촛불이 만들어낸 그림자가 일렁였다.

"색목도왕은 그 사실을 모르고 있었습니까?"

놀라움을 금치 못하며 물었다.

삼장로와 오장로가 흑웅혈마를 실혼인으로 만들자고 제안한 것을 알았더라면, 나는 그 자리에서 되레 그 둘을 실혼인으로 만들었을 것이다.

색목도왕이 다소 침착해진 목소리로 말했다.

"소마를 실혼인으로 만들자는 제안은 교주님과 색목도왕이 떠난 뒤에 나왔습니다."

"그렇군요. 내가 복수를 해드리겠습니다."

"소마. 이런 날이 올 줄을 알고 있었습니다."

붉게 달아올랐던 흑웅혈마의 눈빛이 곧 차분하게 가라앉았다. 그는 약간의 숨을 고른 후 다시 붓을 들었다.

한참을 열심히 적어 내려가던 중이었다. 혼심사문주 목죽이란 이름을 쓰고 고민하기 시작했다.

흑웅혈마가 미간을 찌푸리며 붓을 멈췄다. 그러더니 내게 물었다.

"교주님. 고독 때문에 벽력혈장에게 가담한 자들은 어찌해야 합니까?"

"고독이요?"

부끄럼 없이 반문했다.

"작은 벌레입니다. 그것을 상대의 몸에 주입하면, 상대를 언제든 죽음에 이르게 할 수 있습니다. 만악독문주 노괴의 특기가 바로 고독이었습니다. 그는 벽력혈장의 명을 받거나, 혹은 자신의 의지로 벽력혈장의 편으로 만들기 위해 많은 이들에게 고독을 심었습니다."

'호오!'

그런 벌레가 있다니? 순간 눈이 번뜩 뜨였다. 그런 것이 있다면 일을 어렵게 만들지 않아도 되겠다는 생각이 들었다. 상대의 목숨을 손에 쥐고 있다면 얼마든지 내 마음대로 조종할 수 있다는 말이 아닌가?

하지만 곧 그 생각을 떨쳐 버렸다.

상대의 목숨을 쥐고 충성을 이끌어본다 한들 그것이 진실될까?

당장은 목숨을 구하기 위해 시키는 대로 하겠지만, 등 뒤로 비수를 숨기며 날 노려보고 있겠지.

"혼심사문주가 그 벌레 때문에 벽력혈장에게 가담했다는 겁니까? 헌데 왜 고민합니까? 억지로 한 일인데."

"강압이라고 하기에는 너무도 적극적이었습니다. 그는 만악독문주보다 더한 일들을 벌여왔습니다."

"그렇습니까?"

나는 이해할 수 없다는 듯이 대답했다.

흑웅혈마가 그런 나를 보며 '저도 마찬가지입니다.' 라는 낯빛을 띠었다.

"혼심사문이 다루는 것은 진법과 사술입니다. 만약독문주가 고독으로 많은 이들로부터 거짓 충성을 이끌었다면, 혼심사문주는 사술로 십시 주민들을 현혹하였습니다. 벽력혈장을 교주에 올려야 한다는 말도 십시 주민들에게서 먼저 나왔습니다. 그 정도가 심했고, 나중에는 벽력혈장이 혼심사문주 목죽을 크게 신임하였습니다."

"강압으로 시작했는데 적극적으로 가담하였다? 대부분이 그렇지 않을 텐데요. 오히려 반감을 가질 듯한데요."

"예. 혈서당주와 무고강마당주 또한 고독에 중독되었습니다. 하지만 그들은 벽력혈장의 명에 따르긴 하되, 시늉만 하곤 하였습니다."

"벽력혈장의 큰 신임을 얻고 그랬는데, 고민할게 무엇 있습니까. 혼심사문주의 이름을 굵게 칠하세요."

"옛."

흑웅혈마의 붓이 힘 있게 그어졌다. 흑웅혈마가 책장을 넘겨 새로운 이의 이름을 쓰기 시작했다. 화가 담기지 않아서 필체가 가늘었다.

"그는 혈서당주나 무고강마당주처럼 시늉만 한 사람들이겠군요."

내가 말했다.

"예."

흑웅혈마는 내당주(內堂主) 냉상아(冷常兒)의 이름을 마저 적었다.

"내당은 본교의 총무를 보는 곳입니다. 본교의 온갖 일들을 맡아 하며, 지존천실을 관리하는 것 또한 그들의 일입니다."

나는 고개를 끄덕였다.

"벽력혈장은 지존천실을 호시탐탐 노려왔습니다. 그가 전대 교주님의 오랜 부재를 명분삼아 스스로를 교주대리라고까지 신분을 격상시킨 날이었습니다. 그는 지존천실을 쓰길 원하였는데, 귀영친위대가 이를 막았습니다. 그때 내당주 냉상아가 귀영친위대의 편에 서서, 벽력혈장에게 본래의 처소를 보다 넓고 크게 확장시키는 게 어떠냐며 뜻을 거두게 만들었습니다."

몇 사람 이름이 더 적혔다.

"외당주(外堂主) 좌조천리(坐照千里)?"

"예. 외당은 가까이는 서장, 사천, 청해 그리고 운남의 분교 그리고 멀게는 서역 각국과 연락을 하는 곳입니다."

"본교가 서역의 나라들과 연락을 주고받습니까?"

처음 듣는 말이다. 하지만 혈마교의 규모가 작은 왕국 정도는 되다 보니 서역의 다른 나라들과 외교가 이루어질 수 있겠다는 생각이 들었다.

"예. 서역 각국은 교주님의 오랜 부재 사실을 모르는데, 이는 외당주 좌조천리가 힘을 썼기 때문입니다. 그들과 연락을 나눌 때, 벽력혈장이 서신에서 교주님의 이름 대신 자신의 이름을 넣길 원했습니다. 마의군자 같은 자라면 벽력혈장이 명을 내리기도 전에, 이미 그리했겠지만 좌조천리는 그렇지 않았습니다. 그는 서역 각국에서 들어오는 서신과 본교의 서신들을 조작하여 벽력혈장에게 바쳤고, 죽는 그 순간까지도 벽력혈장은 자신의 이름으로 연락을 주고받은 것으로 알고 있었습니다."

탁.

흑웅혈마가 붓을 내려놓고 책자를 덮었다. 그렇게 오늘 본당에 모였던 이들의 사명부가 완성되었다.

"교주님."

그가 미소를 지으며 내게 책자를 건넸다. 흑웅혈마가 나를 데리고 본교에 들어오던 날, 내게 보여주었던 그 회심의 미소였다.

나는 얇은 책자를 받아들고 천천히 훑어보았다.

앞에서 흑웅혈마가 거론했던 인물들을 포함하여 총 열일곱. 그들의 이름들이 눈에 들어와 박혔다.

굵은 서체로 적힌 이들은 아홉 명. 얇은 서체로 적힌 이들은 생각보다 많은 여덟 명. 쳐내야 할 자와 내 편에 서게 될 자의 수가 비등비등했다.

흑웅혈마에게 다시 책자를 넘기며 말했다.

"지금 누굴 데려와야 할지 알겠죠?"

"예. 혈서당주, 무고강마당주, 내당주를 비롯한 팔 인을 데리고 오겠습니다."

"장로들과 다른 배교도들이 모르게 은밀하게 움직여야 합니다. 필요하다면 믿을 만한 자들을 시켜, 그들의 움직임을 감시토록 하십시오."

"옛!"

흑웅혈마가 절도 있게 고개를 숙였다.

* * *

흑웅혈마가 나가고 십오 분쯤 흘렀을 때였다.

색목도왕이 한 무리의 사람들을 데리고 왔다.

모든 것이 시꺼멓게 물들어 버린 밤답게 그들은 소리를 죽였다.

사태가 심상치 않게 흘러가고 있다는 것을 알았는지 모두 비장한 얼굴들을 하고 있었다.

모두 다섯.

영귀단주 무영사와 영마단주 하천마수는 굳이 물어보지 않아도 믿을 만한 자들이었다.

이 둘은 일장로에게 반목하여 단원들과 함께 모습을 감춰버린 충성스러운 자들이었다. 갇혀 있던 흑웅혈마를 혈마노파와 함께 도왔다고 알고 있다.

그 둘은 얼굴과 전신에 흑포를 감싸고 체격 또한 비슷해서 누가 누구인지 분간이 힘들었다. 하지만 내 앞에서 흑포를 풀었고 각기 다른 얼굴을 내게 보였다.

무영사는 태어나서 한 번도 빛을 본적이 없는 사람처럼 얼굴에 핏기가 없었고 눈빛 또한 음침했다.

반면에 하천마수는 까무잡잡한 얼굴에 날까로운 눈빛의 소유자였다.

"교주님을 뵈옵니다."

영귀단주와 영마단주를 필두로 한 다섯이 내 앞에서 고개를 숙였다.

색목도왕의 눈빛을 받은 이들이 하나씩 나섰다. 영귀단주와 영마단주야 알고 있는 자들이었으나, 나머지 셋은 오늘 처음 본 이들이었다.

"지천무문의 곽철이라고 하옵니다."

체격이 듬직하고 얼굴이 나부대대한 것이 영락없는 소도둑 같은 인상이다.

"혈귀단을 맡고 있는 화강이라고 하옵니다."

큰 키에 삐쩍 말랐는데 얼굴선과 눈매가 날카롭고, 얼굴 오른쪽이 화상으로 일그러져 있기까지 했다.

"촌각살마단의 귀서생이라고 하옵니다."

피부가 깨끗하고 눈썹이 짙으며 콧날은 오뚝하다. 전체적으로 귀티가 나는 얼굴이었지만, 눈 속 저 밑바닥에 깔린 싸늘한 무언가가 일렁거리고 있었다.

색목도왕이 데리고 온 다섯.

그들은 사람들이 눈앞에서 죽어 나가도 눈 하나 깜짝하지 않을 심성들이 외모에서부터 드러나 있었다.

아이러니하게도 그들의 잔혹한 분위기에 만족하고 있는 나를 발견했다.

"소마와 좌호법에게 눈과 귀가 되어준 이들입니다. 무공 또한 뛰어나니 믿고 쓰셔도 되실 것이옵니다."

색목도왕이 말했다.

배교도 촌각살마단과 지천무문에 속한 이들이 둘이나 있었지만 색목도왕은 자신만만했다.

나는 색목도왕을 믿었다.

다섯에게 손을 저어 그들을 구석에 대기시켜 놓고 색목도왕을 가까이 불렀다.

그는 나갔을 때와 들어왔을 때 얼굴이 달라져 있었다. 나가기 전에는 이번 내 결단에 불만을 품은 듯 보였다.

하지만 들어왔을 때는 평소의 색목도왕으로 돌아와 있었다. 언제나 충성을 다하는 그런 모습으로.

나는 구석에 있는 다섯을 의식하여 전음을 보냈다.

『내게 섭섭지 않습니까?』

내가 물었다.

색목도왕은 죄송스런 얼굴로 대답했다.

『하교들은 교주님의 지엄하신 결단에 의문을 품어서는 안 됩니다. 그것이 충성심 때문이라고 해도 말입니다. 헌데 정작 소마가 그러한 모습을 비췄었습니다. 송구하옵니다. 교주님.』

내가 아니라고 하기도 전에, 색목도왕은 계속해서 말을 이어나갔다.

『공석(空席)은 봉마동에 갇혀 있는 전대 거마들로 채우심이 어떠신지요?』

잠시 나갔다 온 사이에 꾸준히 생각하고 있었나보다.

『그들에 대한 이야기는 흑웅혈마에게 들었습니다. 벽력혈장이 가뒀다지요?』

『예. 모두 뛰어난 본교의 절정고수들입니다. 비록 갇혀 있는 수 년 동안 몸은 쇠약해 있을지언정 정신은 더욱 강인해져 있을 것입니다. 교주님의 은덕으로 복귀한다면 그들은 교주님께 충성을 다할 것입니다.』

색목도왕의 푸른 눈이 모처럼 반짝이기 시작했다. 나는 관심을 가지고 귀를 기울였다.

『정마교의 도발이 신경 쓰였지만 지금은 겨울입니다. 그들로서도 겨울 사막을 건너오지 못할 것입니다. 그동안 전대 거마들에게 예전의 모습을 찾을 수 있는 시간을 줄 수 있으리라고 생각합니다.」

「좋군요.」

「다만 곧 비게 되는 혈마장로 자리는 어찌하실지……」

색목도왕이 약해진 눈빛으로 나를 바라보았다.

『혈마장로요?』

내가 씨익 하고 웃자 색목도왕의 얼굴에 의아함이 퍼졌다.

『새로운 혈마장로들을 생각해 두셨습니까?』

『그 정도는 당연하지 않습니까.』

나는 내가 생각해 둔 사람을 말하지 않았다. 분명 궁금할 텐데도 색목도왕은 깊게 물어오지 않았다.

내 결정에 무조건 따르겠다는 듯 고개를 숙여 보일 뿐이었다.

우리는 곧 들어올 여덟 명의 거마들에 대해 이야기를 나누었다.

잠시 뒤.

스으으.

스산함 바람이 안으로 불어 들어왔다. 나는 이쪽으로 가깝게 접근하는 기운들을 느끼고 그들을 기다렸다.

오늘 본당에서 본 이들이 하나둘 시선에 들어왔다.

서생같이 유의를 입은 자부터 대머리에 두건만 쓴 자, 죽립에 짚으로 만든 피풍의를 두른 자까지.

그들은 갑자기 불려 나와서 혈마교 적색 예복을 차려 입지 못했다.

먼저 불려 나온 다섯과 새롭게 들어온 여덟이 서로를 알아보는 기색들이었다.

색목도왕이 데리고 들어온 이들은 당당한 모습으로 들어왔는데, 흑웅혈마가 데리고 온 이들은 눈빛이 불안에 흔들렸다.

"교주님. 하교들을 데리고 왔습니다."

흑웅혈마가 내게 말했고 여덟 명을 소개해 줬다.

혈서당주, 무고강마당주, 내당주, 치혈마문주, 촌각살귀단주, 대행혈귀단주, 대뇌귀단주, 외당주. 한 번에 많은 이름들이 머릿속에 들어왔다.

예를 갖춰 인사하려는 그들을 향해 손을 쓱 저었다.

쿵!

큰 소리와 함께 입구 쪽에서 지존천실의 문이 닫혔다. 절정고수들이 문소리에 놀라 몸을 움찔거렸다. 그들 모두 심리적으로 많이 움츠러들어 있었다.

내 눈빛을 받은 흑웅혈마가 일갈을 터트렸다.

"뭣들 하는가? 당장 무릎을 꿇지 않고."

서로 눈치를 보고 있던 거마들이 일제히 무릎을 꿇었다. 올 것이 오고야 말았구나. 모두들 그런 낯빛으로 불안함을 숨기지 못했다.

"왜 불려왔는지 알고 있는 모양이군. 무고강마당주라고 했나? 말해 봐라."

나는 한 노인을 지목했다. 그에게서 약재 냄새가 물씬 배어 나왔다. 색목도왕의 설명에 따르면 무고강마당은 의술을 담당하는 곳이랬다.

"저, 저희들은……."

쉽게 입을 열지 못하는 노인을 뒤로 하고, 이들 중 가장 또렷한 눈빛을 가진 남자를 가리켰다.

혈마교의 두뇌라고 할 수 있는 곳이 대뇌마단과 대뇌귀단이었는데, 대뇌마단주는 척결대상인 반면에 대뇌귀단주는 살아남게 되었다.

모두가 불안해하고 있을 때 그만이 차분했다. 그가 내 허리춤에 달린 흑천마검을 응시하면서 대답했다.

"어떤 처분이든 달게 받겠습니다."

색목도왕의 말대로라면 이자가 본교에서 머리가 제일 뛰어난 둘 중 하나라고 하니, 돌아가는 판을 읽은 것일까?

이 자리가 어떤 자리인지 알고 있는 듯 보였다. 그러니까 자신들이 살생부에서 살(殺)이 아닌 생(生)으로 선택된 것을 눈치챈 게 분명했다.

모두를 향해 말했다.

주위로 흘려보낸 십이양공의 내력이 무겁게 공기를 짓눌렀다.

"배교도 벽력혈장에게 동조한 너희들의 큰 죄는 천년금박행으로 벌해야 할 것이다."

거마들이 황급히 고개를 들었다. 오늘 본당에서 끌려 나간 마의군자를 생각하고 있겠지. 어떤 이들은 내 말이 크게 와 닿았는지 몸을 파르르 떨었다.

"하교들의 불충을 용서해 주시옵소서."

대뇌귀단주가 대표하고 나섰다. 그러자 나머지 거마들도 자인하고 나왔다. 구차한 변명 따위를 늘여놓지 않아서 마음에 들었다.

내가 손을 쓱 젓자 모두 합죽이가 된 것처럼 입을 다물었다.

"너희들 모두 천년금박행으로 벌하려 하였으나 두 호법이 말하길, 그래도 너희들은 장로들과 다른 거마들과는 달리 겉으로만 동조했다고 하더군."

"그, 그렇사옵니다!"

기다렸다는 듯이 날카로운 소리가 튀쳐나왔다. 흑웅혈마가 목소리의 주인공을 노려보았다. 그녀는 내당주의 책임자로 이름은 냉상아였다.

그간 벽력혈장에서 지존천실을 지켜왔다는 그녀가 누구보다도 간절한 눈빛을 띠었다.

하지만 결국 흑웅혈마의 기세에 눌려 눈을 질끈 감아야 했다.

"하지만 그 말을 믿을 수 있어야지. 너희들은 스스로 겉으로만 동조했다는 것을 증명해야 할 것이다."

"분부만 내려주십시오."

촌각살귀단주가 마음을 다잡은 듯 눈에 살기를 띠며 대답했다. 그것이 꼭 어떤 사람이든 지금 당장 죽이고 오겠다는 것처럼 들렸다.

나는 만족스럽게 고개를 끄덕였다.

나와 눈이 마주친 이들이 촌각살귀단주처럼 명령을 내려만 달라고 말해 왔다.

간절하게 애걸하는 눈들이 사방에서 보였다.

"어떠한 것이라도?"

내가 물었다.

"옛!"

"지금 나는 어떤 자들을 부를 것이다. 그자들은 배교도 벽력혈장을 도와 본교의 질서를 어지럽힌 자들로 너희들도 잘 알고 있는 자들이지. 그자들을 제압해 너희들이 벽력혈장에게 겉으로만 동조했다는 것을 증명할 수 있겠느냐?"

"옛!"

여덟이 일제히 대답했다.

"손에 사정을 둬서는 안 될 것이다."

"옛!"

"지켜보기로 하지."

나는 그렇게 말한 다음 색목도왕을 가까이 불렀다. 그리고 모두 들으라는 식으로 큰 소리로 말했다.

"색목도왕."

"예. 교주님."

"배교도인 혈마장로들과 나머지 거마들을 일각 당 한 명씩! 차례대로 불러오너라."

혈마장로.

그 이름이 나오자 모두의 얼굴이 바짝 굳어졌다. 꿀꺽 삼키는 침소리가 여기저기서 들렸다. 그것도 잠시 뿐. 각자의 눈에 각오가 깃들기 시작했다.

* * *

힘난한 세자 시절을 겪거나 스스로의 힘으로 용상에 오른 왕들이 제일 먼저 하는 건 반대파 숙청이었다. 그 과정에서 자연스럽게 왕권이 강화되고 기틀을 바로잡을 수 있으니, 이를 하지 않은 왕은 거의 없다.

오로지 세종대왕만이 손쉽게 왕권을 강화시킬 수 있는 '숙청'이라는 카드를 꺼내지 않았다. 포용력으로 자연스럽게 충성을 이끌어냈다며 열변을 토하시던 국사 선생님의 모습이 떠오른다.

하지만 우리는 시험과는 상관없는 내용이라고 치부하며 자세히 듣지 않았다. 사실 그때 나도 반쯤은 졸고 있었다.

어째서 국사 선생님이 역대 왕들과 세종대왕을 비교하며 열변을 늘어놓으셨는지 이제는 알 것 같다.

세종대왕은 왕권을 세울 수 있는 빠르고 확실한 길 대신, 시간이 걸려도 피를 보지 않는 방법을 택했다.
확실히 그 방법은 아무나 할 수 있는 게 아니다.
'혈마교에서는 더더욱!'
나는 흑웅혈마에게 눈빛을 보냈다.
흑웅혈마가 내 눈빛을 받아 고수들의 위치를 지정했다.
색목도왕이 데려온 다섯은 입구 쪽에 서고, 흑웅혈마가 데려온 여덟은 내 앞쪽에 나열해 섰다. 그러니까 실내 중앙 부분이 바로 호구(虎口)가 되는 것이다. 열세 개의 이빨이 먹이를 노리고 있는 격이다.
스스슷.
실내에 감돌던 향기가 고수들이 내뿜는 기도에 짓눌려 사라졌다. 한마디 말도 오가지 않는 정적. 은밀한 바람만이 우리 사이를 오갔다.
이윽고 한 사람이 도착했다.
그는 바위를 연상시키는 우락부락한 근육질의 사내였다. 거칠게 돌아난 호랑이 수염이 인상적이었고 번뜩이는 안광에서 심오한 내력이 느껴졌다.
흑웅혈마는 그가 도착하자 문밖으로 나가 섰다. 퇴로를 막기 위함으로 보였다.
그는 실내로 들어오다가 앞뒤로 나열한 고수들의 모습에 걸음을 멈췄다. 하지만 내 눈빛을 받자, 하는 수없이 발걸음을 뗄 수밖에 없었다.

 힘찼던 발걸음에 망설임이 서렸고, 당당했던 눈빛이 흔들거리며 주변의 눈치를 살피기 시작했다. 그는 내 앞에 나열한 여덟의 고수 앞까지 도착해서 허리를 숙였다.

 "소마 대행혈마단의 단주 대력권. 교주님의 부름을 받고 왔습니다."

 대행혈마단은 색목도왕과 나를 끈질기게 추격했었던 집단이다.

 나는 가차 없이 말했다.

 "쳐라."

 남들이 겨우 들을 수 있는 작은 목소리로 말이다. 하지만 모두가 즉각 반응했다.

 쏴아아악!

 앞에서 여덟이, 뒤에서 다섯이 일제히 날아들었다. 갑작스런 고수들의 공격에 대력권은 놀란 틈도 없이 위로 솟구치고 봤다.

 그러나 위쪽을 먼저 점해 놓고 있는 이가 있었다. 그가 날카로운 조법(爪法)으로 손을 휘둘렀다.

 대력권이 주먹에 권기를 둘러 공격을 방어했다.

 하지만 그의 발밑으로 긴 소맷자락이 날아와 그의 발목을 휘감았다.

 소맷자락이 그를 아래로 잡아당겼다. 그가 균형을 잃고 아래로 떨어져 내릴 때, 복부로 일장(一掌)이 어깨 쪽으로 일지(一指)가 날아들었다.

대력권이 양팔을 교차하여 가슴과 복부를 막고, 전신으로 호신강기를 일으켰다. 하지만 그것도 한순간 뿐! 그의 전신을 제물로 삼은 강력한 공격들이 폭우처럼 쏟아져 내렸다.

팡팡팡!

연달아 내력이 충돌하는 소리가 울려 퍼졌다.

파아앙!

마지막 소리가 파장을 일으키는 순간, 대력권이 피를 한 움큼 토해냈다.

쿨럭!

대력권의 입 주위가 피로 흥건했다.

피를 닦을 새도 없었다.

영귀단주와 영마단주의 합공에 뒤로 튕겨 날아갔다. 대력권이 겨우 균형을 잡아 바닥에 착지하는 순간, 뒤에서 촌각살귀단주가 유령처럼 나타났다.

촌각살귀단주의 수도가 대력권의 뒷목에 작렬했다.

컥!

그 충격으로 대력권이 앞으로 넘어질 듯 비틀거렸다. 스물여섯 개의 집요한 눈동자가 그 틈을 놓칠 리 없었다. 모두가 그를 향해 벌떼처럼 날아들었다.

그를 겹겹이 에워싸서 보이지도 않았다.

억!

 포위망 속에서 대력권의 외마디 비명이 들렸다. 그것이 끝이었다. 그를 에워쌌던 고수 열셋이 좌우로 흩어졌고, 그 자리에서 혼절해 있는 대력권의 모습이 보였다.

 그 처량한 모습에 나는 속으로 혀를 찼다.

 열셋은 멧돼지를 사냥한 들개들처럼 거친 숨을 토해냈다. 각자 빠르게 흥분을 가라앉히고 호흡을 정상으로 되돌렸다.

 흑응혈마가 천천히 걸어와 대력권의 상태를 살폈다. 흑응혈마 얼굴 위로 회심 가득한 미소가 스치고 지나갔다.

 "장태혈(將台穴)이 점혈되었습니다."

 흑응혈마가 말했다.

 "객실에 두어라."

 "옛."

 흑응혈마가 대력권의 손목을 움켜쥐었다.

 그리고는 시체 다루듯 질질 끌고 갔다. 중앙부터 객실 쪽까지 긴 핏자국이 이어졌다. 호러 영화에 나오는 한 장면을 보는 듯했다.

 대력권이 들어오고 십오 분 뒤에 새로운 인물이 도착했다.

 그는 다른 이들처럼 약간의 불안함을 얼굴에 띠며 안으로 들어섰다. 구부정한 허리에 머리카락은 몇 가닥 남지 않은 노인이었다.

 독을 가까이 해온 탓인지 얼굴 피부가 푸른빛을 띠었다.

'바로 이자가 만악독문주 노괴군!'

노괴가 발걸음을 멈췄다.

그는 조금 전에 어떠한 일이 일어났는지 명확히 보여주는 흔적을 바라보았다.

실내 중앙부터 객실까지 뭉개진 핏자국! 노괴의 얼굴이 와락 일그러졌다.

노괴가 동요하면서 주위를 빠르게 살폈다.

그 순간 나와 눈이 마주쳤는데 내 눈길을 피하지 않았다.

오히려 적의 가득한 눈으로 나를 노려보더니 휙! 하고 몸을 돌렸다.

'밖으로 도망치려고?'

하지만 입구 쪽에 있던 거마 여덟 명이 노괴의 앞을 가로막았다.

내 앞에 서 있던 다섯도 노귀에게 접근했다. 대력권에게 그랬던 것처럼 열셋이 노귀를 겹겹이 에워쌌다.

"무, 무슨 작당을 하는 게냐!"

노귀의 목소리가 쩌렁쩌렁하게 울렸다.

노귀를 둘러싼 열셋.

촌각살귀단주나 대행혈귀단주처럼 노귀보다 더욱 강한 이도 있었고, 대뇌마단주나 혈서당주처럼 비등한 이도 있었으며, 내당주나 혈귀단의 화강이라는 자처럼 조금 뒤쳐진 이도 있었다.

하지만 그 열셋이 만들어낸 포위망을 노귀가 감당할 수 없다는 것은 자명한 사실이었다.

내가 이미 말했고, 또 지켜보고 있는 중이라 열셋은 손에 사정을 두지 않았다.

스슷!

대행혈귀단주가 손을 검처럼 사용하여 노귀의 다리를 그었다. 그 뒤를 이어 촌각살귀단주의 붉게 달아오른 손가락들이 노귀의 어깨에 박혔다.

노귀가 그 고통을 참으며 겨우 포위망에서 빠져 나왔다. 살을 내주더라도 포위망에서 빠져 나오는 걸 급선무로 여긴 모양이었다.

노귀가 자신을 물어뜯으려는 이빨들을 뿌리치며 밖으로 몸을 날렸다.

그곳에서 흑웅혈마가 갑자기 모습을 드러냈다. 반사적으로 뻗은 노귀의 독이 서린 손톱을 고개 숙여 피하면서, 노귀의 복부에 일권을 작렬시켰다.

팡!

큰 소리와 함께 노귀가 뒤로 튕겨 날아갔다. 두 사람이 덩달아 뛰어올랐다.

둘이 날아오는 노귀의 어깨를 내리찍었다. 노귀는 바닥으로 처박혔다.

그 단단한 대리석 바닥이 움푹 파였다. 황급히 일어나려고 하는 노귀에게 많은 이들이 달려들었는데, 제일 먼저 그를 점혈한 자는 촌각살귀단주였다.

촌각살귀단주가 버튼을 누르듯 노귀의 관자놀이를 눌렀다 뗐다.

"태양혈을 점혈하였습니다."

그가 싸늘한 눈빛으로 말했다. 발아래의 노귀는 메두사와 눈이 마주친 이처럼 두 눈을 부릅뜬 채로 마비되어 있었다. 나는 담담하게 고개를 끄덕였다.

이제는 따로 말하지 않아도, 혈귀단의 화강이라는 남자가 노귀를 객실에 옮겨 두었다. 그가 이 자리에 모인 열셋 중 직위가 가장 낮기 때문이었다.

다음으로 온 이는 혼심사문주였다.

그는 대력권이나 노귀와는 전혀 다르게 반응했다. 이 자리가 자신의 명줄이 달린 곳이란 것을 알아차리고는 넙죽 엎드리면서 변명을 늘어놓기 시작했다.

"벽력혈장과 노괴가 심어둔 고독 때문에 어쩔 수 없었습니다. 노괴에게 소마의 몸에 고독을 심어 두었는지 하문해 보시면 아실 것이옵니다."

나는 대답 없이 고개를 저었다. 양손에 피를 묻힌 두 남자가 혼심사문주 앞에 섰다. 혼심사문주가 백발의 노인에게 피 끓는 외침을 토해냈다.

"무고강마당주! 교주님께 말씀을 드려주시오. 그대도 나처럼 고독이 심어져 있지 않소."

백발의 노인은 한마디 말도 꺼내지 않았다. 혼심사문주는 점혈되기 직전 자신의 억울함은 혈마가 아실 것이라며 외쳐댔지만, 나는 그를 풀어줄 생각이 없었다.

뒤를 이어 보연당주가 도착했다.

대리석 바닥에 낭자한 피.

살아 있는 생물처럼 천천히 구불구불 흘러간 그것이 보연당주의 발끝에 닿았다.

"이, 이게 대체……."

열셋 명의 고수들이 살기어린 눈으로 그를 노려보고 있었다. 보연당주의 얼굴이 새하얗게 질려갔다.

"어서 들어가라."

뒤에서 흑웅혈마가 재촉했고, 거마들이 접근해서 그를 압박했다.

보연당주의 눈에 결단이 섰다. 그래서 그도 다른 이들처럼 도망치거나 공격을 할 줄 알았다. 하지만 그는 뜻밖의 반응을 보였다.

보연당주가 힘 있게 입술을 다물었다. 얼굴을 와락 일그러트렸고, 입가에서 한 줄기의 피가 주르륵 흘러내렸다. 그의 눈동자가 초점을 잃었다.

풀썩.

약간 어깨가 흔들리는가 싶더니 그의 신형이 모래성처럼 무너졌다.

쓰러져서 조금의 미동도 없었다. 흑응혈마가 그를 내려다본 후에 말했다.

"자결했습니다."

*   *   *

"어찌 이러실 수가 있으십니까? 정녕 우리 장로들을 내치실 생각이십니까? 그러고도 본교가 잘 되리라고 생각하시는 것입니까?"

혈마 이장로가 기세등등하게 외쳤다. 그러면서 핏자국을 따라 객실 쪽을 바라보았다. 혈마 이장로의 몸에서 심오한 기풍이 불어 나왔다.

객실 문이 스르르 열리면서 혼절한 이들이 보였다. 그것을 본 이장로의 얼굴이 붉으락푸르락해졌다.

"바로 두 시진 전까지만 해도 소마에게 배교도 척결을 명하시지 않으셨습니까. 한데 저들이 왜 저런 몰골로 점혈되어 있는 것입니까! 아무리 교주님이라 하시더라도 이러실 수는 없습니다!"

이장로가 외쳤다.

"무엄하다! 어느 안전이라고 함부로 입을 놀리느냐!"

흑응혈마가 적의를 담은 목소리를 터트렸다. 흑응혈마는 열셋의 고수들과 함께 포위망을 좁혔다.

"다들 물러서지 못하겠느냐!"

이장로의 외침에도 불구하고, 열셋 명은 내력을 더욱 끌어올리며 언제라도 출수할 준비를 마쳤다. 땅딸막한 이장로는 그들 틈에 파묻혔다.

"순순히 지엄하신 교주님의 뜻을 받들라. 그럴수록 네 죄가 더욱 커짐을 모르느냐."

흑웅혈마는 거침없이 외친 후 나를 바라보았다. 나는 고개를 끄덕였다.

팟!

흑웅혈마가 제일 먼저 공격을 시작했다. 그 뒤를 이어 열셋의 고수들이 양옆과 아래 위, 조금의 틈도 없이 날아들었다.

이장로는 땅딸막한 몸과는 어울리지 않게 미꾸라지처럼 움직였다. 그래도 폭풍처럼 밀려오는 공격들을 모두 다 피해낼 수는 없었다.

쉬이이익.

흑웅혈마의 권을 피해 몸을 비트는 순간, 촌각살귀단주의 수도가 그를 노렸다.

이장로는 그것까지 피했지만 대행혈귀단주와 영귀단주의 합공을 받아 천장으로 튕겨져 날아갔다.

내상은 면했는지 얼굴색이 순간 벌게졌다가 본 상태로 돌아왔다.

그는 천장을 밟아 아래로 찍듯이 내려오며 수차례 장을 뻗었다.

미처 피하지 못한 몇몇의 가슴에 장법이 작렬했다.

내상을 입은 이들이 황급히 뒤로 물러났고 그 자리로 다른 이들이 채워졌다.

무위가 가장 뛰어난 흑웅혈마, 촌각살귀단주, 대행혈귀단주, 영마단주가 선방에 섰다. 고전하는 이장로의 모습에서 사인살마의 합공을 받았던 흑웅혈마의 옛 모습이 떠올랐다.

그래서일까?

흑웅혈마는 독기로 가득 찬 얼굴로 맹렬하게 공격해 나갔다.

콰과광.

단단한 목재와 암석들로 이루어진 지존천실 안이었다. 그러나 사방에서 일어나는 내력의 충돌 때문에 기둥 몇 개가 부러졌고, 천장에서도 우수수 목재들이 떨어졌다.

치열했던 싸움이 슬슬 끝나가고 있을 때. 지존천실은 금방이라도 무너질 듯 위태위태했다.

이장로는 현격히 사색이 된 얼굴로 쉴새없이 몰아치는 공격들을 막기에 급급했다.

결국 이장로는 바닥을 나뒹굴었다.

흑웅혈마가 시뻘게진 눈으로 마지막 한 수를 꽂아 넣으려는 찰나였다. 그때 밖에서 한 사람이 질풍처럼 날아들었다. 그는 들어오자마자 흑응혈마를 노렸다.

탓!

나도 가만히 앉아 있을 수만은 없었다. 자리를 박차며 그의 이름을 부르짖었다.

"사장로!"

그의 눈동자가 내게로 향했다. 나를 알아본 사장로의 눈동자가 크게 떠졌다.

나는 손바닥에 십양의 내력을 끌어 올려 사장로에게 뻗었다. 사장로도 흑응혈마에게 향했던 주먹을 황급히 내게로 돌렸다.

그의 주먹이 내 손바닥과 허공에서 맞물렸다. 사장로의 깊은 공력이 내 손바닥 중앙에서 요동쳤다. 우리는 서로의 일그러진 얼굴을 봐야만 했다.

하지만 내 쪽이 훨씬 위였다.

파앙!

십이양공의 열기가 사장로를 집어삼켰다.

주위 또한 휩쓸었다.

어디선가 우직 하고 기둥이 무너지는 소리가 들렸다.

그간 맹렬하게 꿈틀거리고 있던 힘을 일순간에 토해냈다.

좋은 느낌이다.

그런 기분이 들었을 때 사장로는 문밖으로 튕겨져 날아갔다.

나는 그 뒤를 바짝 쫓았다.

땅을 짚고 일어나려는 사장로의 턱을 발로 차올렸다. 그가 크게 떠올랐다가 지면으로 떨어졌다. 그것으로 끝인 줄 알았는데 사장로가 번개같이 솟구쳤다.

'죽이고야 말겠어.'

그의 눈이 말했다.

나도 똑같이 노려보며 다시 일합을 주고받았다.

사장로의 주먹이 여러 개의 잔영을 만들어냈지만 내 허리를 노리고 있는 게 분명했다.

명왕단천공의 수법대로 허리를 비틀며 피했다. 먼발치에서 터져 나온 폭발음이 들리는 순간, 나는 그의 어깨를 손바닥으로 내리찍었다.

푸왁!

사장로가 새까만 피를 뿜었다. 그리고는 절을 하듯 엎어져서 나를 올려다보았다.

시퍼랬던 안광이 수명 다한 형광등처럼 희미해져 있었다. 껌벅 껌벅. 그가 눈을 깜박거릴 때마다 더욱더 희미해진다. 이윽고 빛이 완전히 사그라졌다.

풀썩.

사장로가 땅에 얼굴을 처박았다. 조금의 미동도 없었다. 나는 혼절한 그를 뒤로 하고, 달려 나오는 이들에게로 천천히 걸어갔다.

"교주님!"

흑웅혈마가 말했다. 그는 흘깃 쓰러진 사장로를 바라보고 내게 포권을 취했다.

"이장로를 점혈해서 객실에 두었습니다. 사장로는 죽이신 것입니까?"

"혼절한 것뿐이다. 점혈해서 다른 이와 같이 두어라."

"옛!"

나와 눈이 마주친 거마들이 황급히 고개를 숙였다. 나는 그들을 스쳐 지나가 지존천실 안으로 들어갔다.

아직도 절정고수들의 내력이 공기를 짓누르고 있어서 피 냄새가 퍼지지 않았다. 정작 바닥엔 피가 낭자해 있지만…….

그 난리 통 속에서도 혈룡좌는 굳건했다. 나는 혈룡좌에 앉아 뜨겁게 달아오른 몸을 식혔다.

이번 이장로와의 싸움으로 셋이 내상을 입었다.

그들은 내게 허락을 맡고선 구석으로 향했다.

나는 가부좌를 틀고 앉은 그들을 바라보다가 흑웅혈마 쪽으로 시선을 돌렸다.

흑웅혈마는 객실을 바라보고 있었다. 두 혈마장로를 쓰러트린 것이 흡족한지 입가가 말려올라가 있다.

"흑웅혈마."

"예. 교주님."

흑웅혈마가 황급히 내게 포권했다.

"이제 누가 남았지?"

"셋입니다. 삼장로 산화혈녀와 오장로 흑야풍 그리고 대뇌 마단주 소소선생이 남았습니다."

'거의 다 끝났구나.'

나는 비스듬히 몸을 기대고 앉아 그들을 기다렸다. 오 분이 지나고 십 분이 흘렀다. 셋 중 한 명이 올 시간이 지났지만 누구도 나타나지 않고 있었다.

'무슨 일이지?'

흑웅혈마에게 나가서 알아보라고 명을 내리려고 할 때였다.

색목도왕이 삼장로 산화혈녀와 오장로 흑야풍과 함께 뛰어 들어왔다.

쳐내야 할 두 대상자, 그것도 혈마장로 둘이 한 번에 들어오자 모두의 눈에 긴장이 서렸다.

언제나 눈웃음 짓던 산화혈녀였지만 이번만큼은 달랐다. 각오를 단단히 한 얼굴이 심각하게 굳어 있었다. 나는 산화혈녀의 옷자락에 묻은 피를 발견했다. 그러고 보니 흑야풍의 소매에도 피가 흠뻑 젖어 있었다.

"두 혈마장로가 대뇌마단주 소소선생을 죽였습니다."

색목도왕이 내게 외쳤다.

'뭐?'

나는 산화혈녀와 흑야풍을 노려보았다. 산화혈녀가 쿵 소리가 날 정도로 머리를 땅에 찧었다. 그녀가 입을 열려는 것을 무시하고 색목도왕에게 말했다.

"색목도왕. 이게 어찌된 일이냐?"

"소소선생에게 지존천실로 들라는 교주님의 명을 전하고, 일 각후 삼장로의 처소를 찾아갔습니다. 지존천실에 올랐을 소소선생이 삼장로의 처소에서 죽어 있었고, 삼장로와 오장로가 소소선생을 죽인 것을 시인하였습니다."

일이 이상하게 돌아가고 있었다.

"산화혈녀. 왜 소소선생을 죽였지?"

내가 물었다.

"오장로와 소녀가 담화를 나누고 있었는데 소소선생이 급히 찾아왔어요. 소소선생이 이르길, 교주님께서 모두를 죽이고 계시다 했사옵니다. 이장로와 사장로 그리고 다른 거마들 모두 이미 죽었을 거라면서 말이에요."

산화혈녀는 이마에서 흐르는 피를 닦아 내지도 않으며 대답했다.

"……"

"지존천실에는 교주님과 몇 밖에 없을 테니, 각 장로단과 혈마육문도를 합한, 본교 삼천고수를 이끌고 간다면 살아날 수 있다면서 소녀와 오장로를 종용했어요. 내란을 일으키자는 크나큰 배교도를 가만히 둘 수 없어 죽인 죄. 용서해 주셔요."

산화혈녀는 믿을 수 없는 여자지만 딱히 지금은 거짓말을 하는 것 같지 않았다.

그녀는 다시 바닥에 이마를 찧었다. 흑야풍도 산화혈녀와 같이 이마를 찧고는 고개를 들지 않았다. 그렇게 둘은 목을 길게 빼놓고 내 처분을 기다렸다.

『산화혈녀의 말대로 될 수 있었습니까?』

색목도왕에게 전음으로 물었다.

『예. 교주님. 허나 저들이 삼천 고수를 동원하는 사이에, 교주님 또한 이곳에 모인 거마들의 단체들과 수만 혈마군을 동원할 수 있었습니다.』

『많은 피를 보지 않기 위해 이 밤에 일을 진행시킨 겁니다. 자칫 혈마교가 둘로 나눠져 전쟁이라도 벌일 뻔했군요.』

그러자 그는 식은땀을 흘리며 그렇다고 대답해 왔다.

찰나의 시간동안 오만가지 생각이 오갔다. 나는 마음속으로 결정을 내린 후에 입을 열었다.

"이 피가 보이느냐?"

실내에 낭자한 피를 가리켰다. 둘이 조심스럽게 고개를 들어 내 손가락이 향한 곳을 바라보았다.

"배교도들의 피다. 아니, 나를 기만하고 교를 기만한 적들의 피다."

산화혈녀와 흑야풍이 마른침을 꿀꺽 삼켰다.

저 붉은 피 속에서 그녀들의 짙은 죽음의 냄새를 맡았는지도 모른다. 둘은 어떠한 처분이든 받겠다는 얼굴을 비추고는 고개를 숙였다.

"너희 둘도 죽어 마땅하나, 나를 본교로 안내한 일과 이번 일을 생각해서 목숨만은 살려 주지."

내 말에 산화혈녀와 흑야풍은 무조건 항복이었다. 콧대 높았던 산화혈녀의 모습은 어디에서도 찾아볼 수 없었다.

"지엄하신 교주님의 은덕으로 구명된 이 흑야풍, 본교와 교주님을 위해 목숨을 다 바치겠습니다."

"소녀 산화혈녀 또한 본교와 교주님을 위해 목숨을 다 바치겠습니다."

나는 둘을 물리친 후에 자리에서 일어났다. 숨을 크게 들이쉬었다가 내뱉으며 큰 소리로 외쳤다. 십이양공의 열기를 품은 목소리가 쩌렁쩌렁 울렸다.

"현 시간부로 혈마장로들과 다섯 거마들의 직위를 박탈한다!"

제 6장
벽력혈장의 잔재

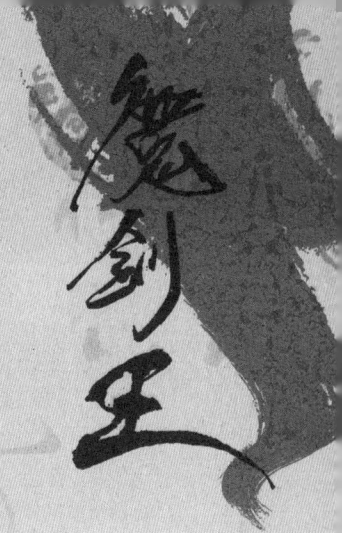

아스라이 비추는 햇빛이 아침을 알렸다.

두 시간도 채 잠을 자지 못했지만 얼음 침대에서 일어나 대청으로 나왔다.

곧 무너질 듯 내려앉은 천장에, 객실까지 뭉개진 핏자국들. 지난밤 숙청의 흔적들이 자신을 봐달라고 아우성이다.

지존천실 밖으로 나와 가볍게 몸을 풀고 있는데 내당주 냉상아가 찾아왔다.

어젯밤 그녀는 엉망이 된 지존천실을 수리해야 한다면서, 일장로당에서 지내길 권했지만 나는 거절했다. 벽력혈장이 살아오던 곳이라서 그저 싫었다.

나는 내당주가 데리고 온 시녀 열 명을 바라보았다. 하나같이 연예인 못지않은 절색들이었고, 고운 비단 옷을 차려입은 것이 꽤나 귀티나 보였다.

내당주는 그 시녀들이 이제부터 지존천실에서 내 수발을 들 아이들이라고 설명하면서, 부족하다면 다른 이로 뽑거나 더 많은 이들을 데려오겠다고 덧붙였다.

그러면서 연신 내 눈치를 살폈다. 내가 고민하면서 대답을 하고 있지 않자, 내당주는 다른 이들로 더 많이 보충해서 데려오겠다며 자리에서 떠났다.

삼십 분 뒤 미색이 더욱 특출 난 이들로 이십여 명을 골라 데려왔다.

김태희도 한가인도, 송혜교도 이나영도, 구혜선도 한지민도……

이 여인들 속에서는 미녀 축에도 끼지 못할 것이다. 이십 명의 미녀들은 각기 다른 매력으로 빛나고 있었다.

나는 쩍 벌어지려는 턱을 당겼다. 갑작스럽게 밀려든 미녀들에 시선을 어디에 둬야 할지 몰랐다.

혈마교 고수들 사이에 있을 때도 나지 않던 식은땀이 등을 적셔왔다.

문득 씻고 싶다는 생각이 들었다. 나는 시녀장이라고 소개받은 여인에게 물었다.

"씻어야겠군. 냇가가 어디에 있지?"

나이는 나보다 연상인 이십 대 중반.

이름은 소옥(小玉).

이름처럼 옥을 깎아서 연지분으로 단장한 듯한 미모의 여인이었다.

단단히 교육을 받았다고 했지만 내 앞에서 그녀는 부들부들 떨었다.

그것이 실례라는 것을 알고 있을 텐데도 제 몸을 주체 못하는 듯했다.

소옥의 눈길은 객실까지 뭉개진 핏자국에 가 있었다.

어젯밤 이곳에서 무슨 일이 벌어졌는지 알고 있는 눈치였다.

"세, 세숫물을 대령하겠사옵니다."

겨우 정신을 차린 소옥이 떨리는 목소리로 말했다.

나는 무서운 사람이 아니니 떨지 않아도 된다고 말하려다가 그만두었다.

제각기 나이가 다른 이십 명의 미녀들이 시선에 가득 차니, 정신이 없었다.

나는 뒷일을 그녀들에게 맡기고 침소로 들어가 침대에 걸터앉았다.

'시녀만 이십 명이라니.'

실제 벌어지고 있는 일이지만 현실감이 들지 않았다. 어쩐지 실없는 웃음이 나왔다. 미녀의 기준이 내가 살던 곳과 같다는 것에 감사했다.

혈마교가 제법 마음에 들기 시작했다.

잠시 뒤에 시녀 열이 큰 목욕통과 대야를 가져왔다. 물이 한 가득 든 목욕통을 어렵게 들고 오는 모습이 안쓰럽게 보였다.

보통 나무로 만들어져 있어야 할 목욕통과, 질그릇이나 나무 혹은 놋쇠로 만들어져 있어야 할 대야가 옥으로 만들어져 있었다. 심지어는 목욕통 밑에 깔아둔 천부터 비단이었다.

"교주님. 흑룡포를······."

어여쁜 목소리가 들렸다.

그 말이 무슨 뜻을 의미하는지 몰랐지만 곧 알게 되었다. 시녀 둘이 내 뒤로 다가와 흑룡포를 잡았다. 다른 셋은 무릎을 꿇고 앉아 아랫부분을 맡았다.

'어어?'

하는 사이에 흑룡포가 흘러내려 사각 팬티만 남겨졌다. 시녀들은 처음 보는 저쪽 세상의 속옷 앞에서 당혹스러워했지만, 정작 나는 이 상황 자체가 부끄러워서 얼굴이 화끈거렸다.

'팬티를 벗어야 해.'

그런 생각이 들었지만 결국 하지 못했다. 팬티를 입은 채로 목욕통으로 들어갔다.

그 뒤부터는 편했다. 따뜻하게 데워진 목욕물 안에서 눈을 감고만 있으면 됐다.

시녀들의 부드러운 손길들이 몸을 스치고 지나갈 때마다,

아랫도리에 힘이 들어갔다. 정신이 몽롱한 가운데 짜릿짜릿한 기분들이 번쩍여 댔다.

그래서 일부로 얼굴에 힘을 줘서 인상을 썼던 것이, 내가 기분이 안 좋은 것으로 보였나 보다. 한 시녀가 잔뜩 겁을 먹은 목소리로 말했다.

"교, 교주님. 소녀들의 잘못을 용서해 주시옵소서."

고개를 젓는 것으로 대답을 대신했다.

황홀한 목욕을 끝내고 깨끗한 속옷과 흑룡포로 갈아입었다. 시녀들이 젖은 내 머리카락을 보물 다루듯 조심스럽게 말렸다.

대청으로 나왔다.

곳곳에 굳어 있던 핏자국들이 온데간데없이 사라져 있었다. 시녀들이 하던 청소를 멈추고 내게 허리를 숙였다. 밖에서 소옥이 들어왔다.

"교주님. 숙수들이 도착했사옵니다."

'요리사가?'

마침 아침 목욕을 끝내고 배가 출출하던 참이었다. 열린 문 밖으로 허리를 숙이고 있는 숙수들의 모습이 보였다. 나는 그들을 안으로 불렀다.

그들은 내 앞에서 교언을 읊으며 절하였다. 경외심과 두려움으로 혼란스러운 그들의 심정이 목소리에서 드러났다.

그들 뒤로도 요리 재료들을 옮기는 내당 소속의 교도들이 들어왔다.

 모두 하나같이 계란 위에 서 있듯 발걸음이 조심스럽고 한마디도 입을 열지 않았다. 사람은 많고 분주하지만 정적이 흐르는 요상한 분위기였다.

 요리가 완성되었다는 말에 소옥을 따라나섰다. 대청에서 오른쪽 두 번째 문으로 들어갔다.

 '엄청나군!'

 수십 명이 앉아도 될 법한 큰 식탁 위로 수십 가지의 음식들이 펼쳐져 있었다. 엄청나게 많은 요리의 수에 말문이 막혔다.

 재료도 알 수 없는 신기한 요리부터, 새끼 돼지를 통째로 구운 요리, 각종 국물과 차에 이르기까지 하나하나 살펴보는 데만도 적잖은 시간이 걸렸다.

 식사 도중에도 예쁜 시녀들이 옆에서 시중을 들었다.

 내가 원하는 음식이 손에 닿지 않는 곳에 있는 듯하면 그릇에 덜어와 내 앞에 놓았고, 찻잔이 비었으면 다시 채워놓고, 덩치가 큰 고기 요리는 잘게 뜯어 먹기 좋게 만들었다.

 식사를 마친 후에는 대야에 물을 받아와 내 손을 씻겨 주었다.

 '이것 참……'

 처소로 들어와 한숨 돌렸다.

 열한 시쯤 흑웅혈마와 색목도왕이 찾아왔다. 우리는 객실에 앉아 시녀들이 내온 차를 마셨다.

차 이름이 음침백호(銀針白毫)랬나? 뱃속에 남아 있는 기름기들이 녹아 내려가는 기분이 들었지만 탄산음료의 톡 쏘는 그 맛보다 부족했다.

"아침부터 정신이 없군요. 보다시피 내당주가 시녀들을 보내왔습니다. 이십 명쯤 됩니다."

나는 시녀들을 모두 물리친 후에 말했다.

"전전대 교주님께선 백 명의 시녀를 두셨다고 합니다. 백 명도 천명도 모두 교주님의 뜻에 달렸습니다. 교좌에 오르셨으니 본교의 모든 것을 누리십시오."

색목도왕이 흡족한 얼굴로 말했다. 흑웅혈마가 찻잔을 내려놓으며 말을 받았다.

"간밤의 일을 모르는 이가 없습니다. 본교는 물론이고 십시의 모든 주민들이 간밤의 일을 말하고 있습니다. 교주님의 위명이 교지(敎地) 전체로 뻗어나가 그 누구도 교주님의 권위에 고개를 들지 못할 것입니다."

흑웅혈마는 색목도왕보다 어투가 톡톡 튄다. 보다 힘이 실려 있고 강경하다는 느낌도 자주 받았다.

나는 살짝 웃으며 말했다.

"그렇습니까?"

"예."

"간밤에는 경황이 없어 명을 내려놓고도 확인을 못했습니다. 장로들과 거마들은 봉마동에 잘 가뒀습니까?"

둘이 동시에 "예."라고 대답하고는 못마땅한 눈길로 서로를 바라보았다.

색목도왕과 흑웅혈마. 둘이 원래부터 사이가 좋지 않은 것일까? 아니면 라이벌의식 때문에 그러나? 둘은 내 눈빛에 공손히 찻잔을 들었다.

나 역시 차를 홀짝이면서 말했다.

"시간 오래 끌지 않을 생각입니다. 모두 천년금박으로 내치세요."

"옛. 하오면 산화혈녀와 흑야풍은?"

색목도왕이 물었다.

"그렇지 않아도 그 둘 때문에 두 분과 상의를 하려고 했습니다."

"산화혈녀와 흑야풍 또한 천년금박으로 내치심이 어떠하십니까."

흑웅혈마는 적의가 남아 있었다. 그 마음을 모르는 게 아니지만 한 입으로 두말 하긴 싫었다.

더군다나 그 둘은 장로직을 박탈당하고 기세가 꺾일 대로 꺾여 있는 상태였다.

나를 혈마교까지 안내하고 지난밤 소소선생의 목을 친 공을 생각해서 천년금박보단 다시 충성을 보여줄 수 있는 기회를 주고 싶었다.

내 뜻을 둘에게 말했다. 흑웅혈마는 순순히 수긍했고 색목도왕이 방안을 제시했다.

"하오면 산화혈녀와 흑야풍을 객십(喀什) 분교로 보내는 것이 어떻겠습니까?"

"객십 분교요?"

"예. 객십은 본교가 다스리는 사막 끝에 위치한 곳으로 서역의 도시입니다."

색목도왕은 길게 설명했다.

그것을 축약하면 다음과 같았다.

서역 각국과 중원의 교역길을 점하고 있어 나날이 커지고 있는 오아시스 도시. 하지만 정마교의 세력과 겹치기 때문에 분쟁이 그치지 않고 있는 곳.

산화혈녀와 흑야풍의 귀양지는 그곳으로 결정되었다. 정마교와의 분쟁에서 둘의 활약을 기대해 봐도 좋겠지. 혈마장로까지 했던 자들이니까.

"교주님. 혈마장로들의 다섯 자리가 모두 공석입니다. 그 자리에 따로 생각해 두신 인물이 있는 걸로 아옵니다. 그것이 누구인지, 이제는 말씀하실 때가……."

색목도왕이 줄곧 참아왔다는 듯이 조심스럽게 말했다.

둘은 찻잔을 내려놓고 내 대답을 기다렸다. 궁금함이 둘의 얼굴에서 그대로 묻어나왔다. 나는 그만 뜸을 들이고 입을 열었다.

"오늘부로 혈마 이장로와 혈마 삼장로는 내 앞에서 차를 마시고 있는 두 분입니다."

'처음부터 그렇게 정하고 있었습니다.'라는 설명은 구태여 덧붙이지 않았다. 흑웅혈마와 색목도왕은 뜻밖의 일에 눈이 휘둥그레졌다.

"하교들이 혈마장로라니요."

흑웅혈마가 잡고 있는 찻잔이 부르르 떨렸다. 색목도왕도 크게 다르지 않았다.

"본교는 강자존의 법칙이 지배하는 곳이라고 들었습니다. 모든 혈마장로들이 쳐내졌으니, 교도들 중에는 두 분이 제일 강한 것이 아닙니까?"

"촌각살귀단주와 대행혈귀단주 또한 하교들 못지않은 고수들입니다."

"그들은 이번에 겨우 목숨만 부지했습니다. 두 분의 충성심에 비할까요?"

"하, 하오나 혈마장로의 자리는 각 단주, 문주, 당주, 대주들을 누를 수 있는 강인한 무위를 지닌 자가 되어야 합니다. 소마는 그들과 비등하거나 조금 앞설 뿐입니다."

색목도왕이 말했다.

"소마 또한 그렇습니다."

흑웅혈마도 그 말에 수긍한 듯 대꾸했다.

나도 알고 있다.

하지만 전대 교주 검마는 그 자신이 강하기 때문에 호법을 무위가 아닌 충성심으로 뽑았었다.

그렇다고 색목도왕과 흑응혈마의 무위가 뒤처지는 것은 또 아니다.

이번에 숙청된 이들을 빼고 둘은 혈마교 제일 고수가 되었다. 색목도왕이 말했던 촌각살귀단주나, 대행혈귀단주 또한 마찬가지일 테지만.

"많은 이들이 숙청되었습니다. 두 분이 혈마장로가 되어야 어수선한 본교의 질서를 제대로 세울 수 있지 않겠습니까?"

흑응혈마의 미간이 고민으로 찌푸려졌고, 색목도왕은 난처한 얼굴이 되었다. 망설이고 있는 둘을 보며 입을 열었다.

"두 분의 무위가 거마들을 제압할 수 없는 게 문제입니까?"

둘은 그렇다고 대답했다. 나는 속으로 웃으며 품안으로 손을 집어넣었다.

탁!

탁자 위에 두 권의 비급을 내려놓았다. 하나는 천력마도, 다른 하나는 간밤에 천서고에서 가지고 나온 묵천파황권(墨天破皇拳)의 비급이었다.

천력마도 비급을 색목도왕 쪽으로 밀며 말했다. 색목도왕이 사람의 피로 새겨진 비급의 제목을 보더니 놀란 눈으로 고개를 들었다.

"천력마의 도법이 아니옵니까?"

"천력마를 아는가 보군요?"

"예. 천력마는 전전대에 도왕이라고도 불린 절정고수이옵니다. 그의 도법이 실전되었는 줄 알았는데, 천서고에 있었던 것이옵니까?"

"그렇더군요. 힘을 위주로 하는 강맹한 도법이니 색목도왕과 잘 맞을 것 같아서 챙겨두었습니다."

말을 잇지 못하는 색목도왕에게서 흑웅혈마에게로 시선을 돌렸다.

"이건 흑웅혈마 겁니다."

그에게도 묵천파황권의 비급을 내밀었다.

"묵, 묵천파황권!"

크게 떠진 흑웅혈마의 눈에 핏발이 섰다. 두 눈동자가 좌우로 빠르게 흔들거렸다.

색목도왕과 흑웅혈마는 순간적인 욕심을 내비쳤다. 마른침을 꿀꺽 삼키는 소리가 다 들렸다. 둘은 서로 눈빛을 교환하더니 동시에 나를 바라보았다.

둘은 짧은 시간 동안 마음을 굳힌 듯 보였다.

"아니 되옵니다."

색목도왕이 입을 열자, 곧 흑웅혈마가 그 말을 받아 입을 열었다.

"교주님. 천서고는 온전히 교주님의 소유입니다. 하교들은 받아도, 그리고 봐서도 아니 됩니다. 명을 거둬주십시오."

둘의 말에 나는 고개를 설레설레 저었다.

"두 분이 강해져야 내 뒤를 단단히 받칠 수 있을 것 아닙니까. 이 비급이라면 전대 장로들만큼의 성취를 이룰 수 있을 겁니다. 그 정도는 돼야 당당히 혈마장로의 자리에서 거마들을 누를 수 있다 하지 않았습니까."

"하, 하오나. 하교들은 지금처럼 호법으로 교주님의 옆에서……"

또다시 둘이 입을 맞춰서 받을 수 없다고 말했다. 나도 슬슬 짜증이 나서 확고한 어조로 못 박았다.

"두 번 말하게 하지 마세요. 지금 나는 소교주가 아니라 본교의 교주로서 명을 내리는 겁니다. 각자의 비급을 집어 품에 넣으세요. 두 분들은 이제 하루 빨리 비급을 익혀서 혈마장로로 본교에 우뚝 서는 겁니다."

둘은 내 결정을 되돌릴 수 없다는 것을 느끼고 자리에서 일어났다.

내게 큰절을 해보인 후에 탁자 위의 비급을 집었다.

"지유본교. 천유본교. 천세만세. 마유혈교. 교주님의 은덕을 가슴 깊이 새기겠습니다."

그런 둘의 손이 파르르 떨렸다.

후우.

색목도왕은 빠르게 침착해진 반면에, 흑웅혈마는 상기된 얼굴을 쉽게 가라앉히지 못했다.

흑웅혈마는 차를 끝까지 들이킨 연후에 평상시의 얼굴로 돌아왔다.

 그 모습을 흘깃 바라보고 있던 색목도왕이 질문을 했다.

 "교주님의 은덕으로 미천한 하교들이 혈마장로가 되었습니다. 하온데 누가 혈마 이장로고 삼장로이온지요?"

 흑웅혈마가 번쩍 고개를 들었다.

 "흑웅혈마가 혈마 이장로고 색목도왕이 혈마 삼장로입니다."

 내가 말했다.

 솔직한 마음으론 더 오랜 시간을 함께해서 정이 깊게 든 색목도왕을 이장로에 두고 싶었다. 하지만 그러기에는 흑웅혈마가 연배가 훨씬 높고 무공도 조금 더 뛰어났다.

 나는 말을 계속했다.

 "그리고 물의를 일으킨 혈마 일장로란 직위는 이 후로 영원히 없앨 겁니다. 빈 일장로의 자리를 보고 두고두고 느끼는 바들이 있겠지요. 따라서 본교의 혈마장로는 이장로부터 오장로까지 넷이 될 것이고, 사장로와 오장로는 마땅한 이가 나올 때까지 공석으로 남겨둡니다."

 생각해 두고 있던 말들을 풀어냈다.

 "지엄하신 결단이옵니다."

 색목도왕이 포권을 취했고, 조금 더 자신감에 찬 흑웅혈마도 힘 있게 포권했다.

*　　　*　　　*

　그날 느지막한 오후에 색목도왕과 같이 일장로당으로 향했다.

　벽력혈장의 저택이라고 할 수 있는 일장로당은 지존천실 못지않게 웅장하고 거대했다. 새롭게 리모델링된 지 오래되지 않아서 모든 것이 새것이었다. 기둥만 해도 지존천실에서만 쓰였던 청명목었다.

　기분 좋았던 그 향기가 일장로당에선 불쾌하게 느껴졌다.

　나는 일장로당의 거대한 기둥들을 모두 뽑아내, 전각을 무너트리고 대신 허름한 가옥 하나를 세워두라 명했다. 일장로당이라는 이름은 그대로 유지한 채로 말이다.

　색목도왕은 나를 일장로당의 지하창고로 안내했다. 계단 벽에는 천서고로 가는 길처럼 야명주가 박혀 있었다. 그것들의 은은한 빛이 어둠을 지워내며 안개처럼 퍼져 있었다.

　지하창고 안으로 많은 이들이 보였다.

　흑웅혈마와 내당주가 심각한 이야기를 주고받고 있었고, 수십 명의 내당 교도들이 열띤 작업을 하고 있었다.

　빛무리를 뚫고 지하창고 안으로 들어섰다. 그러자 언제나처럼 교언이 울려 펴졌다.

　경직된 얼굴이 된 내당주가 흑웅혈마와 함께 내게로 걸어왔다. 그녀는 깊게 고개를 숙이며 말했다.

"교주님을 뵈옵니다."

"이곳이 일장로의 보물창고인가? 넓군."

솔직한 감상을 말했다. 그리고는 내당주를 스쳐 안으로 발걸음을 했다.

천서고 못지않은 크기에 수백 개의 진열대로 가득했다. 진열대에 빼곡히 오른 보물들의 양에 할 말을 잃어버렸다. 귀한 백자들, 금과 옥으로 만들어진 공예품들은 기본 중에 기본이었다.

"그건?"

내 앞에서 석고상처럼 굳어 있는 교도에게 물었다. 그는 큰 목관을 들고 있었다.

그가 몸을 움찔하면서 황급히 목관을 내려놓았다. 내 명을 받아 교도가 목관을 열었다.

그러자 목관에 가득 찬 진귀한 보석들이 휘황찬란한 빛을 뿜어댔다. 그러한 목관들을 십여 명의 교도들이 옮기고 있던 중이었다.

나는 속으로 혀를 내두르며 발걸음을 옮겼다. 창고 구석에는 수백 개의 작은 목관들이 블록처럼 쌓여 있었다. 그 중 하나를 열어보니 이번에는 보석 대신 황금이 나왔다.

'금괴로 가득 차 있잖아! 이런 것이 수백 개라니!'

머릿속으로 어마어마한 숫자들이 밀려들어오기 시작했다. 한창 금값이 치솟고 있다면서 한 돈에 이십만 원을 호가한다는 말을 뉴스에서 보았다.

그러니까 이 작은 목관 하나가 최소 천 돈이라고 쳤을 때 저쪽 세상의 이억 원의 가치가 있다는 것이다. 이러한 목관이 수백 개니 이게 대체 얼마인지.

수백억!

그런데 주변 분위기를 보니 황금보다도 각종 공예품, 보석, 장신구, 병기들을 더 값지게 여기고 있는 것 같았다.

두근두근!

이 창고 안에 든 재물의 값어치에 심장이 놀랐다. 혈마교 자체가 소왕국이니 어느 정도 예상은 하고 있었지만, 그 실체를 눈으로 보고 있노라니 입안이 바싹바싹 타들어갔다.

'엄청나······.'

나는 영화 속에서나 보던 비밀 보물창고에 들어와 있는 것만 같았다.

침을 목구멍 속으로 밀어 넣으며 목관 뚜껑을 닫았다. 색목도왕과 흑웅혈마 그리고 내당주의 기척이 느껴졌다.

내당주의 목소리가 들렸다.

"교주님. 배교도 벽력혈장이 축적해 둔 재물이 너무도 방대하옵니다. 이를 정리하고 보연당으로 옮기는 데 족히 이틀은 걸릴 것이옵니다."

"많이도 해쳐 먹었군."

놀란 상태라 목소리가 흔들렸다.

내가 화가 났다고 오해한 내당주가 황망히 고개를 숙였다.

나는 모두에게 다시 작업을 시작하도록 명을 내린 후에, 주위를 둘러보며 은근히 보물 구경을 했다.

내당 교도들을 감시하고 있던 흑웅혈마가 빠르게 다가왔다. 다른 보물들을 보고도 아무렇지 않았던 그였다. 하지만 그가 가지고 온 손바닥만 한 황금상자에 잔뜩 들떠 있었다.

"교주님. 찾았습니다."

흑웅혈마는 처음부터 이 황금상자에 목적이 있었다는 듯이 말했다. 흑웅혈마가 연 황금상자 안으로 적색 선단(仙團) 열다섯 개가 보였다.

황금상자는 선단 이십 개를 넣을 수 있도록 만들어져 있었다. 헌데 다섯 칸이 비어 있었다. 벽력혈장이 쓴 모양이다.

"혈영마단입니다."

"이것이?"

열다섯 개의 혈영마단이 풍기는 진한 향이 금세 주위로 퍼져나갔다.

"예. 본교 최고의 영단인 혈영마단입니다. 적색이 짙을수록 오래된 것으로 최고의 효능을 품고 있습니다. 교주님을 위한 영단! 혈영마단만큼은 교주님께서 직접 취하십시오."

흑웅혈마의 말대로 황금상자를 받아 품안에 갈무리했다. 묵직한 내 소매를 본 흑웅혈마의 얼굴이 흡족하게 변했다.

그때였다.

'어?'

내가 줄곧 눈여겨보고 있던 목걸이를 내당 교도가 집으려고 하고 있었다.

"잠깐."

내당 교도가 황급히 뒤로 물러났다.

이쪽 세상으로 올 때마다 영아에게 선물을 줘야겠다고 생각만 했지 행동으로 옮긴 적이 없었다.

창고 안에서 그나마 눈에 띄지 않는 여성용 장신구가 이 목걸이였다.

다른 것들은 온갖 보석들로 치장되어 있어서 부담스럽지만 이것은 그렇지 않았다. 얇은 금줄에 백옥 하나가 달려 있는 것이 무척 심플했다.

영아의 시원한 목과 잘 어울릴 것 같았다.

거침없이 목걸이를 집었다. 백옥이 닿는 손 부위로 미세한 기운들이 퍼졌다. 평범한 목걸이가 아니라는 생각에 내당주를 불렀다.

"보옥수파(保玉首帕)이옵니다."

체온을 일정하게 유지시켜주면서 만병(萬病)을 막는다는 신기한 보물이었다.

'잘 됐어!'

평소 몸이 약한 영아에게 제격이다. 보옥수파라는 목걸이를 왼 소매에 집어넣고, 다음에 집으로 돌아갈 때 영아에게 선물로 주기로 마음먹었다.

 들어왔던 것처럼 색목도왕과 함께 밖으로 나와 봉마동으로 향했다. 본산 서쪽 너머로는 해가 기울고 있었다. 나뭇가지 사이로 비치던 햇살도 점점 힘을 잃었다.

 우리는 벽력혈장의 재물 욕심에 대해 대화를 나누면서 걸었다. 그러면서 나는 벽력혈장 지하창고와는 별개로 보연당에는 아직도 엄청난 양의 보물들이 축적되어 있다는 것을 알 수 있었다.

 여기서 의문이 든다.

 어떻게 혈마교는 이 많은 재물들을 소유하고 있는 것일까?

 약탈?

 아니다. 혈마교는 사막 중앙에 있어 주위에 약탈을 하고 싶어도 할 곳이 없다.

 "그런데 말입니다."

 "예. 교주님."

 "본교를 이끌어가려면 많은 재물이 필요하겠지요. 실제로 보연당에는 엄청난 양의 재물이 쌓여 있고요. 대체 그러한 재물들이 어디에서 오는 겁니까?"

 "소마가 미처 말씀을 드리지 못했군요. 본교는 사막을 지배하고 있습니다. 서역의 나라들과 중원이 교역을 하려면 필히 통과해야 하는 게 바로 본교의 사막입니다. 본교는 그들에게 교역세(交易稅)를 징수하고, 사막에서 그들의 안전을 보장하고 있습니다."

 학교에서 배웠던 것이 떠올랐다.

 색목도왕은 실크로드라고도 불리는 비단길을 말하고 있었다. 이곳의 지리를 생각해 보면 비단길이 분명했다.

 비단길은 동방과 서방을 이어주는 동서통상로(東西通商路)로, 거대한 동서교류문화의 교통로가 되었던 것으로 배웠다. 바로 본교가 그 비단길을 점유하여 동방과 서방 양쪽의 상인들에게서 세금을 받고 있는 것이었다.

 작은 종교국가라고 할 수 있는 본교가 비단길의 중점에 있었다. 그제야 본교에 쌓여 있는 수많은 재물이 납득이 갔다.

 '본교가 대단하긴 대단한 모양이군.'

 나는 흡족한 미소를 지으며 발걸음을 옮겼다.

 봉마동으로 가는 길은 울창한 숲속으로 나 있었다. 길은 나져 있는데 삐죽삐죽 제멋대로 뻗은 나뭇가지들이 무성하게 자라 마치 굴속을 걷는 것 같았다.

 색목도왕이 앞장서서 나뭇가지들을 쳐냈고, 거칠게 자란 잡초들을 치워냈다.

 "저곳이 봉마동입니다."

 색목도왕이 가리킨 방향으로 어둠이 내려앉은 음산한 동굴이 보였다.

 멀리서도 동굴 입구 위에 새겨진 봉마동(封魔洞)이란 큰 글자가 보였다.

입구에는 고수 넷이 검으로 무장한 채 서 있었고, 동굴 서쪽으로는 그들의 처소로 보이는 작은 전각이 있었다.

우리가 다가가자 느슨하게 서 있던 넷이 몸을 꼿꼿이 세우며 교언을 외쳤다. 나보다도 색목도왕을 먼저 알아본 눈치였다.

뒤늦게 나를 알아본 이들이 크게 외쳤다.

"지, 지엄하신 교주님을 뵈옵니다!"

봉마동 고수들도 다른 이들과 똑같았다.

모두 나를 보면 귀신을 본 것처럼 놀라고, 호랑이 앞에 선 것처럼 떤다.

나쁘지는 않은 기분이지만 그렇다고 딱히 유쾌한 기분도 아니었다.

두꺼운 봉마동의 철문이 열리자 불쾌한 귀곡성들이 우리를 덮쳤다.

미친 듯이 웃는 소리, 오열하는 소리, 기침소리, 원망 가득한 소리, 잡담소리, 흐느끼는 소리.

수백 가지 혼합된 소리에 얼굴이 찌푸려졌다. 더군다나 끈적끈적한 습기가 몸에 금세 달라붙고 있었다.

우리는 지하 깊은 곳으로 내려갔다. 철창에 달라붙어 헤죽헤죽 웃거나, 억울하다고, 꺼내달라고 외쳐대는 죄수들을 지나쳐 걸었다.

그렇게 색목도왕은 한 감옥 앞에서 멈춰 섰다. 그 안에는 백

발을 늘어트린 채로 등을 돌려 앉아 있는 왜소한 노인이 있었다.

상념에 잠긴 그는 우리가 온 것을 모르는지, 조금도 움직임이 없었다. 희미하게 감도는 기운이 느껴지지 않았더라면 앉은 채로 죽어 있다고 오해할 정도였다.

"삼뇌자."

색목도왕이 노인의 이름을 불렀다.

노인이 느릿하게 등을 돌렸다. 피골이 상접해서 광대뼈가 더욱 두드러져 보이는 노인이었다. 가느다란 눈이 나를 보고 주먹만큼 크게 떠졌다.

와락!

어디서 그런 힘이 났는지 갑자기 달려들어 철창을 붙잡았다. 그러더니 나를 빤히 바라보았다.

색목도왕이 한마디 하려는 순간, 그가 먼저 내게 넙죽 엎드렸다.

"교주님을 뵈옵니다! 소마 삼뇌자. 이러한 일이 오리라 알고 있었사옵니다. 이, 이리 귀환하시어 배교도 벽력혈장의 목을 베신 것이옵니까?"

노인이 흐느끼며 말했다.

*   *   *

 우리는 전대 거마였던 삼뇌자, 독웅, 만안 이 세 사람을 봉마동에서 꺼냈다.
 삼뇌자와 독웅은 노인이고 만안은 중년 남성이었다. 나이와 상관없이 모두 바싹 메말랐다.
 색목도왕과 지존천실로 돌아왔다.
 시녀장 소옥이 붉은 입술로, 내가 자리를 비운 반나절 동안 지존천실에서 있었던 일을 말했다. 지존천실의 망가진 부분에 대한 공사들을 내당에서 처리하기로 했고, 내미실(內美室)에 시녀들의 공동처소가 꾸며졌다.
 전대 거마 삼인이 용모를 단정이 하고는 깊은 밤에 나를 찾아왔다.
 그들의 앙상한 뼈를 혈마교 예복으로 가릴 순 있어도, 얼굴뼈에 달라붙다시피 한 야윈 얼굴까진 어쩔 수 없었다.
 나는 그들의 불안정한 걸음걸이를 보며 안쓰러운 마음이 들었다. 한 가지 다행이라면 모두의 눈빛만큼은 생생하게 살아서 꿈틀거리고 있다는 것이다.
 셋은 내 앞에서 무릎을 꿇으며 교언을 읊었다. 그러한 그들의 두 눈에는 눈물이 맺혀 있었다.
 "색목도왕이 설명을 해줬다고 들었다."
 혈룡좌에 비스듬히 앉아 그들을 내려다보며 말했다. 그들은 나와의 첫 대면에서 전대 교주가 반로환동해서 돌아왔다는 오해를 했었다.

"예. 전대 교주님께선 타계하시고, 현 교주님께서 교좌에 오르셨다고 들었사옵니다."

"교주님께서 벽력혈장의 목숨을 혈마의 제물로 바치시고, 배교도들을 모두 천년금박으로 떨어트렸다 말을 들었을 때, 하교들은 눈물을 참을 수 없었사옵니다."

"혈마께서 본교를 버리시지 않은 것이옵니다."

삼뇌자, 독응, 만안 순으로 말했다. 그리고 다시 삼뇌자가 메마른 목소리로 말을 받았다.

"하교들은 이제 죽어도 여한이 없사옵니다. 십시로 내려가서 여생을 마치겠사옵니다."

은퇴를 하겠다는 말이었다. 삼뇌자를 따라 나머지 두 명도 그렇게 말하며 연신 절을 했다. 나는 약간의 내력을 뿜으며 그들의 행동을 저지했다.

"너희들은 본산에 남아 전 직위에 복귀할 것이다. 삼뇌자는 대뇌마단주로, 독응은 만악독문주로, 만안은 전세지문주로 말이다."

내 말에 셋은 동요하였다.

하지만 삼뇌자가 자괴감어린 얼굴로 자신들이 왜 복귀를 하면 안 되는 가에 대해서 설명했다.

"교주님의 대해와 같은 은덕에 몸둘 바를 모르겠사옵니다.

하오나 하교들은 몸이 이전 같지 않사옵니다. 봉마동에 갇혀 있는 동안 내력이 쇠하고, 이를 돌이키려 해도 족히 수 년은 걸릴 것이옵니다. 전 직위에 복귀한다고 해도 마도무행에서 자리를 보존할 수 없을 것이옵니다."

마도무행.

하급자가 상급자에게 도전하여, 승리하면 강자존의 법칙에 따라 상급자의 자리를 탈취하는 대결을 뜻한다. 삼뇌자의 말대로 셋은 당장 자리를 보존할 힘이 없었다.

"색목도왕."

나는 내 옆에 서 있던 색목도왕의 이름을 낮게 불렀다. 이들이 오기 전 언질을 해두었기 때문에 색목도왕이 내 처소에서 황금 상자를 가져왔다.

"교주님께서 세 사람에게 내리시는 것이다."

셋은 공손하게 두 손을 머리맡으로 올렸다.

색목도왕이 그들의 손 위에 혈영마단 하나씩을 올려놓고 황금상자를 닫았다.

손에 오른 것의 정체를 확인한 셋의 얼굴이 사시나무처럼 떨렸다.

급격히 흔들리는 눈동자가 좀처럼 진정되지 못했다. 붉은 영단이 퍼트리는 진득한 향기에 취한 듯 셋의 얼굴이 뻘겋게 달아오르기 시작했다.

셋이 놀란 얼굴로 고개를 들었다.

"그것이라면 쇠약해진 너희들의 몸을 전과 같이 되돌리고도 남을 것이다."

"교, 교주님……."

결국 셋은 닭똥 같은 눈물을 펑펑 흘렸다.

셋이 지존천실에서 나갔음에도 불구하고 혈영마단의 향기는 여전히 남아 실내를 가득 채웠다.

"색목도왕은 기린의 내단을 취했기 때문에 혈영마단은 필요 없겠지요? 지금 혈영마단까지 취한다면 독이 될 게 분명할 테니까요. 후에 내단의 영력을 모두 흡수하고 나서도 부족하다면 혈영마단을 주겠습니다."

"아니옵니다!"

색목도왕은 내가 준 기린의 내단만으로도 벅차다며 화들짝 놀라했다.

나는 고개를 끄덕이며 가슴에 품고 있던 말을 꺼냈다.

"반년 동안 마도무행을 금지할 생각입니다."

"마도무행을요?"

"예. 딱 반년만입니다. 그동안 흑웅혈마와 색목도왕은 내가 준 무공에 성취가 있어야 할 것이고, 삼뇌자와 독응 그리고 만안도 예전의 실력을 되찾아야지요. 그래야만 반년 후에 있을 마도무행에서 자리를 뺏기지 않을 것 아닙니까?"

내 말에 색목도왕은 약간 주저했다.

"하오나 마도무행은 강자존이라는 본교의 교리에 따른 것이옵고, 교도들의 의욕을 북돋아주며, 쌓인 힘을 표출할 수 있는 기회를 주는 것이옵니다."

"그래서 말입니다. 세 전대거마들이 직위에 복귀되었지만 보연당주, 지천무문주, 혼심사문주, 촌각살마단주, 대행혈마단주 이렇게 다섯 자리가 아직 공석으로 남아 있지 않습니까. 그래서 그 자리를 두고 대회를 엽니다. 우리는 새로운 인재를 발굴할 수 있고, 교도들은 그때 쌓인 힘을 표출할 수 있지 않겠습니까."

이번에 내쳐진 거마들보다는 무공이 낮을 것이다. 그래도 충성심이 없는 것들보단 새로운 이들을 보충하는 것이 더 낫다. 약간의 전력 손실쯤은 감수할 수 있다.

나는 확실하게 다시 말했다.

"대회를 여세요. 그리고 대회가 끝난 후부터는 반년 동안 마도무행을 금지하는 겁니다."

"옛! 소마가 준비하겠습니다. 대회는 언제쯤으로 잡아야 하겠습니까?"

"보름 후쯤으로 하지요."

"하오면 큰 대회이니만큼 보름 후쯤으로 잡아, 혈마노파에게 정확한 날짜를 받도록 하겠습니다."

"혈마노파?"

"예. 혈마노파가 혈마의 택일을 주관하고 있습니다. 큰 대회이니만큼 혈마의 뜻이 깃들 길일을 택하는 것이 좋지 않을까 생각합니다. 하오나 교주님께서 원치 않으시면 택일을 받지 않도록 하겠습니다."

나는 곰곰이 생각하다가 입을 열었다.

"아닙니다. 택일을 받으세요."

모두를 떠나보낸 후.

지난 하루 동안 얼음 침대에서 시원하게 보관되었던 초콜릿과 사탕은 포장이 뜯겨지지 않은 채로 내 손에서 설아를 기다리고 있었다.

탁자에 있는 음침백호라는 차가 그리도 귀하다고는 하지만, 설아는 그쪽보다 초콜릿이나 사탕 쪽을 더 원할 것이다. 여자들은 단것을 좋아하니까.

할 일이 없어 사탕 봉투를 이리저리 뒤적거리면서 보고 있을 때 시녀장 소옥이 들어왔다.

절세의 외모는 다시 보아도 눈이 부실 정도였다.

나와 동거를 시작하게 된 이십 명의 시녀들을 볼 때마다 현실감이 들지 않았다.

절세미인 이십여 명이 오갈 때마다 머릿속이 텅 비어 버리는 느낌이다.

두근!

이상하게 심장 박동수가 올라가고 입안의 침이 턱턱 말라갔다.

붉은 입술은 침을 바르지 않았음에도 윤기가 흘렀고, 뽀얀 피부는 잡티 하나 없었다. 더군다나 옷으로 감추려야 감출 수 없는 풍만한 가슴······. 나도 모르게 눈길이 갔다.
 잠깐 정신 줄을 놓고 있는 사이에 소옥이 뭐라고 말했다.
 "어?"
 "하교 설이 도착했습니다. 안으로 모실까요?"
 '당연한 소릴.'
 나는 고개를 끄덕였다.
 이윽고 설아가 시녀장 소옥과 함께 객실로 들어왔다. 설아는 약간 주눅이 든 모습으로 들어와서 내게 고개를 숙였고, 시녀장 소옥은 소리 나지 않도록 방문을 닫으며 나갔다.
 "교주님을 뵈옵니다."
 설아가 말했다.
 내게 잘 보이고 싶었는지 설아는 얼굴에 분을 바르고 볼과 입술에 연지를 칠했다.
 옷도 이쪽 세상의 고운 비단옷을 입고 있었다. 저쪽 세상에서라면 연예 기획사에서 수십 장의 명함을 받고도 남았을 예쁜 모습이었다.
 하지만 시녀장 소옥부터 시작해서 십오 세로 나이가 가장 어린 은려까지. 이십 명의 시녀들에 비한다면 설아의 외모가 가장 뒤떨어지는 것이 사실이다.
 '아!'

나는 얼떨떨하게 있다가 내 앞을 가리켰다.

"이리로 와서 앉아."

비록 마음속이지만, 시녀들과 외모를 비교해서 설아에게 미안한 마음이 들었다.

"어젯밤 교주님께서 본교의 질서를 바로잡으신 대업을 들었사옵니다."

설아는 평상시와 달랐다. 시선을 마주치지 못했다. 거리감을 두는 듯한 어투에서 보이지 않는 벽이 느껴졌다.

"예전처럼 편하게 대해 줬으면 하는데……."

"하오나 교좌에 오르신 교주님께 어찌……."

"괜찮아. 우리끼리 있을 때에는 예전처럼 하자. 이건 교주로서의 명이야."

설아는 조심스럽게 고개를 들어 내 눈치를 살폈다. 눈이 마주치는 순간 나는 빙그레 웃었다. 나와 같이 살며시 웃어 보이는 설아의 눈동자에서 빛이 반짝였다.

역시 웃는 모습이 예쁘다.

이렇게 예쁜 설아를 다른 시녀들과 비교를 했으니 내가 나쁜놈이지. 복에 겨운 놈이지.

나는 자책했다.

그런 내 표정이 재미있었을까? 설아가 또다시 빙그레 웃었다. 순간적으로나마 우리 사이를 가로막고 있던 벽이 허물어지고 있었다.

"다행이에요."

설아는 잔뜩 긴장해서 들어왔을 때보다 한층 누그러진 표정으로 말했다.

"어?"

"교주님의 시녀들이 모두 절세미인이라서……. 많이 걱정했어요. 그러면 안 되는 걸 알지만요."

설아는 쓸쓸한 눈웃음과 함께 말꼬리를 흐렸다. 뒷말은 겨우 알아들을 수 있을 정도로 아주 작게 들렸다.

설아는 얼굴에 홍조를 띠더니 화제를 바꿨다.

"본교의 위신과 질서를 바로 세우시고, 교좌의 위엄을 확고히 하신 교주님을 뵈니 정말 기뻐요."

확실히 지난밤의 숙청은 매우 잘한 일이었다.

대외적으로는 배교도들을 척결해서 교주의 위신을 세웠고, 나 자신은 자신감을 얻었다.

안개처럼 뿌옇게만 보였던 혈마교의 일들이 조금씩 형체를 갖춰 보이기 시작한다랄까.

"해야 할 일이었어."

그렇게 말하며 초콜릿과 사탕 봉투를 탁상 위에 올려놓았다. 자연스럽게 설아의 시선이 그것으로 향했다. 설아의 눈에서 호기심이 고개를 들었다.

"이게 뭐예요?"

나는 대답 대신 초콜릿 상자를 뜯었다. 각 칸막이 안에 열두 개의 초콜릿들이 들어 있었다.

설아는 뚜껑 열리듯 벌려진 종이상자를 신기한 눈으로 바라보았다. 그러다 초콜릿으로 눈길을 돌렸다. 설아의 동그란 눈에 네모난 초콜릿이 비쳐졌다.

"단약(丹藥)인가요?"

초콜릿 크기는 엄지손톱만 하고 색깔은 거무튀튀했다. 그러고 보니 내가 가져온 초콜릿은 약재를 빻아 단단하게 뭉쳐 만든 이곳의 약과 비슷하게 생겼다.

나는 초승달 눈을 하며 말했다.

"아니. 당과 같은 거야."

당과. 과일에 꿀을 발라 굳혀 만든 간식거리를 통틀어 부르는 말이다. 달고 맛나지만 초콜릿과 사탕의 단맛보다는 못하다.

"어서 먹어봐. 맛있을 거야."

설아는 조심스럽게 초콜릿 하나를 집었다.

망설이는 듯 우물쭈물하던 입술이 천천히 열렸다.

설아가 혓바닥 위에 살며시 초콜릿을 내려놓고 입술을 닫았다.

그 순간 쓴 약을 입에 넣은 사람처럼 설아의 미간이 찌푸려졌다.

내가 기대했던 반응과는 다른 반응이었다. 내가 준 것이기 때문에 차마 뱉지는 못하는 게 눈에 보였다. 나는 적잖게 실망했지만 내색하지 않았다.

"미안. 못 먹겠으면 뱉어. 설아에게는 맞지 않는가보다."

나는 처음 초콜릿을 맛보았을 때 어땠을까 떠올려봤지만 기억이 잘 나지 않았다.

그때 설아의 눈이 조금씩 커지기 시작했다. 경직되었던 입술도 움직이기 시작했다. 드디어 초콜릿의 진정한 맛을 보게 된 것이다.

설아는 매우 놀란 얼굴로 초콜릿을 먹었다. 이윽고 입안의 초콜릿이 다 녹았는지, 귀여운 혓바닥이 밖으로 나와 날름날름 입술을 핥았다.

'그럼 그렇지!'

"맛있지?"

"이, 이게 뭐지요?"

"초콜릿이야."

"촉(燭)……홀(惚)……닉(溺)이요?"

발음이 중요한 것이 아니라서 나는 고개를 끄덕였다. 설아가 잔뜩 흥분하면서 말했다.

"선녀님들만 먹는다던 선과(仙菓)도 이렇게 맛있지는 않을 거예요. 이, 이 맛은 형용할 수가 없어요. 정말, 정말!"

설아는 남은 초콜릿과 나를 번갈아 바라보며 침을 삼켜댔다. 간식이 앞에 있지만 주인의 명령 때문에 차마 먹지 못하고 있는 애처로운 말티즈를 보고 있는 것만 같았다.

더 애태우는 것은 고문 같다는 생각에 초콜릿 상자를 통째로 설아에게 밀었다.

정말 이걸 전부다 절 주는 건가요? 설아가 그런 얼굴로 나를 바라보았다.

"다 설아 거니까 받아둬. 따뜻한 곳에 두면 다 녹으니까 시원한 곳에 둬야 해. 그리고 이건 사탕이라고 하는 건데……."

그 어느 때보다 반짝반짝 빛나는 설아의 눈을 보니 가져오길 잘했다는 생각이 들었다.

역시 여자들은 단것이라면 사족을 못 쓰는 모양이다. 다음에는 케이크를 가져와볼까?

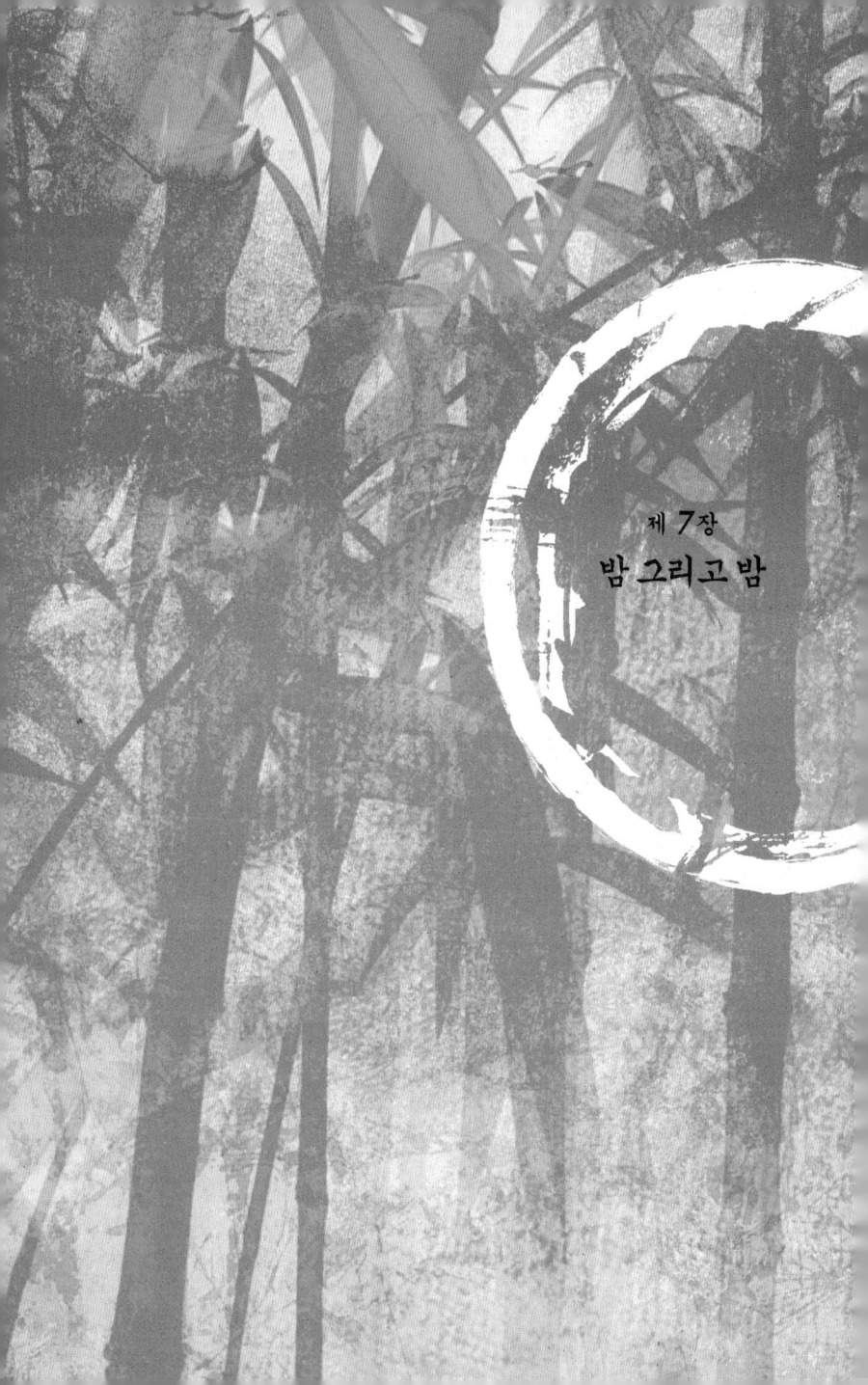

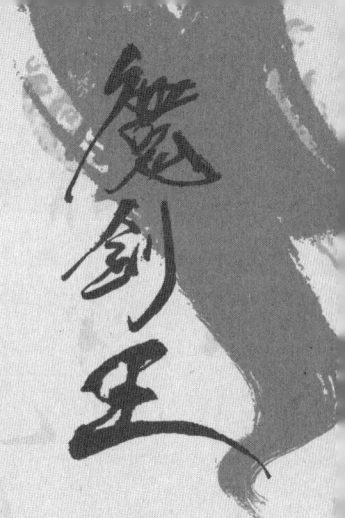

 우리가 객실에서 대화를 나누고 있던 중, 설아는 차를 내오기 위해 들어온 시녀들을 경계심어린 시선으로 바라보곤 했다.

 산화혈녀가 못되게 굴지 않았는지, 불편한 점은 없는지, 앞으로 어떻게 지낼 건지에 대해 대화를 나누었는데 설아의 얼굴은 점점 어두워져만 갔다.

 대화가 끝나갈 무렵 설아는 내게 한 가지 부탁을 했다. 내 시녀가 되겠다는 것이다. 나는 거기에 계속해서 반대를 했고 설아 또한 고집을 꺾지 않았다.

 설아가 왜 그러는지 모르는 것이 아니다. 하지만 설아를 시녀로 만들 수는 없는 노릇이기 때문에 결국 나는 교주로서 명을 내렸다.

"절대 허락할 수 없어."

"하지만……."

"안 돼."

설아의 눈에 눈물이 그렁그렁 맺혔다. 툭 하고 건들면 주르륵 흘러내릴 것만 같았다. 그 눈물에 마음이 흔들리고 있는 나를 발견해서, 다시 한 번 세차게 못 박았다.

"오늘밤……."

설아가 반쯤 잠긴 목소리로 중얼거렸다.

"어?"

"오늘밤부터 절세미인들인 시녀들이 교주님의 밤 시중을 들 거예요."

"밤 시중이라면……?"

내가 되묻자 설아가 침통한 얼굴로 고개를 끄덕였다.

'내가 생각하는 그 밤 시중이 맞는 거지?'

순간적으로 얼굴이 화끈 달아올랐다.

설아가 떨리는 목소리로 말했다.

"……오, 오늘밤…… 저를 아, 안아 주세요……."

처음에는 잘못 들은 줄 알았다.

"저, 저에게 교주님의 첫 여인이 될 수 있는 은덕을 내려주세요……."

설아는 진심으로 말하고 있었다.

"잠깐만!"

나는 황급히 말했다.

그런 상상을 안 해본 것은 아니다. 남자라면 누구나 꿈꾸는 일이 아닌가. 하지만 그 말을 여자에게, 그것도 설아에게서 먼저 들어 보리라고는 생각도 못했다.

'이렇게 갑자기?'

예전에 설아가 목욕하는 모습을 보고 말았을 때 했던 잠깐의 망상이 지금 코앞에서 현실로 벌어지고 있었다.

갑자기 목이 말랐다.

나는 뜨거운 차를 단숨에 들이켰다.

"교주님. 제 청을 들어주세요. 저는……. 저는……. 교주님께……."

애원하는 설아의 모습에 너무나도 당혹스러웠다.

설아의 손이 겁을 먹은 아이처럼 부르르 떨리고 있었다. 설아는 소매로 눈물을 닦은 후에 간절한 눈으로 나를 바라보았다. 초콜릿을 앞에 두었을 때보다 더욱 간절해서, 이대로 꽉 껴안아 그녀의 마음을 풀어주고 싶다는 생각이 들었다.

나는 겨우 입을 열었다.

"알았어."

떨리고 있는 설아의 손에 내 손을 포갰다.

"목욕물을 대령하겠사옵니다."

시녀장 소옥의 말에 고개를 끄덕였다. 잠시 후 다섯 명의 시녀가 차례로 들어왔는데, 꼭 런웨이에 선 슈퍼모델들을 보는 것 같았다. 설아가 불안해하고 꼭 오늘밤을 고집하는 이유가 여기에 있었다.

기향, 서영, 비하연, 묵소소, 선려.

나는 어렴풋이 그녀들의 이름을 기억해냈다. 그녀들을 뒤따라 들어온 세 시녀가 목욕통을 내려놓고 나갔다. 방문이 소리 없이 닫히고 시녀들이 내게로 다가왔다.

절세미인들이 눈웃음치며 다가오는 모습에 심장이 철렁하고 내려앉았다.

그리고는 가속도도 붙이지 않고 한 번에 두근! 두근! 두근! 두근! 심장이 미칠 듯 뛰어댔다. 거기다 목욕이 끝난 후에 벌어질 일을 생각하면 좀처럼 심장이 진정되지 않았다.

심장뿐일까.

하반신에 몰려든 피가 성질날 대로 성질나 있었다. 뜨거워진 마음을 식힐까하고 얼음 침대에 누워 있을 때였다.

"하교 설을 들여보내겠습니다."

문밖에서 시녀장 소옥의 목소리가 들렸다.

"들……라 하라."

목소리가 확연하게 떨렸다.

설아는 수줍은 듯 조심스러운 발걸음으로 방에 들어왔다.

'설, 설아!'

걸치고 있던 천을 걷은 속옷차림의 설아의 모습에 몸을 벌떡 일으켰다.

빨간 조끼모양의 상의 속옷은 겨우 가슴과 배만 가리고 있었다. 쇄골에서 어깨와 팔로 이어지는 매끈한 라인에서 빛이 나고 있었고, 가린다고 가린 가슴은 풍만해서 반절 이상이 밖으로 노출되어 있었다. 목뒤와 등 뒤로 묶어진 실 같은 속옷 끈은 무척이나 아찔했다.

짧은 핫팬츠를 닮은 하의 속옷도 상의와 크게 다르지 않았다. 쫙 뻗은 늘씬한 다리가 환상적인 빛을 머금으며 내 눈을 핑핑 돌게 만들었다.

꿀꺽!

너무도 놀란 나머지 아무 말도 못했다. 설아는 내 앞까지 와서 공손하게 허리를 숙였다. 적당하게 동여맸지만 속옷 위로 가슴이 출렁거렸다.

꿀꺽!

그 와중에도 아래에 힘이 쏠리는 것이 느껴졌다. 나는 황급히 이불을 끌어당겨 하반신을 가렸다. 연지를 바른 설아의 붉은 입술이 달싹였다.

"교주님……."

설아의 목소리도 내 마음처럼 떨리고 있었다.

눈을 어디에 둬야 할지 몰라 천장에 시선을 유지시키고자 했지만 자꾸만 설아의 우윳빛 피부에 눈길이 갔다.

설아는 내 머리맡에 있는 등잔을 향해 바람을 불었다.

후!

등잔불이 꺼졌다.

어둑어둑한 가운데 설아의 손이 그녀의 등 뒤로 향하는 것이 보였다.

그리고 상의 속옷이 아래로 흘러내렸다.

'잠, 잠깐!'

말이 차마 입 밖으로 나오지 않았다.

어느새 설아가 이불 속으로 파고들고 있었다. 차가운 침대에 놀랄 만도 한데 조금도 그런 기색을 보이지 않았다. 오히려 바짝 얼어붙은 건 내 쪽이었다.

나는 누군가에게 점혈된 것처럼 경직된 채 어두운 천장만 바라보았다.

'도대체 이게 무슨 일이야!'

주위는 어둡기만 한데 머릿속에서는 새하얀 빛이 번져만 갔다.

쿵쾅! 쿵쾅!

요동치는 내 심장소리가 고막을 울렸다. 설아의 따뜻한 손이 배에 닿았다. 손바닥의 온기가 스르르 하고 부드럽게 가슴까지 올라왔다.

설아는 내게 몸을 기대며 수줍은 목소리로 말했다. 그야말로 치명적인 유혹이었다.

"제 청을 들어주셔서 감사해요……."

머릿속에서 팟! 하고 뭔가가 번쩍였다. 이성보다도 본능이 먼저 움직였다.

찰나에 나는 몸을 휙 돌려 설아를 강하게 껴안았다.

살과 살이 닿았다.

몸에 닿는 따뜻한 촉감에 머릿속이 더 새하얘졌다. 아무런 생각도 들지 않는다. 설아의 아름다운 얼굴이 바로 내 눈앞에 있다는 것뿐. 붉은빛을 띠는 촉촉한 입술과의 거리는 불과 십 센티미터도 되지 않았다.

우리는 누가 먼저라 할 것 없이 서로의 입술을 향해 다가갔다.

그리고 입술과 입술이 닿는 순간, 나는 그녀를 더욱 강하게 껴안으며 내 입술을 그녀의 입술에 포갰다. 설아에게서 풍겨오는 꽃향기처럼 입술에서도 좋은 향기가 났다.

가벼운 뽀뽀가 아니었다.

첫 키스였다.

어느새 내 손은 그녀의 가슴에 닿아 있었다. 손바닥 전체에 보드라운 감촉이 퍼졌다.

더 심장소리는 들리지 않았다. 그녀와 나의 키스소리만이 들려오고 있었다. 간간히 쌕쌕거리는 그녀의 숨소리도 들렸다.

'더…….더…….'

나는 손을 내려 그녀의 하의 속옷 끈을 잡아당겼다. 미끄러지듯 끈이 풀렸고 그녀는 내게 더욱 몸을 기대왔다. 그런 설아를 옆으로 밀쳐 강하게 눕혔다.

그녀의 위로 올라갔다. 그녀의 체취와 내 체취가 뒤엉키며 우리 주위를 감돌고 있었다.

하악.

나는 가쁜 숨을 내쉬며 잠깐 호흡을 골랐다. 그러자 마치 꿈에서 깨어난 것처럼 방금 있었던 일들이 파노라마처럼 뇌리를 스치고 지나갔다.

'어, 어떻게 여기까지 온 거지?'

잠깐 사이에 우리에게 많은 일들이 있었다.

"교주님. 고마워요……."

설아가 눈을 감은 채로 부드러운 목소리와 함께 나를 향해 두 팔을 뻗었다.

그녀의 감은 눈이 부르르 떨리고 있었다. 그녀의 머리 옆으로 짚은 내 두 팔도 파르르 떨렸다.

설아의 입가에 맺힌 잔잔한 미소가 나를 기다리고 있었다.

아침에 눈을 떴을 때 설아는 나를 껴안은 채로 잠들어 있었다. 나신이 된 그녀의 아름다운 몸 위로 햇빛이 비쳤다.

나는 이불을 끌어당겨 그녀의 목까지 덮어주고 상체를 일으켰다. 그런 다음 벽에 기대앉아 잠든 설아의 얼굴을 바라보았다.

 어젯밤의 일…….

 비로소 난 남자가 된 것일까?

 설아의 잠든 모습은 너무도 예뻐서 보드라운 뺨에 저절로 손이 갔다. 나와 또래지만 하룻밤을 같이 보내서인지 연하처럼 귀여워 보였다.

 나는 설아의 뺨을 어루만졌다. 내 손길을 느낀 설아가 눈을 떴다.

 "교주님."

 좋은 꿈을 꾼 것일까. 설아가 나를 보며 행복한 미소를 지었다. 그 미소에 마음 한구석에서부터 온몸으로 따뜻한 무언가가 퍼져나가는 기분이 들었다.

 "어?"

 "저 결심했어요."

 설아가 내 품에 기대며 나를 올려다보았다. 귀여운 눈망울이 사랑스럽게 빛났다.

 "무슨 결심?"

 나는 미소 지으며 물었다.

 "언제나 교주님의 곁을 지켜드릴 수 있는 호법이 되겠어요."

 '호법……. 뭐? 호법이라고?'

 그 순간 정신이 번쩍 들었다.

* * *

 호법은 교주를 바로 옆에서 보좌하며 신변을 보호하는 직위다. 보디가드인 셈이라서 교주의 목숨이 위험할 때면 기꺼이 자신의 목숨을 희생해야 한다. 이번에 색목도왕이 내게 보여주었던 것 같이 말이다.

 나는 그런 위험한 일을 절대 설아에게 맡길 수 없다고 생각했다. 굳이 호법이 되어야 하는지, 지금처럼 자유롭게 만나는 것이 어떤지에 대해 묻자 설아는 확고하게 대답했다.

 "목숨을 걸고서라도 언제나 곁에서 교주님을 지켜드리고 싶어요."

 차라리 역정을 내며 고집만 부렸다면 나 또한 그렇게 나갔겠지만, 생글생글 웃으며 설득하는 설아 앞에서 말문이 턱 막혔다. 이 세상에서 자신이 제일 행복한 여자라는 듯 짓고 있는 미소 또한 할 말을 없게 만들었다.

 계속 되풀이 되는 말 속에는 '언제나 곁에서.' 라는 문장이 꼭 들어갔다. 어젯밤 그리고 오늘로 이어진 설아의 진심이 무엇인지 느낄 수 있었다.

 사실 나 또한 설아의 마음과 다르지 않았다. 설아를 곁에서 지켜주고 싶었다. 호법이라는 이름하에 옆에 두어도 좋겠다는 생각이 들었다.

 "그렇게 하자."

내가 말했다.

'이 사실을 설아의 할아버지인 흑웅혈마에게 알려야겠지?'

흑웅혈마를 호출했다.

흑웅혈마가 들어오는 순간, 어젯밤 흑웅혈마의 손녀와 하룻밤을 보냈다는 사실이 퍼뜩 떠올랐다. 드라마에선 이런 경우 아버지가 주먹으로 딸의 남자친구를 때린다.

나는 흑웅혈마의 큰 주먹을 보면서 침을 꼴깍 넘겼다.

그런데 흑웅혈마는 나와 설아가 하룻밤을 보낸 사실보다도, 설아가 내 호법이 되겠다는 말에 큰 충격을 받은 모양이었다.

"혈, 혈마 호법 말이더냐?"

흑웅혈마가 성큼성큼 걸어가 설아 앞에 섰다.

설아는 나를 대할 때와는 달리 미소가 없는 표정으로 대답했다.

"예, 할아버지."

"설아! 너는 호법이 될 수 없다."

흑웅혈마는 내가 벌써 설아를 호법으로 받아들인 것을 몰랐다.

"충성심 때문인가요?"

"그런 것이 아니다. 네가 호법에 마땅하지 않다는 것을 너도 알지 않느냐?"

"할아버지께서 말씀하셨잖아요. 저는 천부적인 재능이 있는데 노력을 하지 않는다고요."

"이 할아비의 말이 그거다. 성년이 된 지금에 와서 무공을 익히고자 한다고 해도 늦었다. 네가 호법이 되고자 이러는 것은 교주님께 폐를 끼치는 것밖에 더 되지 않지 않느냐. 그만 이 할아비와 돌아가자꾸나."

때론 강하게, 때론 부드럽게. 흑웅혈마는 설아를 어린아이 다루듯 타일렀다.

그러나 설아의 표정은 조금도 달라지지 않았다. 다부진 눈이 흑웅혈마를 똑바로 바라보고 있었다. 한 치의 흔들림도 없이 또박또박 말했다.

"색목도왕 아저씨도 뒤늦게 무공을 접하셨지만 전대 교주님의 호법이 되셨잖아요."

흑웅혈마는 잠시 당황했다.

"너는 아녀자고 색목도왕은 장정이 아니더냐. 아녀자와 장정이 어찌 같겠느냐?"

저쪽 세상의 여자들이 들었다면 큰일 날 소리였다.

"흑웅혈마."

나는 나지막하게 흑웅혈마를 불렀다.

"예. 교주님."

"이미 설아를 내 호법으로 받아들이기로 했습니다."

"하오나 설아는 자격이 합당치 않습니다."

"무공 때문입니까? 전대 교주도 흑웅혈마와 색목도왕을 호법으로 뽑을 당시 무공보다도 충성심을 보았습니다. 내 호법이 될 사람은 나를 진심으로 위하는 사람이어야 합니다."

"소마와 색목도왕이······."

"두 분은 혈마장로가 되었지 않습니까. 두 분은 이제 나보다도 본교를 위해 일해 주셨으면 합니다. 그리고 설아의 무공은 염려하지 않아도 될 겁니다. 내가 직접 설아를 가르칠 생각이니까요."

설아도 그것까지는 생각하지 못했는지 놀란 얼굴로 나를 바라보았다.

"교, 교주님께서요?"

흑웅혈마가 동그래진 눈으로 물었다.

"예. 내가 직접 말입니다."

나는 힘을 줘서 대답했다. 그러자 흑웅혈마가 다소 누그러진 기색으로 고개를 숙였다. 교주인 내가 받아들였고 직접 가르치겠다는데 더 할 말이 없겠지.

흑웅혈마의 얼굴에 만상이 서렸다. 눈썹이 찌푸려질 때면 설아를 걱정하는 것 같기도 하고, 눈이 반짝일 때면 나와 설아를 응원하는 것 같기도 했다.

잠시 뒤 고민을 끝낸 흑웅혈마가 설아에게 말했다.

"교주님께서 너를 거둬들이시겠다고 하지 않느냐? 어서 감사의 인사를 올리지 않고!"

"예!"

설아가 곱게 허리를 숙였다.

이제 설아가 내 호법이 되는 것은 기정사실이 되었다.

내가 직접 설아를 가르치겠다고 했지만 한 가지 벽이 우리를 가로막고 있었다. 흑웅혈마의 우려대로 설아의 굳어진 근골을 어떻게 새로이 무공을 익힐 수 있는 유연한 근골로 바꾸느냐 하는 것이다.

역용술을 이용하여 적합한 골격으로 변환시킬 수 있겠지만 그건 일시적일 방책일 뿐이다.

전대 교주 경우엔 내게 무공을 전수할 때 동아줄을 이용했다. 돌이켜 생각해 보면 십이양공과 명왕단천공의 자세를 전수하는 데만 사용된 것이 아니라, 내 굳어진 근골을 다시 짜 맞추는 데에도 사용이 되었던 것 같다.

하지만 나는 동아줄을 이용한 그 방법에 대해서는 아는 것이 없었다.

근골을 바꾸는 방법에 대해서 흑웅혈마에게 물었다.

"삼영회연대진(三靈回煙大陣)이 있긴 합니다."

"그게 무엇입니까?"

내 물음에 흑웅혈마의 설명이 이어졌다.

"삼영회연대진은······."

그것은 연기를 활용한 진법이었다.

세모꼴 모양의 삼방(三房)에 영단을 올려놓고, 그것을 태워 연기를 피운다. 그러면 연기는 진법술에 따라 시전자의 폐부 깊숙이 스며들게 들어 몸 곳곳으로 퍼지게 된다. 영단에 축적

된 영기가 강할수록 연기는 시전자의 골격을 단단한 무골(武骨)로 만들어준다는 것이다.

색목도왕도 삼영회연대진이라는 전대 교주의 도움을 받았었다. 늦은 나이에 무공을 접했음에도 고수가 될 수 있었던 이유가 거기에 있었다.

"하온데 삼영회연대진은 웬만한 영단으로는 펼칠 수 없습니다."

"혈영마단으로도 말입니까?"

"혈영마단은 하교들을 위한 것이 아니오라 교주님만을 위한 영단입니다. 어째서 색목도왕은 교주님께서 천뇌자와 독응, 만안에게 혈영마단을 내리는 것을 막지 않은 것인지 모르겠습니다."

그는 내 결정에 불만이 있는지 미간을 찌푸렸다.

어쨌든 이야기가 새려는 것 같아 손을 휘익 저었다.

"내가 본교를 위해 내린 결정입니다. 그 일은 흑웅혈마가 왈가왈부 할 일이 아닙니다."

"송구하옵니다."

흑웅혈마가 바로 꼬리를 내렸다.

나는 화제를 본래대로 되돌렸다.

"아무튼 혈영마단으로 삼영회연대진을 펼칠 수 있는 모양이군요?"

"예."

"삼방의 끝에 하나씩이니, 혈영마단 세 개면 충분하겠군요."

나는 대수롭지 않다는 듯 말했다. 일장로당에서 찾은 혈영마단은 열다섯 개나 됐었다. 그중 세 개를 거마에게 주고 이번에 세 개를 더 쓴다 해도 아홉 개나 남는다.

설사 한 개만 남게 된들, 설아에게 쓰는 것은 조금도 아깝지 않았다.

"네 개입니다."

"네 개요?"

"예. 세 개는 진을 펼칠 때 사용되고 다른 한 개는 시전자가 취해야 합니다. 하오나 교주님. 혈영마단은 본교에서도 십 년에 하나씩밖에 만들 수 없는 진귀한 영단입니다. 아무리 제 손녀라고는 하나 그러한 진귀한 영단이 네 개씩이나 들어가는 것은……."

"아닙니다."

나는 흑웅혈마의 말을 중간에서 가로챘다.

"흑웅혈마의 마음을 모르는 것은 아닙니다. 하지만 내 호법이 될 이에게 그 정도 투자도 못하겠습니까?"

"교주님……."

설아와 흑웅혈마가 동시에 똑같은 말을 내뱉었다.

똑같은 말이지만 내포된 뜻이 다르다. 설아의 말 속엔 감동이 서렸고, 흑웅혈마의 말 속엔 우려가 섞여 있었다.

"설아를 삼영회연대진에 들게 하겠습니다. 흑웅혈마가 그

진법을 펼칠 수 있습니까?"

흑웅혈마는 망설이다가 대답했다.

"혼심사문의 교도들이 펼칠 수 있습니다."

"하면 그들을 불러 삼영회연대진을 펼칠 준비를 하도록 하세요. 나는 설아와 함께 가겠습니다."

"예."

결국 흑웅혈마는 나와 설아의 뜻을 받아들였다.

흑웅혈마의 얼굴에서 상념이 사라지고 그 자리에 진중한 무언가가 내려앉았다.

그는 무게감이 느껴지는 얼굴로 설아를 내려다보며 말했다.

"설아. 네 뜻이 정 그렇다면 내가 어찌 꺾을 수 있겠느냐. 다만 네가 호법이 되겠다니 이것만큼은 가슴에 새겨 두거라. 무슨 일이 있어도 교주님이 너를 지키는 일은 절대 없어야 할 것이다. 네가 교주님의 호법이지, 교주님이 네 호법이 아닌 것을 반드시, 반드시 명심하고 언제나 호법으로서의 책임을 다해야 한다."

"명심하겠어요."

설아는 흑웅혈마가 아닌 나를 바라보며 대답했다. 어여쁜 얼굴에서 그동안 발견하지 못했던 그녀만의 기개가 느껴졌다.

느지막한 오후.

우리는 혼심사문당으로 향했다.

지존천실에서 내려와서 본당 앞으로 뻗은 여러 갈래의 길에 접어들었다. 혼심사문당으로 향하는 길은 제일 동쪽에 있는 길로 본산을 굽이돌아 펼쳐져 있었다.

혼심사문당은 사술과 진법을 담당하기 때문인지 격리되어 있다는 느낌이 강했다. 그러니까 그 길은 오로지 혼심사문당을 위해서만 난 길이었다.

백여 명에 가까운 사람들이 입구에서부터 우리를 기다리고 있었다. 그들은 우리들을 발견하자마자 허리를 숙이고 교언을 외쳐 댔다.

목소리에서 힘보다도 두려움이 느껴졌다.

이들의 수장이었던 혼심사문주가 바로 어제 천년금박으로 떨어졌기 때문이다. 모두가 바짝 얼어붙어 있는 중 흑웅혈마만이 우리 쪽으로 걸어왔다.

"준비되었습니다."

흑웅혈마가 말했다.

우리는 혼심사문이라고 적힌 현판 아래를 지나쳐 들어갔다. 쭈대 대운동장만 한 넓은 뜰이 나왔다. 정면 끝으로 대전각이 보였다.

흑웅혈마와 혼심사문 교도들은 그곳이 아닌 외진 곳에 위치한 소전각으로 우리를 안내했다.

소전각 곳곳에 굳은 피들이 듬성듬성 묻어 있었다.

아스팔트에 달라붙은 껌딱지 같은 그것들이 천장에서도 보였다.

벽면을 가득 채우고 있는 혈마교의 문장과, 어둠을 밝히고 있는 수십 개의 촛불들.

악마숭배자 예배당에 온 듯한 느낌을 받았다.

흑웅혈마의 눈빛을 받아 한 교도가 앞으로 나섰다. 그는 충생이라는 자로 혼심사문 교도들 중에서 삼영회연대진에 가장 정통한 자라고 하였다.

나무 바닥에는 진법 구결들이 어지럽게 펼쳐져 있었고, 전체적으로 큰 삼각형 모양이 그려져 있었다. 설아와 나는 그가 준비한 진법에 대한 설명을 들었다.

그 후에 설아는 새하얀 소복으로 갈아입었고 진 중앙에 사뿐히 앉았다. 나는 가지고 온 혈영마단 세 개를 충생에게, 한 개를 설아에게 건네주었다.

충생은 '이것이 혈영마단!' 하는 얼굴이 되었다가 황망히 허리를 숙였다.

"준비되었사옵니다."

설아가 내게 말했다.

"시작해라."

"예."

교도 셋이 충생에게서 혈영마단을 받아 세 군데의 놋그릇에 올려놓았다. 그런 다음 충생을 포함한 셋이 설아 둘레에 가부좌를 틀고 앉았다.

그들이 입을 모아 진법 구결을 읊기 시작하자, 신기하게도 곧 혈영마단에서 연기가 피어올랐다. 곧 있으면 이 연기가 소전각 내부를 꽉꽉 채울 것이다.

참관하는 것은 거기까지였다.

충생의 설명에 따르면 앞으로 십 일 동안 설아를 보지 못할 것이다. 혹시 잘못되면 어쩌나 하는 걱정스러운 마음에 쉽사리 발이 떨어지지 않았다.

그때.

'걱정 말아요.'

미소 지은 설아의 눈이 말해 왔다.

설아가 연기 속에 파묻혀 있는 그날 밤이었다.

황제 부럽지 않을 만찬 후 시녀들의 시중을 받아 목욕을 했다.

삼영회연대진에 든 설아가 걱정되서 아무 일도 손에 잡히지 않았는데 시녀들의 손길이 조금씩 내 마음을 녹게 만들었다. 나는 근육 마사지를 해주는 시녀들을 보면서 정말이지 그 누구도 부럽지 않았다.

설사 이게 꿈이라도 좋다는 생각이 들 정도였다.

잠자리에 들기 전 운기조식을 하면서 하루를 정리했다. 그렇게 차분해진 마음으로 다음 날을 기약하며 침대에 누웠다.

그때였다.

"교주님. 오늘 교주님의 밤 시중을 들 비하연이라 하옵니다."

밖에서 부드러운 선율과도 같은 아름다운 목소리가 들렸다.
 내가 머뭇거리고 있을 때 그녀, 비하연이 속옷차림에 얇은 천만 걸친 채 방으로 들어왔다.
 어젯밤 설아가 그랬던 것처럼 말이다.
 슈퍼모델 뺨치는 환상적인 몸매의 여인이 내 앞으로 걸어왔다. 천을 걸은 그녀는 나신에 가까웠다. 여체의 아름다움이야 어젯밤에 충분히 느꼈지만 오늘은 또 색달랐다.
 두근! 두근!
 심장이 제멋대로 역동치기 시작했다. 설아는 이런 일이 일어날 것이란 걸 알고 있었다. 그래서 어젯밤 그토록 간절하게 청해 왔던 것이리라.
 나는 꿀꺽 침을 삼키며 비하연이란 시녀를 바라보았다. 나보다 다섯 살 이상의 연상일 그녀는 수줍은 기색을 띠며 고개를 숙였다.
 내 시선에 그녀는 말릴 틈도 없이 침대 안으로 파고들었다.
 "부족하오나 오늘밤은 소녀가······."
 화악!
 피가 뜨겁게 달아올랐다.
 훤히 드러낸 그녀의 매끄러운 허리라인에 온몸의 모든 피가 팽창되는 것을 느꼈다.
 이불 속에서 그녀가 꿈틀거렸다.
 무슨 일인가 했더니 잠시 후 이불 밖으로 나온 그녀의 손에는 속옷이 들려 있었다.

툭.

속옷이 침대 밑으로 떨어지면서 낸 소리가 이상하리만큼 크게 들렸고 그 소리가 귓가에서 떠나지 않았다. 나는 마른침을 꿀꺽 삼키면서 그녀를 말려야 한다고 생각했다.

"교주님……."

그녀가 매혹적인 소리를 내며 나를 안았다. 완전히 나신이 된 그녀의 살결이 팔과 허벅다리로 느껴졌다. 그래서 나도 모르게 그녀의 허리를 감싸고 말았다.

'혈마교주라면 누릴 수 있는 일이잖아.'

그렇게 생각하는 사이 비하연의 붉은 입술이 소리 없이 다가왔다.

"소녀를 안아주세요."

윤기가 반지르르 흐르는 입술이 말했다. 그리고 그녀는 나를 끌어당겼다.

어느새 내 입술이 반쯤 벌어져 있었다.

그 순간이었다.

어젯밤의 일이 뇌리를 스쳤다. 설아와 하룻밤을 보내면서 같이 나누었던 그 행복감과 교감. 그때 그 온기가 비하연과 나 사이에 없다는 것을 느꼈다.

'내겐 설아가 있는데…….'

그러나 한편으로는 그게 무슨 상관이야. 어떤 남자가 안아 달라고 오는 여자를 마다해. 어서 그녀를 안자! 라는 생각이 떠나질 않았다. 그러는 사이 그녀의 입술과 내 입술이 포개지려 하고 있었다.

'으으으……'

간절했다.

온몸이 그걸 원했다.

하지만.

'참, 참아야 해!'

그녀의 입술이 닿으려는 순간 나는 눈을 질끈 감으며 몸을 휙 하고 돌렸다. 그러기까지 수만 번의 갈등이 있었다. 간신히 참아냈지만 여전히 머릿속은 새하얗고 온몸은 불덩이처럼 뜨거웠다.

등 뒤로 비하연의 목소리가 들렸다.

"소, 소녀가 잘못한 것이라도……"

"아니다. 그만 나가 보거라."

간신히 말했다.

"하, 하오나……"

"나가보라고 하지 않느냐."

나는 정말, 겨우, 간신히 참아내고 있었다.

"소녀를 주, 죽이실 것이옵니까?"

"내가 왜 너를 죽인단 말이냐."

황당해서 그녀에게 고개를 돌렸다. 그녀는 잔뜩 겁을 먹은 얼굴로 울먹이고 있었다.

"소녀는 성심껏 교주님을 받들지 못했사옵니다. 교법에 의해, 소녀는 스스로 목숨을 끊어 혈마께 죄를 고하러 가야 하옵니다. 소녀는 아, 아직 혈마를 뵐 준비가 되지 않았사옵니다. 제발 소녀를 내치지 말아주시옵소서."

"내가 내키지 않아서 그러한 것이니 신경 쓸 것 없다."

나는 부드럽게 말했다.

"그, 그것이 소녀가 성심껏 받들지 못했다는 말이옵니다. 제발 소녀를 내치지 말아주시옵소서."

"신경 쓸 것 없다 하지 않느냐. 나가 보거라."

내 말에 그녀는 눈을 질끈 감았다. 감은 두 눈 사이로 눈물이 주르륵 흘러내렸다. 꼭 내가 나쁜 짓을 하고 있는 사람인 것 같았다.

'그만하고 그녀를 안아주면 되잖아.'

잔뜩 화가 난 아랫도리에서 그렇게 내 결심을 흔들어댔다. 나는 통증이 느껴지도록 입술을 질끈 깨물며 생각을 떨쳐냈다.

그때였다.

"예, 교주님. 혀, 혈마께 죄를 고하러 가겠사옵니다."

비하연이 도살장에 끌려가는 소처럼 눈물을 그렁거리며 몸을 일으켰다.

"고하러 가겠다니? 끝내 목숨을 끊겠다는 말이냐? 나는 너와 동침을 할 생각이 없는데 내가 어떻게 해주면 되겠느냐?"

"오늘밤, 소녀를 내치지만 말아주시옵소서."

"그리하마."

"가, 감사하옵니다!"

비로소 비하연의 얼굴에 생기가 감돌았다. 그녀는 나와 정사를 나누지 않는 대신 내 팔과 다리를 주물렀다. 그러면 내 몸이 노곤해져서 잠을 빨리 잘 수 있을 거라 생각한 모양이었는데 절대 아니었다.

미녀가 바로 내 옆에서 그것도 나신으로 마사지를 하고 있었다.

이건 고문이나 다름없었다.

고문이긴 고문이되 행복한 고문.

*   *   *

혈마교는 거대했다.

십시까지도 아니고 본산을 시찰하는 데만도 삼 일이 걸렸다. 어디에 무엇이 있고 어떤 이들이 거기에 속해서 무슨 일들을 하고 있는지 직접 보기 위해서였다.

모두를 둘러본 후에 느낀 혈마교의 분위기는 두려움과 흥분으로 팽배했다.

하늘처럼 떠받들던 거마들이 하루아침에 천년금박으로 떨어졌고, 그들의 명을 받던 소속 교도들은 자신들에게 화가 미칠까 두려워하고 있었다. 반면에 거마들의 빈자리를 두고 열릴 대회에 대한 기대감으로 수련에 박차를 가하기 시작한 이들도 있었다.

아무래도 새로운 거마들이 공석을 채우고, 흑웅혈마와 색목도왕의 혈마장로직을 공표해야 이 혼란스러운 분위기가 제자리로 돌아올 것 같았다.

나는 색목도왕의 푸른 눈에서 실같이 선 핏줄기를 발견했다. 그것이 체제가 확실하게 바로잡혀야 할 또 하나의 이유이기도 했다.

혈마장로가 하는 일은 크게 잡아서 세 가지다.

첫째가 혈마교주를 보좌하는 일, 둘째가 거마를 포함한 수십만 교도들을 통솔하는 일, 셋째가 여러 방면에 걸친 정사를 감독하는 일이다.

혈마교의 몸집은 국가 차원의 규모라서 해야 할 일들이 많았다. 요 근래 색목도왕과 흑웅혈마는 잠 잘 시간까지 쪼개서 일에 매달리고 있는 것 같았다.

둘은 오전 열 시쯤 되면, 전날에 각 조직에서 올라오는 사안들 중 중요한 것들을 추려 내게로 가져왔다.

십시 평평에서 식량과 물이 부족하다. 사천 심오 분교로 호북삼도 중 하나로 명성 높은 복도호라는 자가 입교를 신청했다.

전세지문에서 이르길 정마교의 철마대가 객십 분교를 노리고 있다는 첩보가 있다. 서역에서 이름 난 표트르 상단이 상당한 양의 보물을 진상했다.

이런 식의 소식을 전하는 문서들이 하루에 만도 수십 장이 넘었다.

대부분의 사안들은 색목도왕과 흑웅혈마의 선에서 끝난다. 하지만 내 선까지 올라온 것은 내가 직접 결정을 해야 했다.

색목도왕과 흑웅혈마가 옆에서 하나하나 자세하게 설명해 주기 때문에 처리하는 데에 큰 어려움은 없었다. 물론 혈마교의 내부사정과 일처리에 대해 배울 수 있는 좋은 기회이기도 했다.

그러다 보면 오전이 훌쩍 지나간다.

다행히도 그 이후로는 자유 시간을 가질 수 있었다.

하루 종일 업무에 시달릴 색목도왕과 흑웅혈마를 생각하면 안쓰러운 마음이 들기는 했다. 하지만 둘은 체제가 확고히 설 때까지는 그런 일상을 감수할 각오가 되어 있었다.

자유 시간 대부분을 삼면 벽이 온통 책꽂이로 둘러져 있는 천서고에서 보냈다. 설아에게 알맞은 무공을 찾기 위해서였다. 분야에 상관없이 아무렇게나 꽂혀 있기 때문에, 내가 원하는 것이 나올 때까지 하나씩 빼보는 수밖에 없었다.

그러다 금제술 천마금령(天魔禁令), 내공전수술 전이대법(轉移大法), 은신술 혈마은형술(血魔隱形術), 시력술 마안만리투(魔眼萬里透) 같은 술법들이 걸려들곤 했다.

내용이 신묘하고 기이할 뿐더러 실생활에도 매우 유용할 듯 싶었다. 취미삼아서 가볍게 읽어 내려갔기 때문에 개론적인 의미밖에 파악하지 못했다.

그것들은 차후에 시간을 두고 익히기로 하고, 다음에 찾을 수 있도록 눈에 띄는 곳에 넣어두길 반복했다. 그렇게 정리가 된 것이 삼십 권이 넘어갔을 때 설아에게 맞는 무공을 발견했다.

여자의 몸으로 한 시대를 풍미한 절정고수가 있었다.

사람들은 그 절정고수를 여후라고 불렀다.

여후는 말년에 백화도에서 은거하며 백화여후검법(白花女后劍法)이라는 검공을 창안했다. 어떤 사연으로 천서고까지 들어왔는지는 모르나, 설아가 여후의 진전을 잇게 될 것이다.

'하루 남았구나.'

그날 저녁 흑응혈마와 색목도왕을 불러 같이 황제만찬을 즐기고 있었다. 나는 고기를 씹으면서 말했다.

"내일이지요?"

"예. 교주님."

흑응혈마도 나 못지않게 초조한 듯 보였다. 우리는 구 일 동안 설아의 소식을 듣지 못했다. 하지만 무슨 일이 있다면 이리도 조용할 리는 없겠지.

무소식이 희소식이라는 말을 떠올리며 색목도왕에게 시선을 돌렸다.

"대회도 이제 오 일밖에 남지 않았군요. 오늘 신청이 마감 되었겠습니다?"

"예. 전세지문에 밀려든 신청서가 산처럼 쌓였다 합니다. 대회 날이 가까워지면서 신청하는 교도가 급격히 늘어나더니, 오늘은 신청자들로 전세지문의 장원이 발 딛을 틈도 없을 정도였다 합니다."

수능 원서 마감일과 비슷한 광경이었나 보다. 나는 속으로 웃으면서 다른 고기 한 점을 집어 들었다. 거기에 김치 한 점을 올려놓고 먹었다. 역시 돼지고기를 먹을 때면 김치를 빠트릴 수 없다.

"김치라도 하는 것인데 곁들여서 먹어보세요. 느끼하지 않고 맛있습니다."

황제만찬이 수십 가지 음식들로 이루어져 있었지만, 하루하루 지나면서 김치가 그리웠다. 그래서 삼 일 전에는 참지 못하고 잠깐 집으로 돌아가서 김치를 통째로 가져왔다.

지금 먹는 김치가 바로 그 김치다. 둘은 김치를 한 점씩 맛보더니 맛있다고 대답했다. 하지만 둘은 그 이후로 김치에 손을 대지 않았다.

"두 분, 요즘 많이 바쁘지요? 수련할 시간도 없고 말입니다."

둘은 서로 눈치를 보며 대답하지 못했다. 최근 둘은 눈코 뜰새 없을 정도로 바빴다. 역시 무공 수련을 할 시간조차 낼 수 없을 것 같았다.

하지만 대회가 끝나면 공석이 채워진다.

대뇌마단주, 만악독문주, 전세지문주도 그때부터 본격적인 업무에 복귀할 예정이다. 오 일 후면 색목도왕과 흑웅혈마도 나와 같이 오전에만 업무를 보고 오후부터는 무공 수련에 임할 수 있을 터였다.

"고생이 많습니다."

내 말에 둘은 이 체제가 확실히 자리 잡으면, 무공에만 전념할 수 있는 날들을 보낼 수 있으니 너무 심려치 말라고 답해 왔다.

식사가 끝날 무렵 흑웅혈마가 물었다.

"호법과 귀영친위대는 어찌하실 생각이십니까?"

"좌호법은 설아로 정해 두었습니다. 우호법은 내 마음에 드는 이가 나올 때까지 공석으로 남겨둘 생각입니다. 두 분 같은 호법을 언제 찾을지는 모르겠지만, 인연이 되고 때가 된다면 눈에 띄겠지요. 그리고 귀영친위대는 아직 생각지 않았습니다."

"하오면 소마가 말씀을 올려도 되겠습니까?"

"그러세요."

"귀영친위대는 무위를 우선으로 하여 본교의 최고수들로 이루어졌으면 합니다."

"최고수요?"

전대 교주는 귀영친위대와 호법을 충성심으로 뽑았다. 흑웅혈마가 그 사실을 나보다도 더 잘 알고 있을 텐데. 나는 약간의 의문이 들었다.

"예. 이번에 이백 명의 귀영친위대가 교주님을 보호하기위해 목숨을 다 바쳤습니다."

"당시 나는 교주가 아닌 소교주의 신분이었습니다. 헌데 나를 위해 그리도 목숨을 다 바친 것만 봐도, 전대 교주에 대한 충성심이 대단했다는 것을 알 수 있었지요."

그러고 보니 아직까지도 귀영친위대의 위령비를 세우지 못했다. 언젠가부터 나는 교주에 오르는 것으로 그들에 대한 책임을 다했다고 생각한 것 같았다.

'대회가 끝나면 위령비를 세워야겠구나.'

내가 감상에 젖어 있을 동안, 흑웅혈마는 더욱 무거워진 얼굴이 되어 있었다.

"헌데 모두가 죽었다는 것은……. 소마도 그렇지만, 언제나 교주님을 옆에서 지켜야 한다는 친위대의 책임을 다하지 못한 것입니다. 비록 본교를 상대로 했다지만 적어도 한 명이라도 살아남아 교주님 곁을 지켰어야 했습니다. 이는 귀영친위대의 전체적인 무력이 약했기 때문에 벌어진 일입니다."

흑웅혈마가 강하게 말했다. 그는 살짝 눈살을 찌푸린 색목도왕을 무시하고 말을 계속했다.

"해서 이번에는 최고수들로 뽑아 이번과 같은 일이 일어나지 않도록 해야 합니다. 절대적인 무력으로 누구도 허튼 생각을 하지 못하게 만들어야 하는 것입니다."

나는 고개를 저었다.

"벽력혈장이 본교를 손아귀에 넣었을 때, 끝까지 내 편이 되어준 것은 귀영친위대와 두 분이셨습니다. 충성심이 없다 하면 무력이 무슨 소용이 있겠습니까?"

"충성심은 만들 수 있습니다. 고독을 심어 두시면 절대적으로 교주님을 따를 것입니다."

고독!

나와 색목도왕은 놀란 기색으로 눈을 마주쳤다.

상대의 목숨을 좌지우지할 수 있는 그 고독 말인가?

하지만 그렇게 만들어낸 충성은 거짓 충성에 불과하다.

내 표정을 읽은 색목도왕이 입을 열었다.

"그리하면 많은 반발이 있을 것입니다. 흑웅혈마는 어찌해서 고독까지 생각하신 겁니까?"

"색목도왕이야말로 이번에 이런 일을 겪고도, 유약한 마음을 버리지 못하는 건가?"

"유약하다니요? 이 색목도왕이 말입니까?"

"지금 그러하지 않나?"

둘의 눈에서 불똥이 튀겼다. 색목도왕은 나를 흘깃 보고는 입을 딱 다물었다. 흑웅혈마도 색목도왕에게서 눈길을 돌렸다.

불편한 정적이 흘렀다.

도중 색목도왕이 할 말이 많은 눈치로 나를 바라보았다.

"말해 보세요."

"최고수로 이루어진 귀영친위대를 조직해야 한다는 생각은 소마도 같사옵니다. 하오나 고독은 아닙니다. 지금 본교의 모든 교도들은 지엄하신 교주님의 면모를 보았습니다. 고독이 아니더라도 누구든 교주님께 충성을 할 것입니다. 교주님께서 교좌에 오르셔서 배교도들을 모조리 숙청하셨는데, 감히 누가 딴생각을 하겠습니까."

'무조건적인 충성이라?'

색목도왕의 말에도 빈틈이 있다고 느껴졌다. 그리도 대단했던 전대 교주 검마도 십 년간 교좌를 비우자 반란이 일어나고 말았다. 전대 교주가 키웠던 호법과 귀영친위대를 제외하고는, 시간이 지나면서 모두의 충성심이 허물어졌다.

"전대 교주는 귀영친위대를 어떻게 뽑았습니까?"

"전대 교주님께선 비마관(飛魔館) 아이들 중에서 뽑았습니다."

비마관이라면 들어본 적이 있었다.

혈마교에서 태어난 남자 아이들은 소마관이라는 인재 양성소에 다니게 된다. 소마관은 십시 각 곳에 설치된 곳으로 초등학교 역할을 하는 곳이다.

본교의 입문 무공을 배우고 근골과 성취에 따라, 십오 세가 되면 본산에 있는 비마관에 들 수 있는 자격을 얻게 된다. 그것은 고수의 반열에 오를 수 있는 고속행 티켓을 손에 쥔 것이나 다름없었다.

비마관에서는 성년이 되기까지인 삼 년을 보낸다. 그동안 본교의 절대적인 후원을 받으면서 무공을 익히고, 성년이 되면 각각 능력에 맞는 곳으로 배치된다.

색목도왕은 교주에 대한 충성심으로 따지자면 그 아이들이 누구보다도 대단하다고 여겼다. 소마관과 비마관을 거치면서 그 아이들에게 혈마교주는 신, 그 이상이었다.

일종의 위대한 수령님 같은 것이었다.

"하면 나도 전대 교주와 같이 비마관에서 친위대를 뽑는 것이 어떻겠습니까?"

이번에는 색목도왕과 흑응혈마의 뜻이 맞았다.

비마관의 아이들은 지금 당장 절대적인 무력을 보일 수는 없다는 것이다.

최고수를 뽑아 흑응혈마는 고독을 심으라고 하고, 색목도왕은 교도들의 충성심을 믿으라고 한다.

둘 다 아니다.

곰곰이 생각하다가 입을 열었다.

"결정했습니다. 비마관에서 뽑을 겁니다."

"교, 교주님?"

흑응혈마가 말꼬리를 올렸다. 색목도왕도 쉽게 납득이 가지 않는 얼굴이었다. 하지만 단호한 내 표정을 보고, 둘은 공손하게 고개를 숙였다.

귀영친위대.

나도 전대 교주처럼 사상 교육이 가장 잘 되어 있는 비마관 아이들 중에서 뽑는다. 하루, 이틀 교주 노릇을 할 것이 아니니 멀리 보는 것이 옳다고 생각했다.

색목도왕에게 궁금한 점을 물었다.

"귀영친위대로 뽑히면 상승무공을 익히겠지요? 전대 귀영친위대 같은 경우엔 어땠습니까?"

"예. 혈서당에서 일급의 비급들을 볼 수 있는 권한이 주어졌습니다. 또한 전대 교주님께선 무고강마당에서 제조되는 영단을 내리기도 하셨습니다. 혈영마단보다는 두 단계 급이 낮은 진혈단을 내리셨습니다."

"하면 귀영친위대에 걸맞은 성취를 이루기까지는 시간이 얼마나 걸렸습니까?"

"전대 귀영친위대는 귀영동(鬼影洞)에서의 수련을 걸쳐……. 오 년이 걸렸습니다."

오 년이라. 그 정도는 기다려야겠지. 그런데 귀영동은 뭐지?

"귀영동이 무엇입니까?"

"전대 교주님께서 전대 귀영친위대를 수련시키기 위해 만든 훈련장입니다."

"지금도 쓸 수 있습니까?"

"삼십 년간 봉인되어 있었지만 가능합니다."

"좋습니다. 하면 내일 비마관으로 갈 겁니다. 두 분은 내일 나와 같이 갈 채비를 해두세요."

제 8장
모의고사

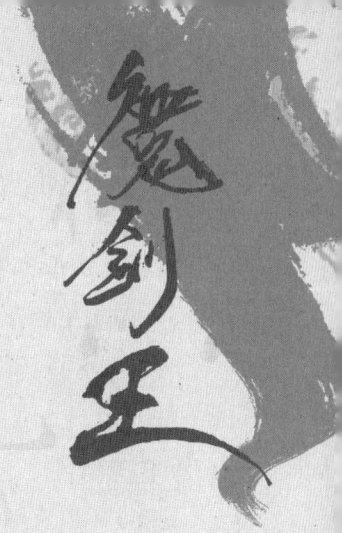

 매일 밤 색다른 매력을 지닌 절세미녀들이 하루하루 번갈아 침소로 들어왔다.
 진은향은 귀염성이 가득했고, 부영은 지적인 분위기를 물씬 풍겨 도도해 보였고, 묵소소는 눈웃음이 그리도 매혹적이었다.
 어젯밤에 들어온 우빙빙은 이름에서 알 수 있다시피 얼음공주 같은 스타일이었다.
 적어도 평소 볼 때는 그랬다. 하지만 어젯밤에는 무척이도 수줍어하는 모습이 아주 귀여웠다.
 그렇지 않을 것 같은 사람이 색다른 모습을 보여줬을 때 다가오는 신선함이란!

더군다나 그녀는 들어올 때부터 나신이었다.

나는 어젯밤에도 활활 타오르는 몸을 억눌렀다. 내가 이토록 인내심이 강한 남자라는 새로운 사실에 매우 흡족했다. 밤은 힘들지언정 항상 아침이 되고 나면 기분이 좋았다.

아침은 그동안의 날들과 똑같았다. 목욕을 하고 황제만찬을 먹은 후에 시녀들의 마사지를 받았다. 그 다음 색목도왕과 흑웅혈마가 가져온 서류들을 처리하며, 혈마교의 일에 대해 배워나갔다.

"지유본교. 천유본교. 천세만세. 마유혈교!"

점심에 찾은 비마관에 교언이 쩌렁쩌렁하게 울렸다. 이미 언질을 받은 터라 모든 비마관 아이들이 연무장에 모여 있었다. 나보다 나이가 어린 아이들도 있었고, 내 또래로 보이는 이들도 있었다.

나이에 상관없이 모두의 얼굴에 비장함이 흘렀다.

총만 안 들었지 전쟁에 나가기 위해 모여 있는 것처럼 보였다.

나는 경외심어린 시선들을 받으며 단상 위로 올라갔다.

준비되어 있던 의자에 앉고, 흑웅혈마와 색목도왕은 내 뒤편에 섰다.

단상 밑에는 비마관주를 필두로 한 교두 이십여 명이 고개를 숙이고 있었다.

"교주님을 뵈옵니다."

그들이 절을 하며 외쳤다.

"본교와 나를 위해 희생한 전대 귀영친위대는 바로 이 비마관에서 나왔다. 책임을 다한 전대 귀영친위대가 여기에서 나왔다는 것에 너희들은 큰 자긍심을 가지고 있어야 할 것이다."

교장 선생님의 지루한 연설은 이것으로 끝이다. 내 눈빛을 받아 흑웅혈마가 앞으로 나섰다.

"오늘 비마관 아이들 중에서 귀영친위대를 뽑기 위해 교주님께서 친히 납시셨다. 우선 소대주들은 앞으로 나와라."

그러자 무리 속에서 건장한 아이들이 나오기 시작했다.

총 이십 명.

이들은 일종의 반장 같은 거였다.

비마관은 아이들을 이십 개의 대(隊)로 나누어 가르치고 있는데, 책임지고 있는 교두들이 대주고, 각 대에서 가장 뛰어난 아이들은 소대주로 임명했다.

선택된 이십 명의 아이들은 힘찬 자세로 섰다. 자세에선 혈마교 거마들 못지않은 당당함이 보였지만, 표정들은 자신들이 선택되었다는 감격으로 물들어 있었다.

"이 아이들의 실력들은 어떤가?"

내가 물었다.

"겨울이 지나면 대행혈마단과 촌각살마단으로 보내질 아이들이었사옵니다."

비마관주가 황망히 대답했다.

혈마교에서 무공이 강한 순위대로 뽑자면 공동 일 위로 대행혈마단, 대행혈귀단, 촌각살마단, 촌각살귀단이 있고, 이 위는 지천무문, 삼 위는 각 장로단, 사 위는 십문혈운대 순이다.

즉 이 아이들은 저쪽 세상의 말로 하자면 서울대에 갈 우등생이라는 말이었다.

나는 담담히 고개를 끄덕이며 시선을 멀리 두었다.

일천 명가량 되는 비마관 아이들이 몸을 꼿꼿이 세웠다.

"천 명쯤 되겠군. 나이 대는 어떻게 되지?"

"십삼 세에서 십칠 세까지이옵니다."

"나이대로 세워라."

"옛!"

교두들이 빠르게 움직였다. 아이들을 나이대로 다섯 분류로 나누었다. 흥미로운 사실은 나이가 높아질수록 사람 수가 적어지고 있다는 것이다.

거기에 대해 묻자 비마관주는 고된 훈련을 이기지 못하고 죽는 아이가 많다고 대답했다.

정말로 십칠 세 쪽은 채 백 명도 되지 않았다. 정확히는 팔십 명이다. 고진감래라고 고된 훈련을 이겨냈으니 상을 줘야겠지.

십칠 세 쪽을 손가락으로 가리키며 말했다.

"너희들 모두 앞으로 나오거라."

보란 듯이 내력을 흘려보내며 말을 하자 목소리가 윙윙거리며 퍼져나갔다.

내게서 선택받은 아이들의 얼굴에 선택받아 영광스럽다는 표정이 서렸다.

비마관주와 교도들에게로 시선을 돌리며 말했다.

"너희들이 평소 눈여겨보고 있던 아이들이 있지 않느냐? 자질도 좋고 심성도 좋다. 각각 한 명씩 뽑아 내 앞으로 데려오너라."

전대 귀영친위대는 이백 명으로 이루어져 있었다. 색목도왕의 말에 따르면 친위대 훈련을 모두 다 견디진 못하니, 이백을 만들기 위해선 삼백을 뽑아야 한다는 것이다.

현재 백이십 명을 뽑았으니 백팔십 명이 남았다.

탓!

단상에서 내려와 아이들에게로 향했다. 색목도왕과 흑웅혈마 그리고 비마관주와 교두들이 내 뒤를 따랐다. 우리는 아이들 앞을 거닐었다.

한 걸음에 한 명씩, 주로 눈빛을 위주로 보았다. 가장 실력이 좋은 이들은 이미 뽑혀 있기 때문에 나머지는 실력이 비등비등하다고 했다. 실제로도 아이들이 흘리는 기운들이 다 거기서 거기였다

"이름이?"

나는 한 아이 앞에 서서 물었다.

십사 세정도?

유난히 검게 탄 얼굴이 마음에 들었다. 아이는 내게 지목된 것이 너무도 뜻밖인지 몸을 바르르 떨었다. 입술은 열리고 있으나 소리가 나오지 않았다.

비마관주와 교두들의 따가운 시선이 아이에게로 꽂혔다. 아이는 힘을 내서 말했다.

"하, 하교 하도옥이라 하옵니다."

"나와라."

나는 그렇게 말하고 발걸음을 옮겼다.

때론 눈빛을 때론 골격을 때론 분위기를 보면서 한 명씩 손가락으로 가리켰다.

내게 지명된 아이는 선택받은 아이들로 이루어진 무리 속으로 걸어가며 두 주먹을 강하게 움켜쥐었다.

아득 쥐어진 주먹과 그렁거리는 눈물이 아이들의 감정을 말해주고 있었다.

그렇게 귀영친위대로 뽑힌 아이들은 삼십 년간 봉인되어 있다던 귀영동(鬼影洞)으로 보내졌다. 그 아이들이 어떤 모습으로 돌아올지 기대가 되었다.

나는 한결 후련한 마음으로 혼심사문으로 갔다. 설아는 아직 삼영회연대진에서 나오지 않은 상태였다.

'오늘 나오기로 한 날이 아닌가?'

날짜를 다시 계산해 보았다.

오늘이 정확히 설아가 삼영회연대진에 든 지 십 일째 되는 날이었다.

교주인 내가 할 일 없이 설아를 기다리고 있는 것이 신경 쓰이는지, 혼심사문 교도들이 불안한 기색을 비췄다.

하지만 신경 쓰이는 건 오히려 내 쪽이어서 그들을 모두 대전각으로 들어가라 명했다.

아무도 없는 넓은 뜰에 오로지 나와 흑웅혈마만 있었다. 색목도왕은 미뤄둔 잔업 때문에 삼장로당으로 떠난 지 한 시간이 넘었다.

소매를 걷어 손목시계를 보니 일곱 시였다. 옆에서 흑웅혈마가 흘깃 내 손목시계를 보며 물었다. 그답지 않게 호기심이 가득어린 얼굴을 하면서 말이다.

"교주님께서 차신 금천(金釧)은 무엇입니까?"

"시계입니다."

"시계요?"

"예. 시간을 알려주는 겁니다. 그러니까 지금이 술시군요."

흑웅혈마가 눈을 찌푸리며 시계를 뚫어져라 바라보았다. 그리고는 전혀 이해가 안 된다는 듯이 "으음." 하고 옅은 숨소리를 냈다.

내가 보아오던 흑웅혈마는 언제나 완강한 사람이라서, 그 표정이 퍽 재밌어 보였다.

"교주님 말씀은 이 조그마한 금천이 수격종(水擊鍾)과 같이 시간을 알려준다는 것입니까?"

수격종은 물시계다.

큰 그릇에 각 시간을 표시한 눈금들이 있고, 그릇 위로 물방울들이 떨어진다.

그렇게 일정한 눈금에 달하면 기관이 움직여 종을 치게 되는데 그것이 바로 수격종이다. 본당에서 본적이 있어 기억하고 있었다.

"수격종하고는 다릅니다. 이 팔찌 안에 조그마한 기관이 설치되어 있어서 시간을 알려주는 것입니다."

시계가 작동하는 자세한 원리는 나도 잘 몰랐다. 흑웅혈마는 흑웅혈마대로 내 말을 이해하지 못했다.

우리가 시계를 가지고 몇 마디 나누던 도중 고대하던 소전각의 문이 열렸다.

우리는 대화를 마치고 문 쪽으로 향했다.

"설아!"

나는 하얀 소복을 입고 나타난 여인을 향해 외쳤다.

"교주님!"

그쪽에서도 나를 불렀다. 우리는 중간 지점에서 만났다. 설아와 가까워지자 진한 연기의 냄새가 났다. 나는 설아의 얼굴을 빤히 바라보았다.

어딘가 많이 달라졌는가 했더니 앞이마 뼈가 볼륨감 있게 튀어나와 있었다. 여자 연예인이 비싼 돈을 주고 하는 이마 성형 수술처럼 말이다.

 앞이마 뼈뿐만이 아니라 광대뼈와 위턱뼈도 환상적인 비율로 자리 잡고 있었다.

 골격이 변하니 이마힘살이나 볼근같은 근육들도 변화가 있었을 것이다. 역용술 때문에 배운 해부학 지식들이 머릿속에서 펼쳐졌다.

 색목도왕이 시계를 보고 이해를 못했던 것처럼 나도 설아의 골격 변화가 쉽게 이해되지 않았다. 역용술도 아닌데 진법과 영단의 효과라는 말인가?

 실례가 되는 것을 알면서도 나는 설아를 위아래로 훑어보았다. 머리에서부터 발끝까지 변화가 있었다. 확연히 드러난 변화는 아니지만.

 "원래도 예뻤지만 지금은……. 더 예뻐졌다."

 나는 솔직한 감상을 말했다.

 "정말요?"

 설아도 여자였다. 그녀는 두 눈을 반짝이면서 내 가슴을 두근거리게 만들었다.

 "그래."

 이대로 설아를 꽉 안아 버리고 싶었다. 십 일 동안 계속해서 기다려왔다.

 "어디 아픈 데는 없어?"

 "상쾌한 기분이에요. 좋은 꿈을 꾸고 나온 것 같아요. 그날 밤처럼요······."

설아가 수줍게 말했다.

그날 밤이라. 오늘 다시 그날 밤처럼 될 수 있을까?

그간 시녀들의 밤 시중을 거절했다는 것을 설아도 알아주었으면 하는 마음이 들었다.

속으로만 생각하고 입 밖으로 꺼내지는 않았다.

"할아버지."

설아가 흑응혈마에게로 고개를 돌렸다.

흑응혈마는 설아에게 축하한다고 말했다. 이 모든 것이 교주님의 은덕이니 앞으로 호법의 책임을 다해야 한다고 당부 또 당부했다. 그 길로 흑응혈마와 헤어지고 우리는 지존천실로 들어왔다.

"앞으로 설아가 익힐 무공이야."

백화여후검법의 비급을 보여주었다. 기뻐하는 설아를 눈에 담으며 비급을 다시 소매에 갈무리했다. 설아를 가르치기 위해선 나부터 익혀야 할 것 같았다.

귀찮지 않다.

이번 일로 십이양공과 명왕단천공의 막힌 벽을 뚫는데 조금이나마 도움이 될 것이라 믿어 의심치 않기 때문이다.

언젠가 학교 선생님이 말씀하셨다. 제자가 스승에게서 배우는 것보다, 스승이 제자에게서 배우는 것이 많다고.

저녁이 되면 설아가 미처 다 흡수하지 못한 혈영마단의 영력을 흡수하도록 도와주기로 했고, 백화여후검법은 내가 한 발짝 먼저 익혀 나가면서 그때그때마다 설아를 지도하기로 했다.

무공 외에도 설아와 많은 대화를 나누었는데 설아는 시녀들의 밤 시중에 대해서는 물어오지 않았다. 화제도 그쪽으로 흐르지 않았다.

그래서 내가 먼저, '네가 없는 동안 무수히 많은 유혹을 뿌리치고 참아냈고 앞으로도 그러겠어.' 라고 말할 기회가 없었다.

설아가 처소로 돌아간 그날 밤에도 시녀가 들어왔다.

'음?'

자는 도중 목덜미에서 축축한 감촉이 느껴져서 잠에서 깼다.

나는 비스듬히 누워 자던 중이었고, 등 뒤로는 오늘밤 내 밤 시중을 들게 된 시녀 선려가 있었다.

굳이 뒤를 돌아보지 않아도 알 수 있었다.

선려가 내 목덜미를 핥고 있는 것이다. 꽤 적극적인 여인이라고 생각하며 다시 잠에 들려는 순간까지도 뒷목에서 혓바닥 감촉이 느껴졌다.

날름하는 감촉이 몸 뒤편 전체를 짜릿하게 만들었다. 이대로는 결코 잠을 잘 수 없을 것만 같았다.

그녀가 등 뒤에서 나신으로 누워 있다는 사실만으로도 나는 이미 충분히 힘들었다.
"그만하거라."
내가 말했다.
그래도 그녀는 그치지 않았다.
그동안 다른 시녀들은 내가 그만하라고 하면 내 팔과 다리를 주무르며 다른 방면(?)으로 밤 시중을 들었다.
하지만 선려는 끝까지 내 목덜미를 핥으며 나를 유혹하려는 것이었다.
한마디 해주어야겠다는 생각에 고개를 돌렸다.
"그만하……!"
내 고개가 완전히 돌려지는 순간 그녀의 눈과 마주쳤다.
섬뜩한 눈이 나를 기다리고 있었다.
어둠 속에서 그 눈이 스산하게 나를 노려보고 있었다.
거의 흰자위가 전체를 차지한 그 눈이 웃었다. 많은 시간이 흘렀지만 이 눈을 어떻게 잊을 수가 있을까? 나는 황급히 몸을 일으키며 그 이름을 부르짖었다.
"흑천마검!"
흑천마검이 흑포마괴 때의 모습으로, 나와 같이 비스듬히 누워 있다.
놈은 입 주위에 묻은 피를 혓바닥으로 날름날름 핥았다. 그제야 목이 따끔거리는 것이 느껴졌다. 내 목에서 나온 핏방울이 등줄기의 경사를 타고 흘러내리는 것이 느껴졌다.

소스라치게 놀란 내 모습이 그렇게 재미있는 것일까. 놈은 소리 없이 웃었다.

 나는 어째서 녀석이 선녀와 나 사이에 누워 있었는지, 내 목에 어떻게 상처를 내고 피를 홀짝이고 있는지가 궁금했다. 그러면서 한편으로는 이게 꿈은 아닌지 쉽게 분간이 가지 않았다. 그만큼 흑천마검의 등장은 너무도 뜻밖이었다.

 놈은 입 주위를 깨끗하게 핥은 다음 흡혈귀같이 내 목을 빤히 노려보았다.

 "이 자식……."

 나는 한 손에 십이양공을 일으켜 휘둘렀다. 순간 녀석의 몸이 사라졌다. 내 손은 허공을 갈랐고 손바닥에서 뻗친 공력이 벽에 부딪쳤다.

 쾅!

 폭발음과 함께 벽에 구멍이 큼지막하게 뚫렸다.

 어느새 놈이 이불 속에서 얼굴을 들이밀며 내 가슴팍으로 타고 올라왔다.

 그러더니 색이 바랜 혓바닥으로 내 목을 쓰윽 하고 훑어 올렸다.

 극도의 불쾌함에 나는 치를 떨며 놈의 어깨를 잡았다.

 "교, 교주님?"

 선녀의 목소리가 들렸다. 흘깃 선녀를 바라보았다가 다시 놈에게로 시선을 돌린 그 찰나의 시간에, 놈은 검 본래의 모습으로 돌아와 있었다.

선려가 자신의 가슴팍에 닿으려는 검끝을 보며 바들바들 떨었다.

"사, 살려 주시옵소서."

내가 양손으로 흑천마검을 검집 채 거꾸로 쥐고 선려를 찌르려는 듯한 모양새였다.

나는 얼굴을 일그러트리며 자리에서 일어났다. 선려는 허겁지겁 물러나다가 침대 밑으로 떨어졌다. 나는 벽에 다시 흑천마검을 걸었다.

'그동안 조용했다 싶더니!'

손바닥으로 놈의 혀가 닿았던 목 부위를 신경질적으로 문질렀다. 놈이 낸 얕은 상처에서 피가 묻어나왔다. 나와 눈이 마주친 선려가 귀신을 본 것처럼 소스라치게 놀라며 살려 달라고 애걸복걸했다.

이 소란 통에 내미실에서 자고 있던 시녀들이 모조리 내 처소로 몰려들었다.

"살려 주시옵소서. 살려 주시옵소서. 교주님께서 소녀를 죽이려 하시옵니다."

선려가 시녀장 소옥을 발견하자마자 기어서 그녀의 발목에 매달렸다.

분위기가 험상궂게 변했다. 무슨 영문인지 모른 시녀들이 내가 한 걸음씩 옮길 때마다 몸을 움찔움찔거렸다.

"무, 무슨 일이시옵니까? 선려가 어떤 큰 잘못을 하였사옵니까?"

소옥이 물었다.

흑천마검과 있었던 몇 초도 안 되는 일을 그녀들에게 설명하기도 뭐했다.

나는 아무 일도 아니라고 대답한 후에, 선려를 안아 처소로 들어왔다.

"내가 너를 왜 죽이려 하겠느냐. 네가 죽는 일은 없으니 오해하지 말거라."

좋게 말해도 선려는 나를 사신 보듯 하였다.

그녀의 입장만 두고 보았을 때, 내 방에서 나가도 스스로 목숨을 끊어야 할 상황이었고, 또 내 옆에 있으니 언제 내가 흑천마검으로 자신을 찌를까 걱정해야 될 상황이었다.

거듭된 내 설명에 그녀는 조금씩 진정하기 시작했다.

검집 밖으로 삐져나온 붉은 옥이 기분 나쁘게 번질거리고 있었다.

'대체 이 기분 더러운 일을 저지른 이유가 무엇이냐? 내 피가 탐이 났던 거냐?'

다음날 아침에 나를 바라보는 시녀들의 눈빛에 두려움이 서렸다.

흑천마검.

놈 때문에 단단히 오해를 받았다. 간밤에 벌어진 오해는 쉽사리 풀리지 않을 것 같았다.

＊　　＊　　＊

와아아아!

대회장이 뜨겁게 달아올랐다.

승자에게 환호가 그리고 패자에게도 환호가 돌아갔다. 대회에 참가한 교도들은 절기를 마음껏 펼치면서 자신이 품은 힘을 모두에게 선보였다.

대회라는 이 축제를 통해 그간 짓눌러져 있던 분위기가 활기를 되찾아가고 있었다.

참가 인원만 오백 명이 넘었다. 본교에서 알려진 고수라면 대부분이 참가한 것이었는데 처음부터 한 사람이 내 눈길을 끌고 있었다.

"누구지요?"

내 물음에 색목도왕이 대답했다.

"아아. 십문혈운 태화대주 염왕손(閻王孫)이군요."

삼십오 세쯤 되어 보였다.

저쪽에서도 그렇지만 더욱 여기에선 흔히 볼 수 없는 붉은 머리가 수사자의 깃털처럼 흩날렸다. 그가 특출한 것은 외모뿐만이 아니었다.

그는 압도적인 무위의 소유자였다. 단 일합으로 대전자들을 꺾으며 승승장구 올라왔다.

평소에는 차분하다가도, 난폭한 이를 상대할 때는 더 난폭하게 날뛰는 모습에 눈길이 안 갈래야 안 갈수가 없었다. 색목도왕과 흑웅혈마도 그를 유심히 바라보고 있었다.

"무공으로만 따진다면 거마들 못지않군요. 일찍이 최고수의 반열에 오른 듯싶은데, 어째서 아직까지도 거마가 되지 못한 것입니까?"

"염왕손이 최고수의 반열에 오른 것은 십여 년 전이온데 그때부터 교좌가 비어 있었습니다. 또한 본인부터가 마도무행을 청하지 않고 있다가 이번에 처음으로 대회에 참가한 것입니다."

"잠시만요."

나는 대화를 멈추고 대회장을 내려다보았다.

염왕손과 독수불이라는 본교 고수가 대행혈마단주의 자리를 두고 최종 승부를 벌이고 있었다.

염왕손은 '대행혈마단주는 나를 위해 있는 것이야!' 라고 외치는 듯 강맹한 무위를 뽐내고 있었다.

그런데 방어에만 급급하던 독수불이 비장의 한 수를 뽐어냈다. 피풍의 속에서 번개처럼 뻗어 나온 비조 네 개가 염왕손의 급소들에 박혔다.

팟!

염왕손의 네 급소에서 피가 터져 나왔다. '급소를 적중당했으니 저것으로 끝이구나. 아까운 사람이군.'이라고 혀를 차고 있던 때였다.

　염왕손의 전신에서 핏빛 아지랑이가 피어올랐다. 내력이 아니었다.

　'저게 뭐지?'

　급소에서 흘러내리던 피가 순식간에 멈췄다.

　핏빛 아지랑이가 상처들을 감쌌다.

　염왕손의 두 눈에서도 붉은 안광이 매섭게 쏟아져 나왔다.

　쉬익.

　염왕손은 일검을 뻗어 독수불의 목을 노렸다. 검이 독수불의 목 끝에서 멈췄다. 독수불은 패배를 인정하고 대회장에서 내려왔다.

　"보았습니까?"

　나는 염왕손의 몸에서 피어올랐던 핏빛 아지랑이에 대해 물었다.

　"교주님은 처음 보셨겠군요. 신력(神力)입니다."

　"신력이요?"

　"예. 부모가 그 누구보다 혈마신의 독실한 교도였다면 그 아이는 혈마신의 은총을 받고 태어납니다. 해서 상처를 입어도 바로 회복되고 무공과 사술에 천부적인 재능을 가지고 태어나는 것이지요. 또한 절실하게 원하면 위대하신 혈마께서 들어주시고 신력을 내려주시기도 합니다. 혈마노파처럼요."

이쯤 하면 혈마교에 대해 다 알았다 싶다가도, 지금처럼 모르는 사실들이 어디선가 툭 튀어나오곤 했다.

"헌데 저 정도의 신력은 혈마노파 외에는 보질 못했습니다. 대단한 신력이군요."

우리는 진심으로 감탄했다.

대회장에서 내려온 염왕손이 우리가 앉아 있는 단상까지 걸어왔다. 늠름한 붉은 사자가 교언을 읊으며 내게 고개를 숙였다.

대회는 늦은 밤에 끝났다.

염왕손, 침혼비수, 마영도, 천요수라, 지흉이 각각의 자리를 차지했다.

그 자리에서 나는 정식으로 혈마교 내각을 공표했다.

내용은 다음과 같다.

- 혈마장로
혈마이장로 흑웅혈마, 혈마삼장로 색목도왕.

- 호법
좌호법 설.

- 사마사귀단
대행혈마단주 염왕손, 대행혈귀단주 풍마쌍부, 촌각살마단주 침혼비수, 촌각살귀단주 귀령비검, 영마단주 하천마수, 영귀단주 무영사, 대뇌마단주 삼뇌자, 대뇌귀단주 상청.

- 오문

지천무문주 마영도, 치혈마문주 천수포인, 혼심사문주 천요수라, 전세지문주 만안, 만악독문주 독웅.

- 오당

내당주 냉상아, 외당주 좌조천리, 무고강마단주 의마, 혈서당주 학필, 보연당주 지흉.

　　　　　＊　　＊　　＊

지난 이 주 동안, 혈마교는 천천히 제자리를 찾아가고 있었다.

색목도왕과 흑웅혈마의 얼굴에 화색이 돌았다. 오전에 일을 처리하고 오후부터는 무공에만 열중할 수 있다면서 어린아이같이 즐거워했다. 무인들은 무공이란 이름 앞에선 어린아이가 되는 듯싶었다.

나도 여느 때와 같은 평범하지만 결코 평범하지 못한 일상을 누렸다.

시간이 나는 대로 백화여후검법의 비급을 들여다보고 설아를 지도했으며, 나 나름대로 그 속에서 벽에 막혀 버린 십이양공과 명왕단천공의 해법을 찾고자 했다.

설아를 지도한 후에도 시간이 많이 남았다. 그러면 천서고에서 못 다본 천마금령, 전이대법, 혈마은형술 같은 기묘한 술법들을 읽으며 시간을 보냈다.

'좋구나······.'

따뜻한 물속에 몸을 담그고 시녀들의 손길에 몸을 맡기는 중이었다.

비로소 오늘 선려가 미소를 보였다.

흑천마검 때문에 빚었던 오해가 풀렸다는 신호로 보았다.

"지금도 내가 너를 죽이려고 했다고 생각하느냐?"

"아니옵니다."

선려가 미소 지으며 내 등에 따뜻한 물을 부었다. 이어서 시녀들의 부드러운 손들이 등을 쓸어내렸다.

눈을 감고 시녀들의 손길을 느끼며 이것이 바로 교주의 삶이라는 걸 느꼈다.

모든 것이 여유롭게 잘 돌아가고 있었다.

이쪽 세상에서의 일이 정리되었으니 저쪽 세상에서의 일을 준비할 때가 왔다.

나는 저쪽 세상의 다음날에 있을 모의고사를 떠올렸다.

'이제 공부를 해도 되겠어.'

벽에 걸린 흑천마검을 바라보았다.

지난번에 있었던 일을 생각하면 불쾌하지만 어쩔 수 없다. 흑천마검을 허리에 찼다.

처소 안에 있던 좌식 책상을 들고 천서고로 향했다.

어제 내가 보다 두고 나간 혈마은형술 비급이 바닥에 떨어져 있었다.

비급을 제자리에 꽂아 넣었고, 책상을 마음에 드는 구석에 두었다. 그리고는 내 방으로 돌아가서 공부할 참고서들을 가방에 담아 왔다.

혈마교에 봄이 찾아오기까지 그렇게 보냈다. 열두 시까지는 혈마교 업무를 보고, 한 1시까지는 설아를 지도하고, 밤 열두 시까지 공부에 매진했다.

지존천실 정원 화단에 꽃봉오리들이 피어오르고 본산에 녹음이 내려앉기 시작하는 봄이 도래하기까지, 그런 일상이 계속되었다.

모의고사 공부가 끝날 때쯤 겨울도 끝났다.

*　　　*　　　*

쒸악!

오랜만에 찾아온 내 방은 여전했다. 방금 컴퓨터를 하다 만 듯 살짝 벌어져 있는 의자, 개지 않은 이불, 벗어둔 교복들이 눈에 들어왔다.

우선 가방을 책상 위에 올려놓은 다음 흑룡포를 추리닝으로 갈아입었다. 그렇게 편했던 추리닝이 어색하게 느껴졌다.

고작 삼 개월이었는데.

자조 섞인 미소를 지으며 보옥수파를 손에 쥐었다. 벽력혈장의 보물창고를 정리할 당시 영아에게 주기 위해 가지고 다

녔지만 오늘에서야 줄 수 있을 것이다.
 방문을 열자 텔레비전소리가 나를 반겼다. 싱크대 앞에서 라면봉투를 뜯고 있는 영아가 보였다. 영아에게 걸어가면서 반가운 마음으로 말했다.
 "보옥수파를 내리겠다."
 나도 모르게 중국말로 내뱉었다.
 거기다 교주 같은 어투라니.
 "선물 있어."
 나는 얼굴을 구기며 황급히 말을 수정했다. 그러자 영아가 내 쪽으로 몸을 돌리며 물었다.
 "어? 방금 어디 나라 말이야?"
 나는 대답대신 보옥수파를 내보였다.
 "오, 오빠……."
 영아가 목소리를 떨었다. 내가 저쪽에서 가져온 선물에 감동을 받은 줄 알았지만, 영아의 시선이 내 머리 쪽에 걸려 있다는 것을 알아차리기까지 불과 일 초도 안 걸렸다.
 "머리가 왜 그래? 가, 갑자기 자랐잖아."
 앗!
 옷 갈아입는 것까지만 신경을 썼지, 삼 개월 동안 자란 머리카락 길이까지는 생각지 못했다.
 "가발이야."
 나는 황급히 둘러댄 후에 방으로 돌아와 문을 잠갔다. 벽시계를 보니 열한 시가 넘어가고 있었다.

밖도 어두컴컴했다. 이 시간에 어떤 미용실도 열지 않았을 거라는 생각이 들었을 때, 밖에 영아가 문을 두드려댔다.

"가발이라니 무슨 소리야."

문밖으로 영아의 목소리가 들렸다. 좋은 생각이 났다.

'혈마교로 다시 돌아가서 머리 깎고 와야겠다!'

그런데 흑천마검을 집으려고 할 때 더 좋은 생각이 났다.

거울 앞에 섰다.

머리카락이 귀를 덮고 목까지 내려와 있었다. 내력을 일으켜 머리 쪽에 신경을 집중했다. 그러자 머리카락이 스르르 줄어들면서 삼 개월 전의 길이로 돌아왔다.

역용술을 이렇게 쓰다니. 나는 혼자 대견해하면서 방문을 열었다.

영아가 "어?" 하는 소리와 함께 내 머리로 손을 뻗었다.

"정말 가발이었어? 어디서 난거야?"

"우철이 꺼야."

나는 빠르게 보옥수파를 영아 눈앞으로 내밀어 흔들어 보였다. 영아의 시선이 머리카락에서 보옥수파로 옮겨졌다. 영아의 입꼬리가 부드럽게 올라갔다.

"우와, 예쁘다! 내꺼야?"

"언제나 차고 다녀. 병을 막아준대."

"병을 막아준다고 하니까 확 깬다. 아무튼 정말 고마워. 그런데 이거 옥이네? 엄청 비쌀 텐데……."

열기와 한기 그리고 만병까지 막아주는 옥 목걸이의 가치는 얼마나 될까?

"비싼 거니까 조심히 가지고 다녀야 돼."

"응!"

영아가 귀여운 목소리를 냈다. 초콜릿을 받고 좋아하던 설아의 모습이 떠올랐다.

다음날 아침.

아버지께서 아침 뉴스를 보고 계셨다. 주방으로 가는 길에 흘깃 텔레비전을 바라보았다. 반듯한 외모의 뉴스 앵커가 우리를 바라보며 말했다.

"여러분 안녕하십니까? 오늘은 먼저 중국을 덮친 대지진의 참상부터 전하겠습니다."

텔레비전 오른쪽 상단부에 '중국 리히터 규모 7.8 강진 발생'이라는 붉은 글자가 떠올랐다.

화면은 그쪽 상황으로 넘어갔다.

건물들은 콘크리트 더미로 변해 버렸고 도로는 얼음이 깨지듯 갈라져 있었다. 중국 구조대원들이 정신없이 움직이고 울부짖는 주민들의 모습도 보였다.

"어제 새벽 세 시 경에 강서성에서 발생한 리히터 규모 7.8의 강진으로 중국 내륙의 평화롭던 도시들은 순식간에 전쟁을 겪은 폐허처럼 변했습니다. 피해는 그 끝을 예측하기 힘들 정도로 눈덩이처럼 불어나고 있습니다. 칠천 채에 이르는 학교 건물이 붕괴됐으며 공식 사망자 수도 이만 명을 넘어섰고 매몰돼 있는 희생자만 만사천 명이라고 중국 정부는 공식 발표했습니다. 하지만 사망자 수는 시간이 지날수록 급격하게 늘어나 오만 명을 넘어설 것으로 추정되고 있습니다."

화면에 비친 광경은 앵커가 표현한 '전쟁을 겪은 폐허'라는 말로도 모자랄 정도였다. 영아가 내 옆으로 와 우유를 홀짝이면서 말했다.

"정말 심하다. 끔찍하다. 그지?"

"그러게."

"우리나라도 이제 지진에 안전한 나라가 아니래. 작년에도 모악산에서 지진이 났었잖아. 약진이지만 그렇게 시작하다가 쾅! 하고 터져 버리는 거야."

"모악산 지진……."

'십이양공의 십성을 깨우치던 그때를 말하는 것이로군.'

나는 자조적인 미소를 지으며 식탁 앞에 앉았다.

"아들. 오늘 모의고사 보지?"

엄마가 김치찌개를 내려놓았다. 나는 그렇다고 대답하면서 젓가락을 들었다.

김치찌개, 파김치, 구운 고등어, 시금치무침, 생채 그리고 밥. 식탁에 오른 먹을거리는 그것밖에 되지 않았다.

오십여 가지가 넘는 황제만찬에 비한다면 턱없이 부족한 식탁이다.

시금치무침을 집었다.

영아는 가냘픈 몸매와 어울리지 않게 식성이 좋았다. '정말 맛있다!' 하는 얼굴로 밥을 먹다가 말했다.

"오늘, 나도 모의고사 봐. 같은 날인거 보니 오빠네 학교도 종로 꺼 보나 보네. 종로 모의고사가 가장 어렵다던데 정말이야? 저번에 한번 본 게 중앙 거라서."

"그렇다고는 하더라. 기억이 잘 안 나서 나도 이번에 봐봐야 알겠어."

"끝나고 영화 보러 갈까?"

"영화는 무슨. 쉬어야지."

"치."

내 계획은 따로 있다. 시험 끝나고 집에 오자마자 혈마교로 돌아갈 생각이다.

설아도 보고 싶고 시녀들에게 마사지를 받고 싶기도 했다. 거기다 황제만찬까지.

설아와 시녀들이 떠오르자 입가에 빙그레 미소가 그려졌.

"뭔데 그리 재미있어? 무슨 생각했어?"

"좋은 생각."

영아가 눈을 게슴츠레하게 떴다. 숟가락과 젓가락을 내려놓으면서 물었다.

"여자 친구?"

"맞아."

"거짓말. 오빠 요즘에 공부만 하는 걸 내가 다 아는데, 여자 만날 시간이 어디 있어? 그리고 오빠 좋다고 하는 선배 언니들 다 거절해 놓고선."

"못 생겼잖아."

"안 보고 어떻게 알아? 그 언니들 무지 예뻤어."

설아와 시녀들 옆에 세워두면 그 누구도 평범한 사람이 되기 마련이다. 사진을 찍어서 보여줄 수도 없는 노릇이어서 나는 피식 웃기만 했다.

"점점?"

영아의 눈에 짙은 의혹이 서렸다. 질투심 같은 것도 보였다. 그 와중에서도 뉴스에서는 중국 강서성에서 일어난 대지진에 대해 연신 떠들어대고 있었다.

식사 후 학교로 향했다. 다소 이른 시간이라서 사람들이 뜸했다.

그 틈을 노려 아파트 옥상들을 뛰어넘었고, 신개발 공사현장을 가로질러 학교 정문까지 도착할 수 있었다.

'학교를 삼 개월 만에 오네……'

짝꿍 선희는 내 기대를 저버리지 않았다. 혼자 일찍 와서 공부를 하고 있었다.

"공부 많이 했어요? 이번에 모의고사 성적으로 장학금을 준대요."

"성적대로?"

"예. 전교 십 등까지 준대요. 그래서 저도 이번엔 죽을 각오로 봐보려고요."

선희는 언제나 반에서 일 등을 차지했다. 중간고사에서도 기말고사에서도. 저번에 봤던 모의고사에서는 전교 오 등을 하기도 했었다. 항상 노력하는 아이이기 때문에 당연한 결과라고 생각한다.

이번엔 나도 운기행공 효과를 봐가며 열심히 공부했다. 장학금까지는 아니더라도 성적이 꽤 오를 것이라는 기대가 들었다.

시간이 흘러가면서 반 아이들이 하나둘 자리를 메웠다.

나는 오전 여덟 시 오십 분이 될 때까지 책상에 엎드려서 집중력을 키웠다. 그게 자는 모습으로 보였는지 선희가 한 번씩 자냐고 물어왔다.

오전 여덟 시 오십 분.

늘 그렇듯 모의고사 시작 시간보다 십 분 먼저 들어온 선생님이 문제지와 OMR카드를 나눠줬다.

첫 번째는 언어영역 시간이었다. 보통 언어영역 문제는 답으로 추정되는 두 개를 두고 고민을 하곤 했는데 이번엔 아니었다. 막힘없이 술술 답을 써 내려갔다.

'이러다 언어영역 만점 맞는 거 아니야?'

시작이 좋았다. 문제를 다 풀고 나서도 검토할 시간이 충분했다.

두 번째 수리영역 시간 또한 언어영역의 분위기를 그대로 이어나갔다.

스삿. 스삿.

문제를 푸는 샤프소리가 기분 좋게 들렸다. 언어영역 때와 마찬가지로 시간이 남아서 주위를 훑어보았다. 다른 아이들은 어떤 가 궁금했다.

끙끙대면서 인상을 찌푸리고 있는 아이, 포기하고 잠을 자는 아이, 선희처럼 바쁘게 손을 놀리는 아이, 커닝하려는지 선생님 눈치를 살살 살피고 있는 아이. 모두 나름대로 시험에 임하고 있었다.

점심 식사 후, 세 번째 외국영역 시간에서 그동안 좋던 흐름이 흩뜨러졌다.

다른 공부들은 열심히 했는데 듣기평가를 소홀히 했던 것이 그대로 드러났다.

세 문제는 아예 풀지 못했는데, 그저 들리는 단어로 문제를 추정해서 찍다시피 했다.

네 번째 사회탐구영역이 네 영역 중 제일 자신 있는 부분이었다. 선택 과목은 한국지리, 근현대사, 세계사, 윤리. 이것만큼은 만점을 목표로 했다.

긴가민가하는 문제들이 없었다.

보고 외웠던 것이 선명하게 떠올랐다. 머릿속에 책을 놓고 시험을 보는 듯 읽고 왼 것이 너무도 선명하게 기억에 남았다.
 선생님이 십 분 남았다, 말할 때에는 카드 마킹까지 끝나 있었다.
 "네 시 삼십 분. 답안지 걷어 와라."
 감독관으로 들어오신 선생님이 말했다. 호명된 아이들이 답안지를 걷어 갔다.
 선생님이 나가지도 않았는데 아이들은 벌떼처럼 자리에서 일어났다. 서로 답을 맞춰보는 소리들로 교실 안이 시끄러워졌다. 내 앞에서 시험을 본 선희가 뒤로 고개를 돌렸다.
 "잘 봤어요?"
 지금까지 본 시험 중에 제일 잘 보았다는 것을 직감하고 있었다.
 나는 대답 대신 고개를 끄덕였다.
 선희는 뭔가 할 말이 있는 듯 나를 바라보다가 다시 제자리로 되돌아갔다.
 집에서 가채점을 할 생각으로 책가방을 쌌다. 그런데 잠시 뒤에 들어온 담임선생님이 말하길, 오늘은 모두 같이 가채점을 해야 한다는 것이다. 하는 수 없이 집어넣었던 시험지를 모두 꺼내 놓고 빨간 펜을 손에 쥐었다.
 '이번 시험은 정말 잘 봤어.'
 나는 그렇게 확신하며 채점을 시작했다.
 '1111234231.'

정답을 열 개 단위로 쓱 보고 내가 쓴 답과 맞췄다. 연속으로 빨간 동그라미가 그려져서 시험지 전체를 채웠다.

나는 흡족한 미소를 지으며 다음 장으로 넘겨 채점을 계속했다.

언어영역 마지막 답을 맞혔을 때 손이 부들부들 떨렸다.

촤르르.

혹시 잘못 채점한 것이 아닌가, 해서 다시 맞혀 보았으나 마찬가지였다.

'하나도 틀리지 않았어!'

언어영역은 만점이었다.

수리영역도 채점해 본 결과 한 문제밖에 틀리지 않았다. 외국어영역 듣기평가에서 네 문제를 틀렸고, 자신 있었던 사회탐구 또한 언어영역과 같이 만점이었다.

그래서 총 오백 점 만점에 사백팔십오 점이 나왔다. 이게 만약 수능이었다면 서울대에 지원을 할 수 있을 점수였다.

입안에 가득 고인 침을 꿀꺽 삼켜 넘겼다. 이번 모의고사 출제 영역만 파고들었다.

하지만 이런 경이로운 점수가 나오다니! 내가 해놓고도 믿기지 않았다.

그 순간 고개를 돌린 선희와 눈이 마주쳤다.

선희가 부드럽게 말했다.

"오빠. 다음에 잘 보면 되잖아요. 너무 신경 쓰지 마세요.

수능이 아니라 그냥 모의고사잖아요."

나는 아무 생각도 나지 않아 고개를 끄덕이기만 했다.

십 분쯤 후에 교탁에서 시험지를 살펴보고 있던 선생님이 자리에서 일어났다.

"다 채점했지? 아직 못한 사람?"

아무도 손을 들지 않았다.

"가채점 결과 알아봐야 하니까 제대로 손들어. 나중에 성적표 나오면 다 아니까 아무렇게나 들면 혼난다. 자, 그럼 이백 점 대 아래."

누군가 손을 들었는지 아이들이 킥킥거리는 소리가 들렸다.

"이백 점에서 이백오십 점."

그렇게 오십 점 대씩 뛰어올랐다. 상당수의 아이들이 삼백 점에서 삼백오십 점 사이에 손을 들며 이번 시험이 어려웠다고 툴툴거렸다.

"사백 점에서 사백오십 점 대."

선생님이 말하자 세 명이 손을 들었다. 그중에는 선희도 있었다.

"선희야 몇 점 나왔어?"

"사백사십팔 점이요."

선생님의 물음에 선희가 다소 주눅이 든 목소리로 대답했다.

"너희들은?"

선생님이 손을 든 다른 두 아이에게도 물었다. 둘 다 선희보다 한참 아래였다.
"이번 시험이 어려웠긴 어려웠나 보네."
선생님이 볼펜으로 뒷머리를 긁적이면서 중얼거렸다. 작은 목소리였지만 아이들이 그 소리를 알아듣고 "그렇다니까요!"라고 크게 외쳤다.
선생님은 가채점 표를 보더니 약간 짜증이 난 어투로 말했다.
"아직도 손 안 든 놈 누구야?"
나였다.
"제가 안 들었습니다."
"정진욱이? 왜 안 들었어?"
사실대로 선생님이 불러준 점수 대에 내 점수가 없다고 말했다. 그러자 선생님이 고개를 갸웃거리며 다시 물었다.
"몇 점인데?"
"사백팔십오 점입니다."
"뭐? 사백팔십오 점?"
갑자기 반 전체가 술렁이기 시작했다. 선희도 몸 전체를 내게로 돌려 놀란 얼굴로 나를 바라보았다.
"진욱이 형이 사백팔십오 점이라고 했지?"
"설마."
"설마라니. 들려. 조용히 말해."

아이들이 나누는 속삭임이 또렷하게 들렸다. 그보다 더 또렷한 목소리가 교탁 쪽에서 들려왔다.

"정진욱이 시험지 가져와봐."

자리에서 일어나 담임선생님께 시험지를 건네주었다. 선생님은 답안지와 내 시험지를 대조하면서 "호! 호!"하는 감탄사를 뿜었다.

선생님의 얼굴에 놀라움이 가득했다.

"정진욱이! 이리 와라. 한번 안자. 그동안 성적이 떨어지는가 싶었는데 이렇게 한 번에 치고 올라와? 이 정도 성적이면 전교 오 등 안은 무조건 따 놓은 당상이다."

선생님은 매우 기분 좋게 웃으면서 아이들에게 손가락질했다.

"봐봐라. 유급한 형도 한 학기 동안 이렇게 성적을 올렸는데 너희들이라고 못하겠냐? 이 형을 본받아서 돌아오는 방학에 놀지 말고 열심히 공부해라."

아이들이 웅성거리는 소리가 파도처럼 넘실댔다.

"우와!"

여자 아이, 남자 아이 할 것 없이 모두가 나를 다른 사람처럼 바라보았다.

선생님이 나가자 아이들이 놀란 눈으로 나를 바라보았다. 어쩐 일인지 나와 눈이 마주치자 황급히 시선을 피했다. 하나같이 흠칫 놀라면서.

'이상한 녀석들이군······.'

나는 그 길로 학교에서 나와 집으로 향했다. 도중 몇 번이나 시험지를 꺼내서 확인했는지 모른다.

'좋았어.'

그간 노력의 결실을 맺었다.

이제 혈마교로 돌아가서 설아를 만나고 황제만찬과 함께 시녀들의 마사지를 받는 거다! 집으로 향하는 발걸음이 한없이 가벼웠다. 그래서인지 옥상 위를 뛰어넘는 게 꼭 하늘을 나는 듯한 기분이 들었다.

휘익.

주위를 확인한 다음, 일 층 화단에서부터 우리 집, 칠 층 복도로 뛰어올랐다.

복도에 발이 닿는 순간이었다.

짜릿한 뭔가가 등줄기를 타고 올라왔다. 우리 집 안, 정확히는 내 방에서 무슨 일이 벌어지고 있었다.

현관문을 열고 들어갔다.

텅 빈 거실에서 으스스한 기운이 감돌고 있었다. 그 기운들은 내 방 문틈에서 흘러나오고 있었다.

집에는 아무도 없었다.

'무슨 일이 벌어지고 있는 거지? 이 기운은 뭐야?'

쏜살같이 내 방문을 열고 들어갔다. 제일 먼저 눈에 들어온 것은 활짝 열려져 있는 옷장 문과 깨져 있는 창문이었다.

깨진 유리창 파편에서 옷장에 비스듬히 걸쳐 있는 흑천마검의 검집으로 시선을 옮겼다.

검집은 금이 간 채로 부르르 떨리고 있었다.

"검이…… 없어?"

텅 빈 검집을 보는 눈이 커졌다.

『마검왕』 5권에서 계속

작가 홈페이지

http://www.naminchae.com

FANTASY STORY & ADVENTURE

흡혈왕 바하문트

Bahamoont the Blood

쥬논 판타지 장편 소설

판타지의 연금술사 쥬논!
『양신의 강림』, 『천마선』, 『규토대제』
그 화려했던 시대가 저물고, 새로운 신화로 돌아왔다!

붉은 땅, 고대 흉왕의 무덤에서 권능을 연 바하문트.
악마의 병기 플루토의 절대 지배자!

이제 모든 질서를 파괴하는 피의 전쟁을 선포한다!

dream books
드림북스

2009 신무협 베스트 질주 4인
드림 출간 기념 이벤트!

제 3 탄!

오랜 숙고 끝에 드디어 선보이는
『학사검전』 2부!

창룡전 학사의 붓 끝에서
무림을 격동시킨 폭풍우가 몰아친다!

창룡검전
최현우 신무협 장편 소설

무림의 격류(激流) 속으로 다시 돌아온 창룡검주 운현.
그가 소중한 사람들을 지키기 위해 붓 대신 검을 들었다!

제1탄, 수담·옥 작가의 신무협『질주강호』(1월 23일 출간)
제2탄, 황규영 작가의 신무협『참마전기』(2월 3일 출간)
제4탄, 강호풍 작가의 신무협『적운의 별』(2월 18일 출간)

푸짐한 사은품 증정!!

EVENT ONE

이벤트를 진행하는 4종의 책을 '모두 구입하신 분들 중' 추첨을 통해 사은품을 드립니다.

[사은품]
1명 : <최신형 디지털 카메라> + 4종의 3권(작가 친필사인)
('EVENT ONE에 참여하신 분들 중 30명'에게 작가 친필사인이 들어 있는 4종의 3권을 드립니다.)

[응모요령]
1,2권 띠지에 부착된 응모권 8개를 오려 드림북스로 보내주세요.

EVENT TWO

이벤트를 진행하는 4종의 책을 '개별적으로 구입하신 분들 중' 추첨을 통해 사은품을 드립니다.

[사은품]
4명 : <백화점 상품권(10만원)> + 구입한 도서의 3권(작가 친필사인)
(『질주강호』(1명), 『참마전기』(1명), 『창룡검전(학사검전 2부)』(1명) 『적운의 별』(1명))

[응모요령]
1,2권 띠지에 부착된 응모권 2개를 오려 드림북스로 보내주세요.

EVENT THREE

책을 읽고 감상평을 올리시는 분들 중 11명을 추첨하여 사은품을 드립니다.

[사은품]
으뜸상(1명) : Mplayer Eyes MP3 + 서평을 쓴 도서의 3권(작가 친필사인)
우수상(10명) : 문화상품권(1만원) + 서평을 쓴 도서의 3권(작가 친필사인)

[응모요령]
이벤트 진행 도서들 중 하나를 읽고 인터넷 서점(YES24)리뷰란에 감상평을 올려주시고,
그 내용을 복사하여(이메일, 아이디 기재) 한 번 더 '드림북스 홈페이지 감상란'에 올려주세요.

[보내주실 곳] (우)142-815 서울시 강북구 미아8동 322-10
(주)삼양출판사 2층 드림북스 이벤트 담당자 앞

[이벤트 기간] 2009년 1월 30일~2009년 3월 23일
[당첨자 발표] 2009년 3월 30일 (당사 홈페이지 및 장르문학 전문 사이트에 발표합니다.)

드림북스 홈페이지 http://www.sydreambooks.com
드림북스 블로그 http://www.blog.naver.com/dream_books
문피아 사이트 http://www.munpia.com/출판사 소식/드림북스
조아라 사이트 http://www.joara.com/출판사 소식

※ 응모권을 보내주실 때는 '이름, 연락처, 주소'를 정확히 기입해 주세요.
※ 사은품은 이벤트 진행도서 4종의 3권의 책이 모두 출간된 직후 일괄 배송합니다.
※ 사은품은 상기 이미지와 다를 수 있습니다.
※ 『창룡검전(학사검전 2부)』의 최현우 작가님은 해외에 체류 중인 관계로 일정이 여의치 않으면
사은품 도서에 작가사인이 없을 수도 있다는 점 미리 양해를 구합니다.